17
白鳥士郎
イラスト しらび
監修 西遊棋
JN131567
ryuoh no oshigoto!
りゅうおうのおしごと!

# 目次

| 著者 | 白鳥士郎 | 作品名 | りゅうおうのおしごと！17 |
|---|---|---|---|
| イラスト | しらび | 監修 | 西遊棋 |

| 総ページ数 | 発行所 | 発行年月日 |
|---|---|---|
| 408ページ | SBクリエイティブ | 2022年12月31日 |



迄408ページにて
りゅうおうのおしごと！ 17巻ぜんぶ

これも運命だったのよ……

「空笙子」銀子の母

ストーカー退治です

「椚創多」天才中学生

見せてあげる。
二度と戻れないほど深い絶望（やみ）を

未来を見た

……最近、娘と将棋を指すんだ

「生石充」
捌きの巨匠

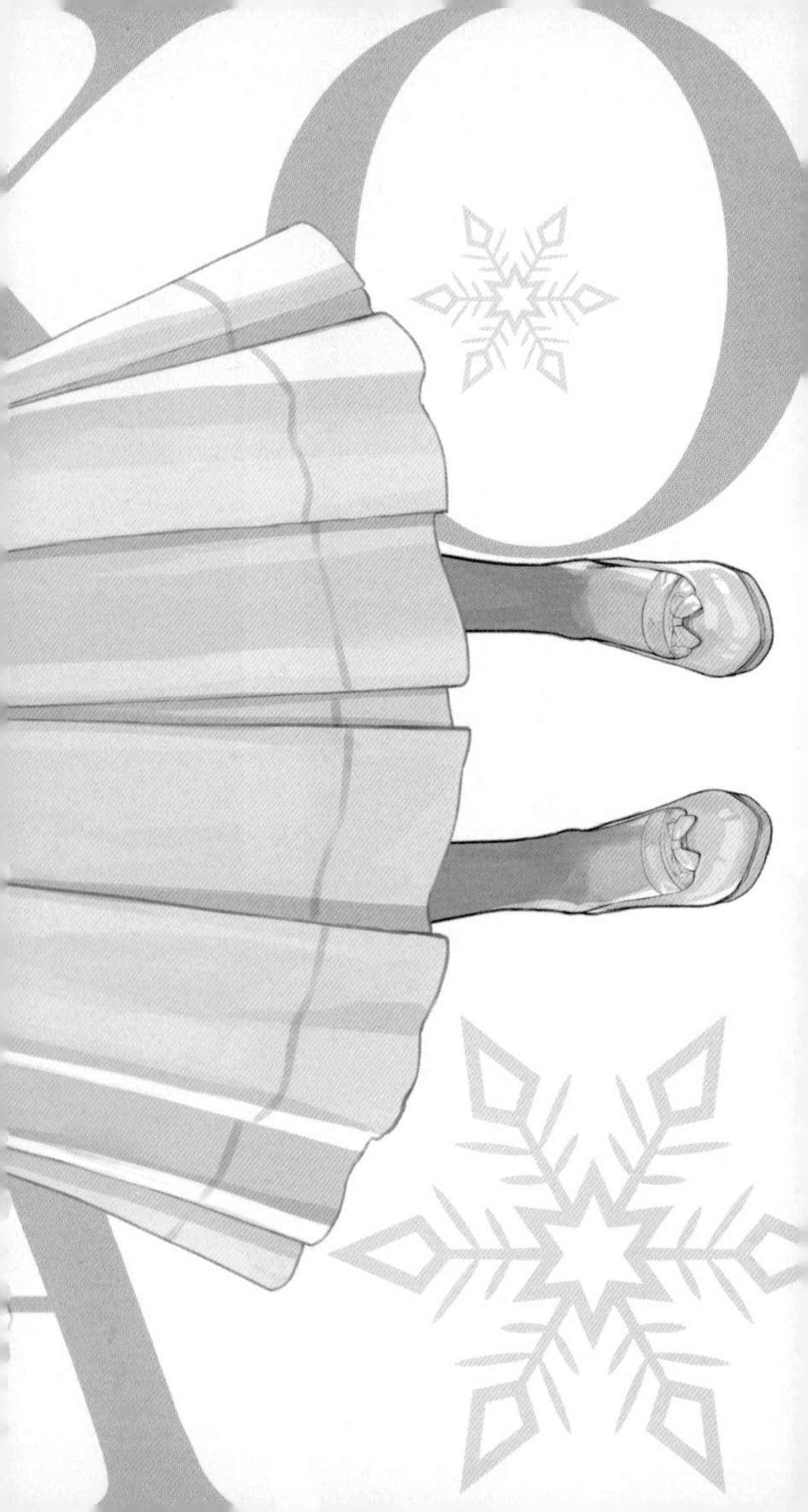

最短最速で編入試験を受けて、
プロ棋士になります
「雛鶴あい」
竜王の雛
「夜叉神天衣」

# りゅうおうのおしごと！ 17

白鳥士郎

GA文庫

## 祭神雷（さいのかみ いか）

女流帝位。別居中の父親と面会日にスーパー銭湯へ。別々に風呂とサウナを満喫し、一言も喋らず最後はラーメンで〆。割と満足。

## 椚創多（くぬぎ そうた）

史上初の小学生棋士。中学１年生になり深夜に及ぶ公式戦の後は１人でホテルに宿泊。大浴場付きが好きだがサウナは熱いから苦手。

## 生石充（おいし みつる）

A級棋士で唯一の振り飛車党。《捌きの巨匠》の異名を持つ。振り飛車党の勝率低下よりも経営する銭湯の燃料高騰に頭を抱える。

## 鏡洲飛馬（かがみず ひうま）

元奨励会三段。退会後は故郷の宮崎で就農し、若手農家の集まりにも積極的に参加。大自然の中、テント型サウナで親睦を深める。

# 登場人物紹介

## 九頭竜八一（くずりゅうやいち）

竜王・帝位の史上最年少二冠。若手棋士の間で流行しているサウナに周回遅れでどハマり。水風呂を出るタイミングがわからず風邪をひく。

## 雛鶴あい（ひなつるあい）

八一の弟子。女流名跡。実家の温泉旅館でサウナルームをデザイン。大人気となり、将棋雑誌より先にサウナ雑誌の取材を受けた。

## 夜叉神天衣（やしゃじんあい）

八一の二番弟子。女流二冠。日本のサウナの聖地は神戸だと強く主張。大震災を乗り越えた話をサウナストーンのように熱く語る。

## 空銀子（そらぎんこ）

八一の姉弟子。史上初の女性プロ棋士。内弟子時代は近所の銭湯で弟弟子とサウナで我慢大会。持ち前の根性で圧倒的な勝率を誇った。

## ☗ プロローグ

「ねえねえ。ししょー」

「なんだ？　あい」

あいがまだ俺のところに内弟子（仮）として住み込み始めたばかりの頃。

将棋のルールや詰将棋の問題は頭に詰め込んできたけど将棋界の制度についてはカラッポだったあの子が、急にこんな質問をしてきたことがあった。

「ぷろきしになるのって、どれくらいむずかしいんですー？」

「うーん……そうだなぁ」

あいは関西将棋会館二階の連盟道場で、俺は三階の棋士室で、それぞれ将棋を指しまくって帰る途中のことだった。

夕暮れの商店街を二人で並んで歩きながら、俺はこんな話をした。

「『兄貴はバカだから東大に行った』」

「ふぇ？」

「あるプロ棋士がね？　今あいがしたのと同じ質問をされたときに、こう答えたっていう伝説があるんだ」

「でん……せつ？」

あいは大きな目をもっと大きく見開いて、

「とーだい……って、日本で一番むずかしい大学ですよね？」

「その東大に入れるのは一年間で三〇〇〇人くらい。でもプロ棋士になれるのは基本的に四人だけ。つまり東大よりもよっぽど狭き門だってこと」

「ええ⁉　と、とーだいって毎年三〇〇〇人も合格してるんです⁉」

「そっち⁉」

……まあ、俺も最初に聞いたときは驚いたけど……。

「昔の奨励会は、規定の勝ち星をあげれば一年間に何人でもプロになれたんだ。けどそれじゃあプロの数が多くなり過ぎるからって三段リーグができて、今の人数になった。厳しすぎるから次点二回でフリークラスに入れる制度が後から付け足されたりもしたけど」

「ふーん」

「あと、アマ大会で優秀な成績を残したら三段リーグに編入できる制度もあるよ。これは年齢制限とかでプロになれない人を門前払いしないようにするためと言われてるけど……まあ実際はかなり難しいよな。一気にプロになれるわけじゃなくて、三段リーグに入れるだけだから」

「なるほどですねー」

あんまり理解できてない感じで頷くと、あいは俺の手を摑みながら、

「ところで師匠？」

「ん？」

「さっきの……お兄ちゃんが東大へ行ったプロ棋士って、どなたのことなんですか？」

「さあ？　誰だったかな……」

## ☖　墓場

B級2組に落ちたら引退しようと思っていた。

フリークラス宣言などという未練がましいことはしない。一期でA級にも戻れず、多くの棋戦で予選シードも無くなる。そんなクラスに自分がいることはプライドが許さない。

いや。

自分のプライドだけが問題なのではない。将棋界にとっても計り知れない損失のはずだ。自分の生み出す宝石のような棋譜がファンの目に届かなくなることは。

――こんなはずじゃなかった。

『降』の文字が付いたB級1組の順位表を見ながら、その男は受け容れがたい現実を振り返る。

いつからだろう？

自分の棋士人生にケチがつき始めたのは？

心血を注いで作り上げた戦法が攻略された頃からだろうか？

しかしあの戦法が攻略されてからも自分は別の戦型で新戦法を生み出し続けてきた。こんこんと湧き出る清水のようにアイデアは溢れて止まらなかった。

——将棋ソフトが出現したからか？

あの忌々しい評価値とやらが、棋士が心血を注いだ戦法に図々しくも点数を付けるようになってからか？

いや。

やはりあの瞬間だと思った。

十六歳の、まだ子供としか思えない……というか実際に自分の子供より若かった……あのプロになってまだ一年にも満たない若造が挑戦者として自分の前に現れた瞬間。

やる気など起こるはずがない。

相掛かりしか指せないあの子供の、お遊びみたいな将棋に、自分は付き合ってしまった。

七局全てを相掛かりで戦うという正気とは思えない決断をしてしまった。

——振り飛車党のこの俺が……。

やり直せるならあのタイトル戦をもう一度やり直したい。

相手を見くびらず、変な意地を張らず、自分の磨き上げた得意な戦法を使いたい。そうすれば必ず勝っていた。楽勝だったはずだ。

あそこで自分が勝っていたら、その後の出来事も起こらなかった。

名人の永世七冠・タイトル百期を阻止したのは自分のはずだった。

あんな子供が竜王という将棋界最高の地位を得てしまったからこそ、ソフトから単に輸入するだけの、何の独創性も無い戦法がプロの世界に溢れかえるような事態になった。自分のように人間としてのプライドを持つ棋士が、Ｂ級２組のような墓場へ追いやられるような状況になってしまった。

プロ棋士を代表すべき竜王が、こともあろうに将棋ソフトの使い方を解説するような本を出版するなど、ありえないはずだった。

そして、もっと許し難いのは――

その弟子の小学生が、女流タイトルを獲ったくらいで自惚れて、プロ棋士全てを冒瀆するような暴言を口にしたこと。

――将棋の歴史を何だと思ってるんだ!!

やはりあの瞬間が全てをおかしくしてしまった。

自分が九頭竜八一と戦い、敗れた……あの竜王戦七番勝負が。

第一譜
椚創多

『勝ちます。誰が相手だろうと』

壇上でわたしはそう言っていた。

『そして最短最速で編入試験を受けて、プロ棋士になります。これがわたしの次の目標です』

女流名跡戦の就位式。

うちの家族が経営する温泉旅館『ひな鶴』。その東京支店で行われた式典の様子が撮影された動画を見ているのは、わたしの近しい人たち。

わたしのことをずっとずっと応援してくれている人たちだ。

将棋で繋がった家族ともいえる、いちばん大切な人たち。

ほんの一時間前まではわたしのために喜んでくれて、泣いてくれて、笑ってくれていたその人たちが……今はまるで別の表情を浮かべていた。

絶望。

失望。

諦めと虚脱。疑問と困惑。そんな表情を。

おじいちゃん先生――清滝鋼介九段が頭を抱えながら言う。呻くように。

「…………拡散されてしまっとるんか、これが……」

「超バズってますね」

不機嫌そうに吐き捨てるのは鹿路庭珠代女流二段。

たまよんの愛称で将棋ファンに大人気のその人も動画には映っていて、コメント欄には同情するような言葉が並んでる。

『たまよん顔面引き攣っとるやん』『これは絶対にあいちゃんのアドリブ』『怖すぎてステージの下、見られないだろ』『プロ棋士から完全に敵認定されただろうな……』『たまよんとばっちりワロタ』

わたしの発言の後、たまよん先生は必死に就位式の雰囲気を元に戻そうとしてくれた。

わたしの言葉を冗談として流そうとしてくれた。

そのおかげで、白けたような空気にはなったものの、就位式自体は和やかなまま終わってくれたけど――

「どうしてあんな場であんなこと言っちゃったんだよぉぉぉぉぉぉぉぉぉぉぉぉ!!」

今、こうしてネットで大炎上していた。

たまよん先生の絶叫は、この場にいる全員の言葉でもあって……。

「三千人も参列者がいたんだよ⁉　マスコミだってしこたま来てたんだよ⁉　将棋メディアだけならまだしも将棋を知らねー大手メディアまで来ておまけにリアルタイムで動画配信だってしてたんだよ⁉　あんたそれ知らなかったの⁉」

「知ってました」

「だったら大人しくしてろってんだボケェェェェェェェェェッッッ‼」

和装をしたわたしの襟を摑んでガクガクと揺すりながら、たまよん先生は絶叫した。普段なら穏やかに止めてくれる山刀伐尽八段も、今は無言で目を閉じている。

「こないなことを自分の孫弟子に言いたくはないが……」

大きな溜息を吐いてから、おじいちゃん先生が今まで見たことのないほど冷たい眼をわたしに向けて、こう言った。

「将棋を舐めるのも大概にしいや。あいちゃん」

「っ……」

覚悟はしていた。親しい人たちに怒られることは。

だからわたしは謝らなかった。

──謝ってしまったら……ただ迷惑を掛けただけで終わってしまうから。

口火を切った以上、最後までやり通さなくちゃいけないから。

ここで投了したら今までの全部が無駄になってしまうから……。

「ちょ、ちょっとみんな⁉　その……ちょっと落ち着いて？　あいちゃんの考えを聞くためにこうして残ったんでしょ？」

桂香さんが取りなすように口を開く。

「そもそも前例はあるの？　編入試験とか言ってたけど……規定上は三段リーグに編入できる制度だけがあるんじゃなかった？　辛香（からこ）さんが受けた……」

辛香将司（しょうじ）さんは、関西の奨励会三段。

もともと年齢制限で奨励会を退会したけど、アマチュアで実績を残して三段編入試験を受け、奨励会に復帰した人だ。年齢的には山刀伐先生と同世代のはず。

わたしが受けたいと言っているのは、その三段編入試験とは違う。

奨励会を経ず一気にプロ棋士になるための試験だった。

「制度はわかりませんけど、前例があります」

「いつの？　何回？」

「六十年前に一回だけ」

「それは前例とは言わないわよ……」

深い深い溜息と共に桂香さんは泣きそうな顔で首を横に振る。式典のために綺麗（きれい）に結い上げた髪が、今はボサボサに乱れていた。

無意識のうちに髪を掻（か）きむしってしまっているんだろう。将棋が敗勢になったときの、桂香さんの癖（くせ）だった。

「「…………」」

部屋の中を重苦しい沈黙が支配する。

就位式の前にわたしが着付けをした控室。

お母さんのお腹の中に赤ちゃんがいることを聞いたその部屋が……今はまるで、お通夜のようで。

「失礼します」

ドアがノックされて、誰かが中に入ってきた気配がした。

一緒に入ってくる新鮮な空気が少しだけ室内の緊張を解してくれる。

「会議中に申し訳ございません。少々よろしいでしょうか？」

明るい声でそう言いつつ中に入ってきたのは二十代半ばくらいの男の人だった。

おじいちゃん先生がキョトンとした表情で、

「きみは…………もしかして、八一の？」

「ごぶさたしております清滝先生。実は弟をダシに、この『ひな鶴』に就職しまして」

その人を見ると、いつもドキッとしてしまう。

わたしにとって一番大切な人に似ているから。声も、姿も。

だから正直、あんまり会いたくない人でもある。

特に今みたいな状況だと……。

――『こんなふうに師匠が来てくれたら』って、思っちゃうから……。

「旅館に就職とは意外やな。いや、もちろんここは超一流の就職先やとは思うが……きみの特技は活かせんのと違うか？」

「そんなことはありませんよ清滝先生！　今は旅館業もＩＴ化の波が到来していますから理系の俺でも使い道はあると会長が判断してくださったんです！」

スマホを掲げながら師匠のお兄さんは答えた。

「ほら、今はこういうアプリもあるんです！　これ俺が作ったんですけど」

「な、何や？　これは……？」

「『人造女将十八号』です！」

スマホの画面には、お母さんをアニメ風にモデリングしたキャラクターが表示されていた。

なんだろう？

ぶいちゅーばー？　みたいな……。

「旅館業は極論すると『いかに効率よく空間を金に換えるか』ですからね。全部屋の稼働率はもちろん、スタッフの状況も把握して、的確な指示をＡＩが出してくれるようにしました。いわば女将業に特化した人工知能ですね！　これは会長の行動パターンを分析して作ったんですが、ビックリしたのが今のＡＩ技術をもってしても会長の能力を全て再現するのは不可能ということでやはりあの方は神――」

おじいちゃん先生がどんどん引いていくのがわかった。

わたしに対する怒りの感情が別の方向へ向かうのは助かるんだけど……。

「あの、すみませんお兄さん。今は大事なお話をしているので……ご用件を……」

「あ、はい！　失礼しましたあいお嬢さん！」

師匠のお兄さんは「いやぁ、会長からも喋りすぎるのがよくないと常々ご指導いただいているんですが……」と頭をポリポリしながら、

「ええと、会長と料理長から伝言です。皆様のお部屋を確保しましたので、本日はぜひこのままご宿泊いただきたいと」

人数分のルームキーを机の上に並べながらお兄さんはそう言うと、わたしの表情を盗み見るようにして口ごもる。

「それから、その……」

「わたしに構わず言ってください」

「……娘の愚行に対するお詫びを、と」

お母さんもお父さんも、わたしのあの発言の直後から……そして今現在に至るまで、対応に奔走してくれている。

女流名跡戦の対局場に『ひな鶴』を使えなかったことを二人は悔やんでいた。

だからせめて娘の就位式だけでもここで執り行いたい。

そう考えて無理をしてくれたのに……わたしがそれを台無しにしてしまった。

しかもお母さんのお腹には赤ちゃんがいる。

安定期に入っているとはいえ、心にまで負担をかけてしまったことに対しては、謝っても謝りきれない。

「で、では！　俺はこれで」

師匠のお兄さんはそそくさと部屋を出て行った。

扉が閉じるのを確認してから、おじいちゃん先生が話を再開する。

「山刀伐くん。きみからも何か言うてやってくれ」

「そうですね……」

それまでずっと口を閉ざしていたそのA級棋士は、額に垂れた髪を細い指で掻き上げながら、こっちを見た。

「っ……！」

わたしは思わず身構える。

こわかった。

師匠……九頭竜（くずりゅう）八一竜王のもとを出た今、わたしにとって実質的な師匠ともいえる人がどんな反応を示すかが。

それにトップ中のトップである十人のA級棋士の反応は、将棋界全体の意見を左右する。

その山刀伐先生は——

「あいくんの気持ちは理解できるつもりさ」

　意外にも、いつも通りの優しい口調でそう言った。

「奨励会……特に三段リーグが時間の無駄だというのは同意するよ。あれを経験したことがある人間なら誰に聞いたってこう答えるだろうね。『三段リーグで棋力が上がった実感は無い』と」

「ちょ、ちょっとジンジン！　そんな甘やかしたら──」

　たまよん先生の抗議を笑顔で制すると、前期名人挑戦者であるその人は笑顔の中に刃を含ませて言葉を続ける。

「けど、その三段リーグを苦労して抜けた人間からすると、そこを飛ばしてプロになることは納得がいかないんだよ」

「……わたしが、その三段リーグを抜けた人たちを全員倒しても、ですか？」

「そういう問題じゃないんだよ。その点に関しては、あいくんは大きな誤解をしている」

　悲しそうに首を横に振る山刀伐先生。

　東北出身で、苦労してプロになったというその人は、けれど苦労話でわたしを説得しようとはしなかった。

「ボクたちが自分の苦労を若者に味あわせるために三段リーグにこだわっていると思っているのなら……そしてプロ棋士の人数を制限するために三段リーグを守っていると思ってるなら、その認識は今すぐ改めたほうがいいね」

「違うんですか？」

「違うね。プロ棋士の権利を守るためじゃない」

山刀伐先生はキッパリと言い切った。

わたしの全く気付いていない頓死筋を示すかのように。

「むしろプロになれなかった仲間たちに悪いと思ってしまうんだ。それが原因で命を絶ってしまった人すらいるんだから」

「あ……っ！」

「その重みを考えれば、あいくんの希望を叶えるわけにはいかないね。では失礼するよ」

そこまで言うと、山刀伐先生はルームキーを取って部屋を出て行った。

まだタクシーが走っている時間帯。

帰ろうと思えば家に帰ることはできるはず。

だから……宿に残ってくれるのは、先生が示したギリギリの優しさだと思えた。

けど当然、そんな優しい人ばかりじゃなくて。

「あたしゃもう無理。付き合いきれねーよ」

鹿路庭先生は嫌悪感剝き出しの声で吐き捨てる。

「タイトル獲って天狗になるならまだしも、ここまで他人を見下せるなんて……正直、こうやって同じ空気を吸うのもイヤだわ」

「っ……」

出会ってから今までで一番厳しい言葉だった。

じわりと滲む涙を悟られないよう、わたしは俯いた。

「悪いけど、あの言葉を取り下げるまでは私の部屋に戻って来てほしくない。あんたの荷物はここに着払いで送っとくから。じゃ！」

たまよん先生はルームキーを取らずに出て行った。

「すまんが」

ゆっくりと立ち上がりながら、おじいちゃん先生が言う。

「わしも賛成できん。応援もできん。そんなことが許されるのであれば…………銀子があまりにも不憫や……」

「っ……」

おじいちゃん先生の口から出たその名前は、想像以上にわたしの胸を抉った。いろいろな意味で。

そしてこの場で唯一わたしの味方をしようとしてくれていた桂香さんも、

「…………ごめんね、あいちゃん。私も……時間がほしいかな。気持ちを整理する時間が……」

「桂香さん……」

ガックリと肩を落として歩くおじいちゃん先生を支えるようにして、桂香さんは二人分のルームキーを取って出て行った。

そして部屋にはわたしだけが残された。

テーブルの上に放置されたタブレットはまだ動画が再生されていて、視聴回数とコメントがどんどん増えていく。

『女子小学生が奨励会に入らずにプロになりたいって？』

『将棋ナメんな』

『百年たっても無理だろ』

『クズの弟子はクズだな』

わたしの望み通りに、わたしの主張は全世界へと拡散されていく。ネット上の数字はいとも簡単に、そして信じられないほどの勢いで伸びていく。

それでもわたしは孤独だった。

「………いなくなっちゃった。みんな……」

ポツリと漏らすその言葉を、わたしは薄い笑みを浮かべながら口にする。

悲しい顔をしたら絶対に泣いてしまっただろうから。

だからわたしは無理矢理笑おうとした。

就位式には三千人も集まってくれたのに……終わった頃にはもう、わたしの周りには誰一人として味方がいなくなっていた。

## ☖ 百年後の将棋

「私と一緒に、百年後の将棋を創りましょ？」

墓標のような黒い箱が無数に並ぶその部屋で、翼（つばさ）のような黒髪を翻（ひるがえ）した少女は俺に向かって白くて細くて小さな手を伸ばす。

夜叉神天衣（やしゃじんあい）。

俺の二番目の弟子であり、現在は同居する内弟子（うちでし）でもある十一歳の少女だ。

冥界（めいかい）のようなそこは、神戸（こうべ）の沖に浮かぶ人工島。

あらゆるものが人間の手で作られた場所。

少女はそこで——神様の作ったゲームを解いていた。

「百年……を、すっ飛ばしたっていうのか？　この計算機で……？」

「ええ」

天衣は無邪気に微笑（ほほえ）んで、

「この《淡路》は現時点で世界最速のスーパーコンピューターよ。つまりこの地球上で最も将棋というゲームの解に近づくことができる存在ということ」

人間の最高峰であるプロ棋士。

その数はおよそ二百人。

一年間の公式戦で生み出される棋譜の数は、ざっと三千局。

一方、このスパコンを使えば……人類よりも遙かに高精度の棋譜を、それこそ何億という数で生み出すことができる。

人類最高の脳みそを使って百年がかりで到達するような場所へ、ほんのわずかな時間で行くことができるのだ。

将棋というゲームに限って言うのであれば、それはまさにタイムマシンと同義。

ＳＦじみた話だが……現実だった。

「……ソフトは？」

「深層学習系のものを独自に開発したわ。といっても、囲碁のものを流用させてもらったんだけどね」

「ディープラーニングか……」

従来型のソフトよりも高度な大局観を有するというそれを使ったということは、プロ棋士が自宅のパソコンでコツコツやってる研究が馬鹿らしくなるレベルの棋譜を天衣が手に入れたということを意味する。

子供の妄想じゃない。

女王戦と女流玉座戦で天衣が指した将棋が、今までの話が全て事実であるということを証明していた。

「人類を超えた囲碁のソフトは、もともとイギリスのベンチャー企業が作っていたわ。それをアメリカの巨大ＩＴ企業が会社ごと買収して完成させたの」

将棋よりも複雑なゲームである囲碁は、コンピューターが人類を超えることができない最後の砦だと見做されていた。

「将棋と違って囲碁は世界普及が進んでるから、技術力をアピールする格好の素材だと考えたんでしょうね。チェスみたいに」

「……将棋ソフトがプロ棋士を倒したとき、俺たち将棋界の人間は囲碁のプロから随分とバカにされたもんだったよ」

しかし将棋からたった数年で機械は囲碁の世界チャンピオンをあっさり倒してしまった。

ＴＰＵという半導体チップを独自開発してまで人類を超えようとしたそのやり口に、囲碁の世界チャンピオンは記者会見でこう吐き捨てた。

『私は機械に負けたとは思わない。札束に負けたのだ』

と。

「そして今は中国のＩＴ企業が開発したものが世界最強になっているの。囲碁人口が何億人もいて欧米より遙かに人気だし、そもそもＩＴ技術でもとっくに日本を追い越してるし」

「中国か……」

「スマホゲームを作ってる会社ね。ほら、アレよ。『原罪』とか『クレイジー・ロワイヤル』

とか。聞いたことない？」

「よくＣＭが流れてるな」

　そして師匠がやってたような気がする。

「深夜にスマホゲームの利用者が少なくなると、その会社の超巨大サーバーが囲碁を打ちだすのよ。だから『囲碁ＡＩは夜、強くなる』って言われてるわ」

「ありそうな話ではあるが……」

「さすがに都市伝説だと思うけどね」

「前置きはいい」

　床を踏み鳴らして俺は天衣の言葉を遮る。

「こんな場所まで連れて来たんだ。見せてくれるんだろ？　百年後の将棋ってやつを」

「棋譜でよければ。どうぞ」

　天衣はタブレットを俺に差し出す。

　暗闇の中でぼんやりと光を放つその薄い板には、将棋の未来が詰まっているはず。

　これはパンドラの箱だ。

　開けてしまえば後戻りはできない。心臓が痛いほど高鳴っていた……。

「…………」

　意を決して、俺はタブレットを操作する。

「こ、これが……百年後の将棋か⁉　これが⁉」

そこにあったのは、想像を遙かに超えた将棋の数々。

強烈な違和感に、平衡感覚を保つのが難しくなるほどだった。

興奮が急速に引いていく。

心の中で様々な感情が爆発し──

そして、最後に残ったのは……………………少なくとも『希望』ではなかった。

「な………これは………想像以上だな……」

「予想してた？　将棋の結論がこうなるって」

「……ある程度は……」

誰もが一度は将棋の結論というものについて考えたことはあるだろう。

将棋は二人零和有限確定完全情報ゲームであり、その結論は先手必勝か後手必勝か引き分けかになる。

そして唯一の欠缺とされたルールの不備は、俺と名人の竜王戦を切っ掛けとして既に修正が施されていた。

「だけど、これは………最悪だよ。予想の中でも最高に最悪の部類だ……」

「そうなのよ。私の苦労がわかってくれた？」

天衣は肩をすくめた。わざとらしく溜息まで吐きながら。

「指しこなすとかそういう代物(しろもの)じゃないわ。こんなものを見てしまったら……将棋を指そうっていうモチベーションを保つことすら難しい」

「……確かにな。見たくなかったよ」

「けど、見てしまった」

お前に見せられたんだよ。

目の前の小悪魔にそう言ってやりたかった。ノコノコついて来た自分が悪いってことは理解してるからギリギリで堪(こら)えたけど……。

一人だったらきっと、絶望のあまり叫んでいただろう。

「見てしまった以上、それをなかったことにはできない。師匠(せんせい)ならこの棋譜から私以上に有用な手筋や囲いを発見することも可能なんでしょ？　《西の魔王》なら」

「…………………」

「あなたの本、読んだわ」

スマホを取り出しながら天衣は言う。電子版も好評発売中な俺のデビュー作のことを。

「『九頭竜ノート』だったっけ？　タイトルはどうかと思うけど、面白(おもしろ)かった」

「……そりゃどうも」

「ソフトの指す将棋から法則性を導き出す。0と1の無機質な羅列に意味を見出す。気の遠くなるような……というか、他の人間がやったと言えば、気が触れたと思われるでしょうね」

「似たようなことは言われたよ。関東の若手に」

「けどあなたは実際にそれで勝ってる。そして追随者も出始めている。名人とかね？」

確かに名人戦では俺が本で書いた課題局面が何度も出た。

そして前期名人挑戦者であり今期A級一位の山刀伐尽八段みたいに、過去の感覚を完全に捨てて俺の示す将棋観に乗り替えようとするトップ棋士もいる。

扉を開けたのが自分だという自覚は、ある。

この絶望へと続く、最初の扉を。

しかし今は何よりも夜叉神天衣という少女をこんな怪物へと育ててしまったことが恐ろしかった。

その責任は取らなくてはならない。この子をこのまま放置するわけには……。

「…………できなくは、ないんだろうが……」

「じゃあもっと喜んだら？　あなたがずっと抱いていた疑問の答えを、大金を払ってこの私が検証してあげようって言ってるんだから」

「…………」

「この未来を見たのは私たち二人だけ。九頭竜八一と夜叉神天衣だけよ。神の教えに背いて、知恵の実を食べてしまったのは」

原罪。

さっき聞いたゲームのタイトルが、奇妙なほどにスッポリとこの状況に収まる。

「……技術が進歩すればいずれ他の誰かもこの棋譜を見るんだろ？」

「いずれね」

天衣は肩をすくめて認めた。

「けどそれは、少なくとも数十年単位で先のはず」

「コンピューターってのは一年で七倍くらい性能が伸びるんじゃなかったか？」

今はスパコンを使わなくちゃいけなくても、あと五年もすれば家庭用パソコンで同じようなことができるようになってるかもしれない。

「何だっけ？　ムーの法則だったたか？」

「ムーアの法則よ。バカ」

心の底からバカを見る目で天衣は言った。

これこれ。これだよ。いつものノリが戻って来てちょっと安心……。

「それも数年後には飽和状態になると予測されているけど、確かに《淡路》で使われている半導体チップ自体は今この瞬間にも時代遅れになっていく」

暗闇の中で点滅を繰り返す《淡路》の筐体(きょうたい)に優しく触れながら、天衣は言う。

「けれどお父様とお母様が設計したこの《淡路》が優れているのは、計算性能ではなく実アプリケーションでこそ、その能力を発揮することなの」

「？？？」

「たとえば、サッカーで重要なのは足の速さよね？　でも百メートル走の世界一位がサッカーで世界一の選手なのかというと、そういうわけじゃない」

「それは……そうだろうな」

「同じように、単純計算を世界一速くこなせるようになっても、実際の問題解決に役に立たなければ無用の長物ってこと。《淡路》は汎用性を求めた結果、専門性を突き詰めた他のスパコンより計算速度自体も速くなってしまったという感じね」

よくわからんが……。

オールラウンダーの名人が振り飛車を指しても一番強かった、みたいな感じ？　か？

「それに考えてもみて？」

この異様な空間を示しながら、天衣は言う。

「世界最速のスパコンを使って将棋のソフトを動かそうなんて考える人間が私以外に現れると思う？」

「現れ…………ない、だろうな……」

「夜叉神家の人脈と資金力を使ってようやく実現するレベルの奇跡なの。これだけの計算資源を費やして極東の島国でしかプレーされていないアナログゲームの結論を求めるなんて……自分で言うのもなんだけど、頭がおかしいと思うわ」

確かに夜叉神天衣以外は現れないだろう。二度とこんなチャンスは来ない。

「だから言ったのよ。百年後の将棋だって」

「…………」

そして少女は俺の隣に並ぶと、上目遣いにこっちを見て、

「それもこれも全て、あなたの気を惹きたいから…………って言ったら、嬉しい？」

蠱惑的な笑みを浮かべて少女は俺の手をそっと握る。

この言葉をどう捉えたらいいのだろう？

天衣は側近である池田晶さんを社長に据えて東西の将棋会館を建て替え、女流タイトル戦を新設し、棋士向けのウェブサービスも新たに立ち上げようとしていた。

そしてこの子の近くには常に……将棋連盟会長である月光聖市九段の姿がチラつく。最初に俺たちが出会うきっかけを作った、あの永世名人の姿が。

裏から将棋界を支配しようとしているようにしか見えない。

――毒饅頭だな。第一感は。

取れば頓死。

普通ならこんな露骨な手は喰らわない。さっさとこの怪しげな建物から出て、全部無かったことにして、今まで通りの生活を送る。

女流タイトルを獲得した一番弟子と和解し、療養中の恋人が復帰するのを待つ。

――戻れるか？　そんな現実に……。

わからない。

ただ、一つだけ断言できることがあるとすれば。

この《淡路》を、俺は自分のためだけに使おうとは思わない。

世界一将棋が強くなりたいとか。

全部のタイトルを独占したいとか。

誰も使ったことのない新戦法を探したいとか。

そんな欲望だったらセーブできただろう。他の棋士に対して明らかにフェアじゃ無いから。

けど…………俺はここに残ることにした。

――見たい。

普通に生きたら寿命が尽きて見られないはずの将棋を、この目で見たい。

将棋指しとして極めて純粋で単純な好奇心だからこそ、俺はそれを止められなかった。

「…………期待に応えられるかはわからないぜ？」

天衣の手を握り返しながら俺は囁いた。

「あら？　弱気じゃない」

「お前がどう思ってるかは知らないが……俺は自分なりのソフトの使い方ってのを見つけたに過ぎないからな。どっぷり浸かってる連中とは壁がある。まずはそこに追いつかなきゃ……」

「於鬼頭曜とか？」

「於鬼頭先生や二ツ塚さんは、どっちかっていうと今の俺と似たタイプだな」

於鬼頭曜玉将は、人類で初めてコンピューターに敗北したプロ棋士だ。

責任の重さに耐えきれず自殺未遂までしたその人は、文字通り生まれ変わったかのようにソフトの将棋に傾倒し、コンピューターに対して嫌悪感を抱いていた将棋界で新たな道を切り開いた。

そして於鬼頭先生の研究パートナーである二ツ塚未来四段は、若手棋士の立場からその方向性に共感し、同じ道を歩んでいる。

二人は現在、ディープラーニング系のソフトを開発中だ。

ただ……この二人はあくまで『研究家』。

コンピューターを使うことが上手なのであって、コンピューターそのものになりたいと考えてるわけじゃない。

そして二人とも自覚的だ。そうなるには才能が足りないことに。

「ソフトの感覚そのものを自分の中にインストールしてるのは……こっちの二人さ」

そう言うと俺は、スマホの対局中継アプリを立ち上げて、そこに記された二つの名前を天衣に見せた。

人間の枠からハミ出した二匹のバケモノの名前を。

『竜王戦六組決勝　椚創多(くぬぎそうた)四段　VS　祭神雷女流帝位(さいのかみいかじょりゅうていい)（先後未定）』

## ☗対峙(たいじ)

その少年を日本中が発見しつつあった。

「来たぞ！」

「椚四段だ！」

関西将棋会館の前に集まった報道陣が一斉にカメラを向けるその先には、詰め襟(つめえり)の学生服を着た美少年の姿。

シャッターを切る音が、さざ波のように広がる。

しかしその音を掻き消すかのように、中年女性たちの絶叫じみた声援が轟(とどろ)いた。

「そうちゃーん！」『かわいい！』『こっち向いてぇ！』

なにわ筋の狭い歩道にひしめく大阪(おおさか)マダムたち。

それはさながら古代ローマの重装歩兵のように密集し、強烈な戦闘力を誇示していた。

歩道に収まりきらずガードレールを越えて車道にまでハミ出しているが、鳴り響くクラクシヨンを大阪のオカンたちは全く気にする様子もなく、ただひたすらスマホを構えて創多の写真を撮ることに熱中している。

お昼のワイドショーを爆心地として広がりつつある『そうちゃんブーム』は、デビュー以来無敗の連勝が切っ掛けとなったのは間違いない。

だが将棋の実力以上に、椚創多という少年そのもののパーソナリティーが、世間の……というか主婦の琴線に響いた。

理想の息子。

賢く、清潔感があり、見た目も麗しい。

十三歳にして将棋という伝統芸能に打ち込む姿も「歌舞伎役者みたい」と好印象なうえ、さらに「歌舞伎役者みたいに浮ついたところがない」ということで、今や完全にアイドル級の人気を獲得していた。

関西系のワイドショーは朝も昼も夜も創多の話題で完全にジャックされており、少し前に空銀子（そらぎんこ）ブームで地上波に引っ張りだこだったプロ棋士や女流棋士たちは、今度はほとんど会ったこともない創多の話題をテレビで喋るようになっている。

『史上最年少！　小学六年生でのプロデビューを果たして以来ここまで土付かずの公式戦二五連勝！　そんな椚創多四段の話題を関西から生中継でお届けします！　お相手は人気女流棋士の鹿路庭珠代女流二段です』

『どもども～☆　関西初上陸どぅぇぇぇぇぇぇっす！』

見る人が見ればどこかヤケになった様子の鹿路庭は、ハイテンションに喋り倒す関西のワイドショーではむしろピタリとハマッている。

皮肉なことに、あいと喧嘩(けんか)したことが鹿路庭の芸歴にとってはプラスになっていた。

『さあ鹿路庭さん。いよいよ史上最多連勝記録である二八連勝が見えてきたとあって、日本中が盛り上がっていますね！』

『しかも今日の対局は相手が女流棋士ですからねー。奨励会時代から見ても、たぶん椚せんせーにとって初めての経験だと思うんですよね！　それだけに独特のプレッシャーがあるかもしれません』

『でもプロ棋士って女流棋士よりも圧倒的に強いんでしょ？　だったら二六連勝は決まったようなものということですか？』

『いえいえ！　それは違うんですよー』

『ほう？』

『今日、椚せんせーと竜王戦本戦出場枠をかけて戦う祭神雷女流帝位は、プロ棋士との対戦成績が他の女流棋士と比較にならないほどなんです！　その勝率は……なんと六割！』

『ええ!?　じゃあプロ棋士の半分以上より強いってことですか？』

『そうなんです！　しかも祭神さんが勝ったプロ棋士の中にはぁ！　あの！《浪速(なにわ)の白雪姫》

こと空銀子四段もいるんですよ～☆』

『史上初の女性プロ棋士に勝っちゃった⁉　じゃあ逆に、この祭神雷さんはどうしてまだ女流棋士のままなんですか？』

『それは奨励会とかまあ色々と将棋界の複雑な制度が絡んでるんですけどぉ』

今回だけじゃ説明しきれないからレギュラーで呼んでくださーい！　と露骨な売り込みをかける鹿路庭を、関西の視聴者は「ええ根性しとる」と早くも受け容れつつあった。

『今日の対局で勝利すれば、女流棋士として……いえ！　女性として初めて七大タイトル戦の本戦に出場することになる祭神雷女流帝位！　どちらが勝っても将棋界の歴史が大きく動く一日になりそうです‼』

——ちゃんと話題になってますよ。鏡洲さん。

連盟三階の棋士室で電子機器をロッカーに預けながら、創多はビルの外から聞こえてくることの喧噪を鏡洲飛馬に聞かせてやりたいと思った。

銀子の四段昇段祝賀会兼鏡洲の退会慰労会で顔を合わせたのが最後、一度も連絡を取っていない。

「……ふん。向こうが勝手に実家に帰ったんだから、向こうから連絡してくるのが筋ってもんでしょ？」

そう口に出して強がるものの、モヤモヤは晴れない。

挫折してプロの道を諦めた鏡洲に対して将棋の話を振るのが怖いのだ。そして創多自身、それを自覚していた。

だから創多にできることは、少しでもよい将棋を指して、話題になる。

そうすればそのうち鏡洲の暮らす宮崎にも創多の話題が届くかもしれない。創多の指した棋譜を見た鏡洲が、我慢しきれなくなって電話を掛けてくるかもしれない……ドキドキしながら終局後にメールや着信履歴を確認する。で、何も無くてガッカリ。そんなことをもう二五回も繰り返していた。

——けど……今日は望み薄だな。

対局室の前に到着した創多は、小さく溜息を吐いた。

四階の奥にある『水無瀬』という小部屋。

棋戦の格からいえば当然、五階で対局が組まれるべきだ。竜王戦は最上位棋戦なのだから。

注目度の割には小さな対局室が選ばれたのには理由があった。

表向きは中継の都合上。

これまで創多が指した公式戦は全局がリアルタイムで動画配信されており、竜王戦六組決勝という大一番であれば配信しない理由が無い。

だが今日は、動画配信どころか観戦記すら付かないという。

——それくらいヤバいってことだよね？　相手が。

ネットでの動画配信は直前で『諸般の事情により』中止となっていた。それなのに部屋は四階のままというのはつまり対局者である祭神雷があまりにもヤバいから監禁したと結論付けるより他にない。

「おはようございます」

創多が襖を開けて室内に足を踏み入れると、壁に背中を預けた雷が畳を指でむしっているところだった。

——うわぁ仕事じゃなかったら絶対に将棋なんか指したくないや。

最悪の第一印象。

それを顔には出さないまま、創多は荷物を畳に下ろしてから丁寧に挨拶をする。雷の座る壁側は上座であり本来ならプロ棋士の創多が座るべき場所だが、先輩に譲ることにした。

「あなたが祭神雷さんですか。お噂はかねがね」

「そっちも有名人だよねぇ？」

むしり取った畳のカスをフッと息で吹き飛ばすと、雷は首と肩をぐるんぐるん回して、来たるべき大勝負に向けて関節を解し始めた。

「こっちさぁ、対局じゃあ初めて関西に来るんだけど。どいつもこいつも敵視？　つーか、露骨に嫌な顔しやがるんだよねぇ。そんなに銀子を潰したことが気に入らないんだぁ」

「……」

「そっち、確か銀子とプロ入り同期だっけ？　やっぱこっちのこと殺したいくらい憎んじゃってる感じぃ？」

「いえ別に。全く」

ノータイムで創多は断言した。

「あんな人どうでもいいんで。むしろ消していただいて感謝してるっていうか」

「ひひひっ！　そうなんだぁ」

三日月のように口の端をニュゥ～っと持ち上げて、雷の声帯は嬉しそうに痙攣を始めた。ひひひひひひひ。ひひひひひ。という声が狭い室内に反響する。

「そーちゃん物わかりよくってお姉ちゃん嬉しいよぉ。嬉しくって嬉しくってニヤニヤしちゃうよぉ！」

畳の縁をガリガリと爪で擦り、雷は興奮した猫のように目を爛々と輝かせる。

お茶を汲んで対局室に戻ろうとした記録係の辛香将司三段は、入口の襖を少し開けてから、それをまた閉じた。今はタイミングが悪い。

「……バケモノ同士でごゆっくりどうぞ」

そんな辛香の声など全く耳に入らないのか雷は初対面の中学生が気に入ったのかハイテンションで喋り続ける。

「こっちもさぁ。ずぅぅぅぅぅぅぅっと！　あの白髪が目障りだったんだよねぇ！　才能も無いくせに八一の周りをウロチョロウロチョロウロチョロウロチョロウロチョロウロチョロああああああうぜえええええええええええええ!!　この将棋会館銀子の臭いが染みついててイライラすんだよずっとぉぉぉぉぉぉぉぉぉぉぉ!!」

「そうですか。つまり――」

創多は駒箱を開けて盤上に駒を散らしながら、

「今日の将棋は八一さんへの想いが強いほうが勝つ。そういうことですよね？」

「イヒッ！」

雷は眼帯を押し上げて、隠していた左眼を開放する。

ブルブルと左右に震えていた眼球が……創多の顔にピタリと焦点を合わせた。

「……やっぱ面白ぉいガキだぁ。そーちゃんからはさぁ、こっちと同じ臭いがプンプンするんだよねぇ」

「ぼくは別に面白くもなんともありませんけど」

不快さを隠そうともせず、中学生になった天才は吐き捨てる。

「そもそも八一さんは女性の趣味が悪すぎるんですよ！　銀子さんなんて弱すぎて釣り合いが取れないじゃないですか？　釣り合いが取れないカップルが不幸になるなんて、わかりきってるはずなのに」

「わかってんじゃーん！　マジあの白髪イラネ」

「しかもその前に付き合ってたのが、こんな頭のおかしな女だなんて……将棋は強いのに性的嗜好の評価関数が壊滅的におかしいんだよなぁ……」

「あぁ？」

八一がいれば『付き合ってない！』と反論するところだが、将棋界ではその噂は既に一人歩きしている。

特に関西将棋界では、雷が全裸で八一の部屋に「突撃しまーす」した顛末が尾ひれを付けて広まっていた。

その全てを考慮した結果、椚創多は結論を下す。

「やっぱり女なんかが側にいると八一さんのためにならないな！　ぼくが八一さんの生活全般を管理してあげないと！」

「ひひ………だんだんムカついてきましたよぉ」

「一七一日」

「はぁん？」

普通なら骨が折れる角度で首を横に曲げる雷に向かって、創多は詳細な説明を始める。

「ぼくと八一さんが七つのタイトルを持ち合った場合、互いにそのタイトルに挑戦し合うことを仮定して――」

パチン。パチン。パチン。

互いに全く呼吸を合わせることなくてんでバラバラに盤上へ駒を並べながら、二人は戦いの準備を終えた。

「全てのタイトル戦がフルセットになった場合、移動日も含めて八一さんとぼくは年間一五七日間一緒にいることになります。さらに一般棋戦で当たるのも含めて、しかも感想戦も翌日まで行うと計算すると、一七一日間一緒にいられる計算になるんです」

「………………」

「一七一日。ふふっ」

頬(ほお)を赤らめて創多はくすくすと笑う。

楽しくて仕方がないといったふうに。

少年にしては異様に紅(あか)い唇に、白い指先を這(は)わせて。

「ぜんぜん足りませんよ！　だからぼくはもっともっと話題になって、人気者になって、将棋界にお金をもたらすんです。そうしたらタイトル戦をたくさん作ってもらって三六五日ずうぅぅうっと八一さんと一緒にいられるようにするんです。だからとりあえずあなたに勝ちます」

祭神雷は言った。

「イカレてるよお前」

「黙れストーカー」

　創多は即座に切り返す。

「ぼくは制度に則って合法的に八一さんと一緒にいたいと言っていますけど、あなたのやってることは単なる犯罪ですよ？　自覚あるんですか？」

　会話の途中でこっそり入室し、二人の舌戦を盤側で聞いていた記録係の辛香は、思わず心の中で突っ込む。

　――お前ら両方おかしいで。

　しかし口に出してはこう言った。

「振り駒です」

　そして歩が五枚出て、先手は少年のものに。

　詰め襟のホックを外すと、雄々しく角道を開けて、椚創多は宣言した。

「ストーカー退治です。誰が本当に八一さんに相応しいか……わからせてやる」

☖　遠くの出来事

「飛馬くん！　そろそろ休憩にしよ！」

　幼馴染みの弾むような声に、男は作業の手を止めた。

　そろそろ訪れる台風に備えてマンゴー栽培用ハウスの補修作業を行っていた鏡洲飛馬は、流れる汗をタオルで拭いながら、幼馴染みが用意してくれた遅めの昼食を摂る。

九州。宮崎。

奨励会を退会後に故郷へ戻ってきた鏡洲は、近所の農作業を手伝っていた。

「何を見てるの？」

「ん？　いや……」

鏡洲の手元のスマホを覗き込むように、隣に座っていた幼馴染みが首を伸ばしてくる。

お互いの肩が触れ合うほど近くに座ることに鏡洲は最初、多少の違和感を抱いていたが……幼馴染みならこんなものかと、今ではすっかり慣れていた。

「……大阪に残してきた彼女に連絡してる？　とか？」

探るような口調で幼馴染みが言う。

二歳年下の彼女は、昔から鏡洲のことを兄のように慕ってくれていた。

二八歳となった今もそれは変わらないらしい。

将棋のプロになるために大阪に行くと告げたときは「一緒に大阪に行く！」と泣かれて困りもしたが、それも今では笑い話だ。

「飛馬くん昔からモテモテだったもんね！　私はぜんぜん男の人と付き合ったりしなかったけど、飛馬くんは年上からも年下からもいっぱい告白されてたし！　だからきっと大阪でも飛馬くんを待ってる人がいるんでしょ⁉」

「いないよ。彼女なんて」

鏡洲は笑いながら否定する。

奨励会時代には何人かの女性と付き合ったものの、一人を除いて長続きはしなかった。

そしてずっと支えてくれたその女性に対しても、鏡洲は酷い言葉を投げかけてしまって……。

『お前のせいで負けたんだよ』

そんな苦い経験があったから女性を身近に置くことを躊躇するようになっていた。将棋に集中するにはそのほうが都合がいいということもあった。

人間嫌いになったわけではない。

奨励会の最後の数年は、歳の離れた少年とずっと一緒にいたから。

「どっちかというと……弟かな？　俺より遥かに優秀な」

スマホの棋譜中継に表示された椚創多の写真を見ながら、鏡洲は眩しそうに目を細める。

詰め襟の学生服を着た写真を。

――ちょっと大人っぽくなってやがるな。生意気にも。

懐かしさはしかし、表示される棋譜を見たことですぐに吹き飛んでしまう。

「ふーん。彼女いないんだ。そっか……」と呟きながら密かにガッツポーズをしている幼馴染みの様子には全く気付かず、鏡洲はその棋譜を追い続ける。

異様な将棋だ。

振り飛車党のはずの祭神雷が後手番で角換わりを受けたのも意外だったが……そこからの指し手は、鏡洲の将棋観を粉々に砕くものだった。

雷は飛車を盤の右端に振っていた。

「一間飛車……」

戦法として、無いわけではない。

居飛車に分類されるそれは、特定の棋士が使う奇襲戦法のようなもので、体系化されているわけではなかった。自由度は高いだろう。

しかしだからといって何でも許されるわけではない。

居玉。

そして長く長く突き伸ばした端歩。

その端から飛車が前線に飛び出して今は中央に鎮座している。

「……ここから捻ってくるのか……」

「ひねる？　……普通のおにぎりだけど？」

幼馴染みは自分の作った昼食を見て、鏡洲の言葉に首を傾げている。

鏡洲が言っているのはもちろん雷の戦法のことだ。

——形としては捻り飛車に近い……のか？

だがそれは飛車の位置がそうだというだけで、やはり鏡洲が……いや、人類が今まで全く見たことのない将棋だった。

雷は右の桂馬もぴょんぴょん跳ねてさっさと捌(さば)いてしまい、それを呼び水に8筋と9筋で早くも大決戦が行われている。

――居玉、端歩、振り飛車党……とくれば、思わずアレを想像しちまうが……。

将棋史に燦然(さんぜん)と輝く戦法を鏡洲は思い浮かべる。

修行を始めた頃に大流行していたその戦法の影響を受けたからこそ、居飛車党だった鏡洲は振り飛車を指すようになった。

――当時はいっぱいいいたな。俺みたいな奨励会員が。

居飛車党が振り飛車党に転向するなど、コンピューター全盛の今の将棋界では想像すらできないだろう。

そんな鏡洲も、最後の三段リーグは矢倉(やぐら)に人生の全てを託すようになっていた。

時代は既にあの戦法を過去のものに変えていた。それを創始した一人の天才と共に。振り飛車と共に……。

「ところで飛馬くんってさぁ」

「ああ」

「もう、大阪には行かないんだよね？　ずっと宮崎にいるんだよね？」

「ああ」

中継に夢中になりすぎて適当に相槌(あいづち)を打つ鏡洲に、二八歳の熟れた肉体を押しつけるようにしながら、幼馴染みはグイグイと距離を詰めていく。

「このまま農業を続けるの？」

「ああ」

「たとえば……たとえば、だよ？　飛馬くんさえよかったら、うちの農場を任せてみてもいいかって、お父さんが言ってるんだけど………やる気、ある？」

「ああ」

「ほんと⁉」

「ああ」

どんどん更新される棋譜を追うことに脳のリソースを全て費やしている鏡洲は、幼馴染みの言葉を完全に聞き流していた。

創多も早指しだが、雷は限度を超えている。ここまでわずか二分しか使っていないし、ほとんどの手を三秒以内で指していた。

初見のコースを時速三百キロで突っ走るような無謀運転。それでも大きな事故を起こしていないことに鏡洲は慄然(りつぜん)とする。自分なら何回死んでるだろう？　読んでいては絶対に指せない。

しかしこんな力戦形(りきせんけい)を暗記で対処できるとも思えない……。

「………どうしてできるんだ？　こんなこと……」

「どうして？　それは、飛馬くんを私のお婿さんに……あわわわ！　お、お父さん将棋が好きだし！　昔から飛馬くんのこと『一人で大阪に行って根性がある』って認めてたし！」

「ああ………あぁ？」

8筋での戦いは創多の優勢に進んでいる。

先手は銀桂交換に馬まで作っており、おまけに後手は居玉のまま。それだけの代償を支払ったにもかかわらず、雷が得たものは9筋にと金を一枚作っただけで。

端の戦いはそのまま勝敗に直結し、あっというまに勝負が決まった……かに、見えた。

しかし。

「……固い」

簡単に崩れそうな後手陣を崩壊させる手が、意外にも見つけることができない。

「固い？　おにぎり、そんなに固かった？」

「……」

「あのさ。飛馬くんがうちの農場を継いでくれるなら……わ、私も……おまけでついてきちゃうよ？　なーんて……」

「……」

「お料理もそこそこ上手だと思うし…………あと、ほ、他のことも、がんばるから……飛馬くんの言うこと、なんでも聞いちゃう……よ？　あの、その…………えっちなことでも――」

そして極めつけの一手が飛び出し、鏡洲は思わず立ち上がって叫んでいた。

「バックだと⁉」

「ふぇ⁉　ば、ばっく⁉」

せっかく進めたと金を雷はあっさりバックさせていた。

まるで意味がわからないが……その意味のわからない手を指しても局面がギリギリで均衡を保っていることに、鏡洲はより深い衝撃を受ける。

──……辞めた後も俺の心を揺さぶりまくってくれるな。将棋ってやつは……。

おそらく形勢は創多のほうがいい。

これだけの差を付けたのであれば、あの天才が逆転されることはあり得ない。

史上初の小学生棋士は連勝記録を伸ばし、日本中がさらに熱狂するだろう。空前の将棋ブームが起こるに違いない。鏡洲と交わした約束通りに。

しかし鏡洲が人生を何百回やり直したところで絶対に指せない手を盤上で連発しているのは、むしろ……。

「そ、そろそろ休憩終了！　さ！　午後もしっかり働くよ！」

顔を真っ赤にした幼馴染みがズボンの尻についた砂をパンパンと払って立ち上がる。

「………ああ」

後ろ髪を引かれる思いでスマホをポケットに仕舞うと、鏡洲も作業を再開するためにハウスへと近づいていく。

風が強くなりつつあった。

台風が運んでくる、生暖かい風が。

――何かが決定的に変わり始めている。

将棋界が引き返せない一本道を猛スピードで突き進んでいることを、鏡洲飛馬は不吉なその風と共に感じていた。

……そして鏡洲自身も幼馴染みに対して引き返せない一本道に入ってしまっているのだが、それはまた別の話だった。

遠くで起こる二つの出来事が交わることは、ない。

☗　養育費

その将棋の終わりは呆気なく訪れた。

「２七桂？」

祭神女流帝位がノータイムで打ち込んできた、桂馬。

その手を見て、ぼくはさすがに声に出して確認してしまった。

「…………いいんですか？」

返事は返ってこなかった。人間の言葉では。

「ひひひ。ひひひひひひひひ！」

眼帯を外し、ぐるぐるとドラム型洗濯機みたいに回る眼球でぼくの玉を見る祭神さんには、外界の声は聞こえていないようだった。

まあもう指を離しちゃってるからいいも悪いもないんだけど。

「そうですか。じゃあ死んでください」

スパッと桂を取る２一歩成。

ぼくがそう指すと、相手も打った桂をノータイムで跳ねてこちらの銀を取る。

速度勝負。

お互いに刀を振って、どっちの刃が先に届くかを競う。エンドゲーム（終盤戦）と呼ばれるそれは、将棋の本質とは少し違うけど、スリリングで面白い。

ただこの勝負はもう明らかに決着がついていた。だからぼくはドキドキもしない。

十七手詰め。

しかも特に難しくない、ほぼ並べ詰みだ。

これが銀子さんをはじめプロ棋士たちを薙（な）ぎ倒し、女流棋士として史上初めて七大タイトル戦の本戦まであと一歩と迫った人間が指す将棋だとしたら……あまりにも呆気ない幕切れといえた。

「……………………………………………あはぁ？」

最終手は５五金。

ぼくが盤の中央にその金を打ち付けると、後手玉はもうどこにも動けない。

そこまで指されてようやく祭神さんは自分の負けを読んだようだった。

伸ばした人差し指を自玉の上に置いたまま、口を大きく開けてフリーズしてしまう。

「う、ご、げ？」

「投了……と、いうことでええよね？　祭神さん？」

記録係がおそるおそる声をかける。

既に後手玉は完全に詰んでいて、どこにも動くことができない状態だった。何か一つでも駒を動かせばその時点で王手放置の反則負けとなってしまう。プロ公式戦でそれはマズい。

「祭神さん？　あの――」

「いいです。終わりにしておいてください筋子さん」

「辛香やクソガキ」

記録係のおじさんはタブレットを操作して終局させると「三段リーグで僕に負けよったくせに……」とブツブツ言いながら棋譜をプリントアウトしに三階の事務局へ。三段リーグ？　そんな昔のこと忘れたよね。

そして対局室にはぼくら二人だけが残された。

祭神さんは天井を見上げて「あー」だか「うー」だか唸っている。

口の端からは涎が垂れて畳に落ちていた。

記者たちが殺到するまでの数分間。

与えられたその時間で、ぼくは確かめたいことがあった。

「今日の将棋は期待外れの凡局と評価されるでしょう。大舞台に緊張した女流棋士が、奇襲に失敗して最後は詰みも見えずに討ち取られたと。女流棋士ならしょせんこんなもんだと」

プロ棋士はみんなそう思うに違いなかった。

ぼく――――椚創多を除いては。

「……正直あなたのこと、ぼくも大したことないと思ってました。銀子さんより少し上なくらいで、プロ棋士の大半よりは下だろうって。でも――」

もうどこにも動けなくなった玉を人差し指でツンツンとつつき続けている祭神雷という棋士の評価。

それを改める必要があった。

「この死に方を見て少し考え直しました。あなたは………………あまりにも人間を捨てている」

序盤から既にその兆候はあった。

持ち時間の使い方も。

明らかに読んでいないのにここまでの将棋が指せることも。

ぼくも他の人間とはかなり違う思考方法をしているから、祭神さんがどこまでのレベルで人間を捨てているかはだいたいわかる。

「さすがにぼくでも引きますよ。怖くないんですか？」

「………………あはぁ」

負けたというのにニヤニヤするストーカー女。

八一さん本当にこれと付き合ってたの？　逆にすごいですよ。どういう確率でこんなのに好かれるんだろう？

「話が全く通じないな。まあここまで壊れてたらそうなるか…………けど、だとしても一つだけ疑問が残るんだよなぁ……」

そんな独り言を口にしていると。

「あの……感想戦の途中で申し訳ございません」

いつのまにか記者たちが入室していて、代表者がぼくに向かってマイクを差し出していた。

「本局についてコメントをいただきたいのですが……大丈夫ですか？」

「あ、はい。もちろんです」

頓死した祭神さんがショックのあまりおかしくなっちゃったと勘違いしたんだろう。記者は申し訳なさそうな感じだ。気にしないで！　その人もともとおかしいんですよ。

「では……まずは勝たれた椚四段におうかがいします」

　ぼくが少しでも頷いたりまばたきしたりすると、それだけで大量のフラッシュが瞬く。眩しいから俯くんだけど、それがまた「奥ゆかしい！」とネットで評判になるらしい。世間ちょろすぎー。

「はい」

「簡単に一局を振り返っていただけますか？」

「んー……そうですね。序盤から中盤は正直、相手に上手く指されたと思いました」

　まずは敗者を持ち上げる。

　この行程も重要で、特に具体性の無い発言でも「さすが創多きゅん！」と世間はぼくの評価を上げるし負けたほうも「あの天才が俺を褒めてくれた！」と気を良くするから勝ちまくっても敵を作らない。

　ま、本譜は作戦の善し悪しは別として驚いたことは確かだしね！

「特に四六手目の、と金をバックしたところ。あれは読み筋になかったので、少し焦ってしまって……」

「勝ちを意識なさったのは？」

「2一歩成と踏み込んだところで、こちらが少し速いのかな……と」

「ありがとうございます」

　将棋に関して聞いても視聴者ウケが悪いからインタビューもあっさりだ。助かるよね。

「本局で二六連勝。最多連勝記録の二八連勝が見えてきましたが、更新の可能性は？」

「記録は意識せず目の前の一局を大切にしたいです」

「これで竜王戦六組優勝となりました。本戦出場への意気込みをお聞かせください」

「一七一分の二八を確保できるよう頑張ります」

「一七一？　……とは？」

「タイトル戦に出たいな！　って意味です♡」

人気者になるコツは、ちょっとミステリアスな部分。

それからとびっきりの笑顔。この二つがあれば、ぼくはいくらでも人気者になれる。ライフハックってやつだね！

「ありがとうございます。では──」

記者は上座にマイクを向け変えると、おそるおそる尋ねる。

「……すみません。祭神さん、何か一言ありましたら……」

「…………ぁ…………ぱ…………」

「あ、あの…………では本局については椚四段にご解説いただいたので、別の話題を。先日、ある女流棋士がプロ編入を目指すと発言しました。この件について祭神さんの意見は……」

「ひっ…………ぱ…………ぱぱぱぱ……」

「…………」

誰がどう見たってインタビューが成立するような状況じゃない。

集まった記者たちが諦めて立ち上がりかけた、その時。

「パパぁ」

「ん!? 何です?」

涎と共に漏れた声に、記者たちは一斉に耳を澄ます。

そして敗者はこう言った。

「パパにもっと養育費をもらわなくっちゃあ」

……あまりにも異様なその発言はカットされ、使われることはなかった。

だからその日その場にいた人間以外にはこのことは共有されなかったし、おそらくぼく以外に疑問に思う人間もいなかったのだと思う。

祭神雷の言う『パパ』が誰なのか。

そして『養育費』とは何を意味するのかを。

## ☖ 滅ぶべき種族

東京。千駄ヶ谷（せんだがや）の将棋会館。

四階の最奥に位置する特別対局室ではその日、一局だけが行われていた。

「投了する」

「ん……」

上座の棋士が駒を投じ、生石充(おいしみつる)九段は小さな頷きと共にそれを受け容れた。時刻は深夜十二時を回っている。対抗形にありがちな、互いの陣形がそのまま擂(す)り潰し合うかのような激戦だった。

しかしその激戦を見守る人間はあまりにも少ない。

記録係が棋譜用紙をプリントアウトするために席を立てば、対局室に残るのは三人だけだった。報道陣は全て関西に出払ってしまっている。職員すらも応援に派遣しているという。

ガランとした特対を見回しながら、生石は呟いた。

「前期竜王挑戦者が本戦にも入れず散る……か。降級しなかったとはいえ、さすがに寂(さび)しい結果だな？　ええ？」

「A級二位で名人挑戦まであと一勝だった棋士が言うと説得力がある」

「於鬼頭、お前……皮肉が言えたんだな？　コンピューターってのはそういう機能が付いてないと思ったんだが……」

「最新型なのでね」

ニコリともせずそう答えた於鬼頭曜玉将は、敗着を指した局面まで駒を動かすと、感想戦を開始した。

勝とうが負けようが全く感情を覗かせないその姿は、確かに機械のように見える。

竜王戦の最高峰である一組に十年以上君臨し続ける二人だったが、今期は早々に敗退して『裏街道』と呼ばれる出場者決定戦に回っていた。

「ま、ロートル同士が傷を舐め合っても始まらんか」

かろうじて一組五位となり本戦に滑り込んだ《捌きの巨匠(マエストロ)》は、嬉しさからいつもより寛容な気持ちで、

「しかし……振り飛車に戻った俺が苦労するのは不思議じゃないが、最新のソフトを使いこなすお前さんまで不調なのはどういうこった？」

「先行者利益(りえき)が消えただけともいえる。ソフトの将棋をどう取り入れるべきか誰もが苦悩していたが、それを一冊の本が解消してしまったのだから」

「『九頭竜ノート』か……厄介なモンを出版(だ)してくれたな、あのクソガキ」

「山刀伐君は五冊買ったと自慢していた。冊数が多くても学習効率に影響は無いと思うのだが、彼の棋力の伸びを見るとその認識は改める必要があるかもしれない」

「やめとけ。あいつは異常だ」

同世代の二人が手元だけで感想戦を行いながら軽口を叩(たた)き合うのを、まだ二十歳にもならない女子大生だけが熱心に見詰めている。少し離れた場所から。

「…………」

「きみ」

視線を盤に注いだまま於鬼頭はその女性――生石飛鳥に尋ねた。

「向こうの結果はどうなっている？」

「むこう？」

急に話を振られた飛鳥はしばらく呆然としていたが、

「あっ……か、関西の対局なら、椚四段が勝たれました！　あの……か、かなり早く終わって……最後は、祭神先生が……頓死みたいな感じで……」

「……ありがとう」

於鬼頭は盤から目を離すと、飛鳥を見て礼を言った。

その視線は意外なほどに優しくて、飛鳥は驚いた。父親からタイトルを奪った憎い相手だとばかり思っていたのに……。

明らかに苛立った様子で巨匠が苦情を申し立てる。

「おい。人の娘を甘やかすな」

「得たい情報を最も効率よく得たにすぎないが？」

反論しようと口を開きかけた生石だったが、大きな溜息を吐いて、その方針を転換した。

将棋には勝ったが、今日は口喧嘩には負け続けている。

「ったく……関西所属の研修生が、関東の対局の感想戦を聞いてるなんて前代未聞だぜ。大学生ってのは暇すぎないか？　学費を払う親の立場にもなれってんだ」

「ひっ、ひまじゃないもん！　それに関東にいるのだって、あいちゃんの就位式に出たついでだから……」

「師匠の対局を観戦するのがついでだと⁉　破門されたいのか⁉」

「そ、そんなことしたら、親子の縁を切るから……‼」

「今の聞いたか於鬼頭⁉　大学へ行かせてやったうえに研修会入りも許可して師匠まで引き受けてやった挙げ句がこの仕打ちだぞ⁉」

「むしろ喜ぶべきでは？　大学は自ら学ぶべきことを選択できる場所だ」

「おいおい……最新型のコンピューターってのは将棋だけじゃなくて娘の教育方法まで教えてくれるのかい？」

「人工知能にとって汎用性の獲得は常に重要な課題であり続けるからな」

「汎用性だと？」

さすがに聞き捨てならないと、生石は手にした飛車を盤に叩き付けながら言う。

「そういう小賢(こざか)しいことは……居飛車だけじゃなく振り飛車も指すようになってから言えってんだ！」

「振り飛車は既に戦法として死んでいる」

何の感情も含有しない音声を発する於鬼頭。

しかし続く発言は意外なものだった。

「そしてその結論はソフトが出したのではない。一人の天才が下したのだ。人類最高の知性を有する、あの天才戦略家が」

「っ……！」

ハッとするように息を飲む生石。

天才戦略家。

その言葉が示す人物は、将棋界にはただ一人だけ。

棋神と崇(あが)められるあの名人ですら、その棋士と比べれば創造性という面において一歩も二歩も譲るとされていた。

「碓氷(うすい)さんか……遂に竜王戦も一組から陥落で、順位戦はB級2組……いやC級1組だったか？『竜王』ってタイトルはあの人の代名詞みたいなもんだったのにな……名人と並んで」

「碓氷尊(たける)が力尽きたとき、振り飛車は死んだ。碓氷尊をもってしても不可能なことを他の人間やコンピューターに為(な)し得るはずがないのだから」

「まだこの《捌きの巨匠》がいるぜ？」

強がってみせたものの、生石はすぐに自虐的な笑みを浮かべた。

「……と、言えるほどの実績は残せてないな。俺はあの人みたいに新戦法を生み出したわけでもないし」

そして巨匠は正座に直る。それは感想戦を終えようという無言の意思表示だった。

於鬼頭も無言で同意し、盤面を崩す。

「なあ」

タイトル保持者である於鬼頭が駒を片付け終わるのを待ちながら、生石充はポツリとこんな質問をする。

勝者にしてはあまりにもか細い声で。

「本当に……振り飛車はもう終わりだと思うか？　お前さんが作ってるっていうディープラーニングとかいうソフトの力を借りても、新しい戦法は生まれないと思うか？　碓氷さんが生み出したみたいな……プロや奨励会員がこぞって振り飛車に走るような、あんな戦法は……」

「計算上はそうなる。そうでなければ今までソフトが探索してきた結果を全て無視することになるからな」

「ふん……」

《捌きの巨匠》は腕組みをして考え込む。

そして盤側に座る飛鳥もまた、俯いて膝の上で拳を握り締めていた。その姿は対局を見学して将棋を勉強するというよりも……別のために対局室にいるように見える。

そんな飛鳥に再び優しい視線を注ぎながら、於鬼頭は口を開いた。

「だが」

「ん？」

「心情的には残ってほしいと考えている。私も……人の親なのでね」

## お裾分け

カチ……カチ……カチ……。

暗い部屋の中で、マウスをクリックする乾いた音だけが響き続けている。

「……これもか？」

もう何十時間ここに座っているだろう？

《淡路》の棋譜を西宮のマンションの一室で見始めた俺は、そのうち部屋の照明を点けたり消したりするのすら面倒になって、パソコンのディスプレイが放つ光だけをひたすら凝視し続けていた。

「これも……これも、これもこれもこれもこれもこれもこれもこれも――」

膨大な棋譜の中から俺は探そうとしていた。

百年後にもそれが残っていることを。

「……これが運命なんだとしたら、俺たちがやってきたことは……ん？」

ふと、部屋の入口に人の気配を感じて振り向くと――

そこには鮮やかな和服を着た美少女が、壁にもたれるようにして立っていた。

「ただいま」

夜叉神天衣は俺と目が合うと、短くそう言った。

……天さんちょっと怒ってる？

「お？　……おお。帰ってたのか」

「ちなみにもう二十分くらいここに立ち続けてるんだけど？」

天衣が和服を着てるのは、獲得した二つの女流タイトルの就位式に向けた準備をしていたからだろう。

女王と女流玉座。

奨励会三段とのダブルタイトル戦を制し、夜叉神天衣は女流二冠の称号を得た。

俺にとって馴染みのあるその二つのタイトルを、他人の手に渡すことなく弟子が獲得してくれたというのは、嬉しさもある。

と、同時に…………胸が潰れそうなほど寂しくもあった。

そんな複雑な感情を弟子に悟られないよう俺はパソコンに向き直って、

「あ、《淡路》の棋譜が膨大すぎるんだよ……冗談抜きで百億局くらいあるんだぞ？　これを全部見ようとしたら百年でも全然足りないくらいで――」

「私のこの姿を見て何か言うことは？」

「……七五三？」

「射殺(しゃさつ)するわよ？」

じょ、冗談だよ……冗談……。

「す、素敵だなぁ！　そして女王戦と女流玉座戦の就位式を一度にやるために両方ともタイトル戦を買い取るとか、お嬢様はやることが違うよなぁ！」

「東西の将棋会館の建て替え事業を一括で受注できたんだもの。女流タイトル戦を全部買い取って、さらに三つくらい新設してもお釣りが出るわよ」

プロのタイトルより多くなっちゃうだろそれ。

「それに棋戦の運営は不採算事業のつもりだったけど、いいタイミングでいい買い物をしたことになるかもしれない。椚創多のおかげで」

「そうちゃんブームなぁ……あいつの本性を知ってたら、とてもじゃないが応援する気なんて起こらないと思うけど」

昔から俺のことを妙に慕ってくれるから嫌いってわけじゃないんだが、得体の知れないところがある。

『八一さん、このあとお時間ありますか？　やったぁ！　じゃあ残りの一生ぼくとだけ将棋を指し続けてください♡　…………時間あるって言いましたよね？』

とか平気で言ってくるんだよ？　こわくない？

「で？　就位式の引き出物を何にするかは決まったのか？」

「そうね。棋譜とかどうかしら？」

「お前の指した将棋の？　自戦記ってことか？」

タイトル戦で指した将棋の解説を冊子にして就位式で配るのは珍しいことじゃない。ファンとしては嬉しいお土産だ。

「違うわ」

天衣は俺の操作するパソコンのディスプレイを示して、

「あなたが今、必死になって見てる棋譜よ」

「ッ⁉　ま、まさか――――」

重大な決定をサラッと口にする弟子の顔を思わず凝視する。

「《淡路》の棋譜を公開するつもりか⁉　こんなものを⁉」

「ようやくちゃんとこっちを見てくれたわね。八一」

満足そうに笑顔を浮かべると、天衣は部屋の中に入ってきた。

そして俺の隣に立って計画を話し始める。

「私の就位式は適当にやっておくわ。いま話しているのは《淡路》の就位式のことよ」

「？？？」

「ちなみに私の就位式だけど、師匠はお留守番ね？　他にやってほしい仕事があるから」

「それはいいが……いやよくないのか？」

就位式に師匠が出ないなんて前代未聞だと言おうとしたが、そもそも俺はあいの就位式を欠席したばかり。

バランスを取る意味でも天衣の就位式にだけ出るのは悪手かもしれない。もしかしたら天衣なりに姉弟子に配慮しているのかも……？

「それより《淡路》の就位式って？」

「《淡路》が世界最速のスーパーコンピューターになったことを正式に発表するのよ。産総研の開発チームがね」

「ッ……！　そういう意味の就位式か。なるほどな……」

しかしそれが棋譜にどう繋がる？

「そしてそのベンチマークソフトとして使用したのが――」

「…………将棋ソフト？」

「そう」

マジかよ。

「おかしな話じゃないわ。高性能CPUのベンチマークソフトにも将棋ソフトは選ばれてるもの。家庭用だけど」

「NPSがどれくらい出るかってやつか……」

『ノード・パー・セコンド（NPS）』とは、一秒間に何手読めるかを示している。数値が大きい方が高性能ってことだ。

「しっかしさぁ……ベンチマークってのは普通、もっと汎用性のあるもので試すべきだろ？　将棋ソフトなんてあまりにも用途が限定されすぎてて――」

「理由は二つある」

天衣は左右の手の指を一本ずつ立てて、

「一つは、実際に《淡路》のベンチマークに将棋ソフトも使用していたから。これは《淡路》の開発者が私の両親だったことに由来している。つまり開発者の趣味ね」

「ご両親はソフトも作ってたのか？」

囲碁のソフトを参考に作ったと言ってたから、てっきりどこかの企業だか研究機関だかに外注して作ってもらったと思っていたが。

「当時はそこまで強くはならなかったけどね。ただ、囲碁で使われてるモンテカルロ法を最初に将棋に応用したのは母だったわ」

「マジか……」

つまりディープラーニング系の将棋ソフトの元になる技術を作ったのが天衣のお母さんということになる。

天衣のご両親は東京の大学の将棋部で出会った。

とはいえアマ名人の実績を有するお父さんと比べて、お母さんはそこまで将棋が好きじゃなかったらしいから、これは意外な事実だ。

「ちなみにお母様が言ってたけど、優秀な後輩のアドバイスのおかげらしいわ。大学の将棋部の。いったい誰のことなのかしらね？」

「……さあな」

「それにもう一つ」

絶妙な間合いで話を戻すと、天衣は《淡路》を将棋と絡める理由を説明する。

「椚創多のおかげで将棋というコンテンツの価値が急上昇してるから、話題性がある」

「将棋という話題と世界一という話題の二つが組み合わさることで、もっと《淡路》を売り込みやすくなる……ってか？」

「お金を稼ぐためにやってるわけじゃない」

天衣はキッパリと言う。

そして次の言葉をもっとキッパリと言った。

「けれどお金が稼げるなら、たくさん稼いだほうがいいもの」

「そりゃそうだ」

俺たちはプロだ。そしてプロの優秀さの最も大きな指標が賞金額。

《淡路》を動かすのだって莫大な資金が必要になる。稼げるうちに稼がないとね！

「公開するのは一〇〇局」

「ひゃく……？　たったの？」

少なすぎる。そう思った。

だが、それでいいのかもしれない。《淡路》の示す未来をそのまま見せるのは……俺や天衣が受けた衝撃をそのまま見せてしまうのは、刺激が強すぎる。

絶望のあまり将棋をやめる人が出るくらいには。

「棋譜の選定と……特に重要なものに関しては解説も付けるべきよね？　その役目にふさわしいのは――」

「竜王（おれ）……か？」

「さすが師匠！　理解が早くて助かるわ♡」

わざとらしく媚（こ）びるように天衣は俺に抱きついてくる。

さっき言ってた『お仕事』ってのはこれか。

「名人じゃなくていいのか？　話題性としてはあの人のほうが上だと思うが」

いま将棋界で最も話題性があるのは創多だが、それも名人の存在があってこそだ。

伝説の最強棋士が君臨し続けている将棋界に突如出現した天才少年。この構図がウケているんだろう。

名人の獲得賞金額は三十年間ずっと一位。

タイトルも過半数の四冠を保持しており、まだ四段の創多とは雲泥の差がある。

なおここに史上最年少で二冠になって獲得賞金も二位の棋士がいるんだが世間の注目度も『椚創多と名人のどっちが強い⁉』みたいなのばっかりですっかり忘れ去られている。いや最初から世間様に興味を持っていただけてないだけかもしれないんだが。

「名人に依頼するのも考えたけど、今回は師匠にお願いするわ。身内贔屓じゃないわよ？」

「ほう？　高評価の理由をうかがっても？」

「だってあの名人よ？《淡路》の棋譜を与えたら、夢中になって一年でも二年でも引きこもりそうじゃない？」

……確かになぁ。

「いい仕事をして欲しいし、話題性も欲しいけど、締め切りまでに原稿が上がってこないんじゃ無意味だもの」

史上最強の棋士であると同時に史上最強の将棋オタク。

それが名人だ。

『ヒカルの碁』の塔矢名人みたいに強い相手と戦うためなら引退すらしかねない。タイトルを返上して公式戦をすっぽかし一年でも二年でも引きこもるくらいなら普通にやる。

あの人が《淡路》を見たら、誘惑に抗うのは難しいだろう。

百年後の将棋を見たいという誘惑には……。

「……引き受けるのはいいが、今のままじゃ選べない。前から言ってるが──」

「わかってる。晶に言って準備させてるわ」

俺はまだ《淡路》の棋譜を理解し切れていない。

現代将棋の……人間の考えた将棋の影響を強く受けすぎているから。

──いっそやり直したいくらいだ。将棋を覚える前から……。

創多と雷の将棋を見た後だとその思いはさらに強くなった。

「楽しみにしてるわよ？　あなたがどんな未来を示すかを」

美しい和服を脱ぎ捨てて俺のベッドに潜り込みながら、天衣はくすくすと笑う。

今夜はこの部屋で眠るつもりのようだ。

『自分の部屋に戻れ』とは言わなかった。どうせ今夜も俺はそのベッドで寝ないんだから、好きにさせておこう。

パソコンに向き直って棋譜並べの続きをする。

今のままじゃ選べないとは言ったものの……公開する棋譜を選ぶ作業はおそらく、そこまで難航しないだろう。

「…………見せられないものが多すぎるからな。逆に」

それよりも焦るのは天衣の危うい言動に対してだ。

姉弟子との女王戦から一年。

その一年間で夜叉神天衣は将棋界を支配する準備を着々と整えていた。

——いったい何が目的なんだ？

最初は、《淡路》の棋譜を独占することで他を圧倒する棋力を得ようとしているのかと思ったが……どうやらそうじゃないらしい。

将棋界をダシにして《淡路》をビジネスに使うつもりか？

それとも単に……俺の気を引きたかっただけか？

とにかく誰かがこの子をコントロールする術を持たなくてはならないが、ご両親は既にいない。

夜叉神グループの経営権を本格的に天衣に移し始めたお祖父さんともここ最近は連絡が取れなくなっていた。

——だとしたら……俺自身が《淡路》に匹敵する力を得るしか……。

準備が必要だ。

人間の感覚を捨てる準備が。

「そのためにも今、俺がしなくちゃいけないことは……‼」

パソコンから視線を横にスライドさせ、俺は決意を固める。

そこには一枚の紙があった。

絶望に抗うために必要な誓いを記すべき紙が——この世で最も神聖な契約書が。

第二譜
雛鶴あい
夜叉神天衣

## ☖ JS研（はんぶん）

一枚の紙の上に二つの手が翳（かざ）されていた。

一つは、大きな男の手。もう一つは……小さな小さな、女の子の手。

「九頭竜八一（くずりゅうやいち）竜王」

「はい！」

「あなたはこちらのシャルロット・イゾアールさんを弟子として、病めるときも健やかなるときも愛をもって育むことを誓いますか？」

「誓います！」

力強く頷（うなず）く。

俺（おれ）の宣誓を聞いた男性は、次に隣の女の子を見ようとする……が、あまりにも背の低いその子は、事務局のカウンターに隠れてしまっていた。

「では……シャルロット・イゾアールさん」

「うぃ！」

「あなたは九頭竜八一竜王を師匠とし、いかなるときもその教えを守り、女流棋士を目指して修行すると誓いますか？」

「しゃう、ちかうんだよー！」

ぴょんぴょんと嬉しそうに飛び跳ねながら、新婦……じゃない。俺の新弟子も宣誓を行う。

「ん。それでは、こちらで書類を受理させていただきます」

研修会幹事の久留野義経七段が優しく頷いて――


その瞬間、俺とシャルちゃんは正式に夫婦となったのだ！


列席者の貞任綾乃ちゃんは涙でぐっしょり重くなったハンカチで何度も何度も目を拭いながら俺たち夫婦を祝福してくれた。

「シャルちゃん……よかったです！　これで正式に九頭竜先生の弟子になることができたのです……！」

「おー！　しゃう、ちちょのでちになったよー！」

あ、そうか。夫婦じゃなくて師弟か。そうかー……。

綾乃ちゃんの隣では生石飛鳥ちゃんも興奮した様子で何度も「いいなぁ！」と言っている。

「いいなぁシャルちゃん！　八一くん……じゃなかった、九頭竜先生の弟子になれるなんて、本当にうらやましい……」

「飛鳥さんはお父さんである生石充九段の唯一のお弟子さんなのです。振り飛車党のうちとしては、そっちもすごく羨ましいのです！」

「えへへ……」

満更でもなさそうな飛鳥ちゃん。

あれだけ娘が将棋を指すことに反対してた生石さんが自分の弟子にまでするっていうのは、熱意だけじゃなくて別の部分でも飛鳥ちゃんを認めたってことだと思う。

研修会での対局を見させてもらったけど、『これは！』と思う捌きが何度も見られた。女流棋士になれる才能は十分あると思う。

そんなことを考えていると、久留野先生が俺の隣に立って、

「今日は二冠王が観戦してくれたことで研修会も熱局が多かったね。こちらとしては毎回来てくれても構わないよ？」

「いやぁ……ははは」

笑って誤魔化す。

あいと天衣が研修会にいた頃は頻繁に様子を見に来てたけど……それは成長を促すというよりも、規格外な才能を有するあの二人が何か大問題を起こしやしないか心配してという面が強かった。シャルちゃんにその心配は必要無い。

「けど……不思議な感じがします」

少し強引に俺は話を逸らした。

「あの子を研修会に初めて連れて来たときは、まさか自分が三人も弟子を持つようになるなん

て想像すらしてませんでした」

「ん。私としても研修会の教え子から二人もタイトル保持者が誕生するとは……幹事をやっていて二番目に嬉しいと感じる瞬間ですね。卒業生がプロや女流棋士になって活躍するのは」

「二番目？」

教え子がタイトルを獲る以上の喜びが存在するんだろうか？

「じゃあ……一番目は何です？」

「研修会を卒業した子が、将棋から離れても立派に暮らしていると知ったときだよ」

久留野先生は教え諭すように優しく答えてくれた。

「幹事を引き受けるとき……私は将棋を教える以前に、困難に直面したときそれを乗り越える方法を教えたいと思った」

必ずしも結果を残す必要は無い。

ただ、人生で必ず訪れるであろう苦しい瞬間に、一人で悩むのではなく自分の教えが傍らにあってその子を助けることができたら。

もしそれができたら、自分が将棋を学んだ意味があるし、研修会の幹事を引き受けた意味もある……久留野先生はそう語った。

いつものように冷静だけど熱い口調で。

「将棋は人生を彩るための道具に過ぎない。我々プロ棋士にとっては人生の全てでも、そうでない子供たちのほうが圧倒的に多いのだからね」
「……奨励会とは違いますもんね」
　そう応じてから、ふと気になったことを尋ねる。
「そういえば久留野先生は一人も弟子を取ってませんよね？　どうしてなんですか？　誰より
も上手く育てられると思うんですけど……」
「ん。それは買いかぶりだね」
　苦笑すると、先生は理由を教えてくれた。
「幹事に必要なのは公平さだよ。研修会では勝つ子もいれば負ける子もいる。誰もが成長でき
るよう心を砕くことは、私にはそう難しいことではない」
「だったら弟子にも――」
「けれど師匠はたった一人の子供の勝敗を全て受け止めなければならない。それは、私には難
しいんだよ。どうしても心が波立って自分の将棋にも影響が出てしまう。もし弟子を取るとし
ても現役を引退してからだろうね」
「……」
「九頭竜君は素晴らしい師匠だ。きっと研修会の幹事も向いていると思うよ。いつかタイトル
を失ったらやってごらん」
「……はい」

そんな日が来てほしいような、来てほしくないような。

今の俺にはまだよくわからなかった。

ただ一つわかることがあるとしたら……将棋そのものが終わってしまえば、そんな日も永遠に来ないということだけだった。


「ただいまー！」

研修会が終わってそのまま、俺たちは駅一つ隣の野田にある清滝家を訪れていた。

俺に続いて綾乃ちゃん、シャルちゃん、飛鳥ちゃんも玄関を潜る。

カレーの匂いが漂ってくる玄関で迎えてくれるのは、もちろん桂香さんだ。

「いらっしゃい！　みんなお泊まりの準備はしてきた？」

「「「はぁーい!!」」」

元気いっぱいにお泊まりセットを掲げて見せる三人。

嬉しくて仕方がないって感じだ。こっちまで嬉しくなってくる。

「ありがとう桂香さん。あいつは？」

「もう来てるわ。奥でお待ちよ」

「師匠は？」

「さあ？　最近は行き先も言わずに出かけることが多くて」

肩をすくめてから、桂香さんは意外なことを言う。

「何日間か戻らないこともあるわ。彼女でもできたのかしら？」

かッ⁉　……の、じょ？

「………まあ、無くはないのか」

釈迦堂先生みたいに趣味の悪……もとい、将棋の強いヒゲが好きな女性だってこの広い世界にはいるんだろう。そもそも一回結婚してるんだし。

でも……。

「桂香さんはいいの？　父親が再婚とかしても」

「スマホで非実在美少女に課金してるよりは健全なんじゃない？」

ケロッとした表情でそう言い放つと、桂香さんは綾乃ちゃんたちに「まずは二階の子供部屋へ荷物を置いて来て」と指示を出す。

今日はここでＪＳ研を行うことになっていた。

女流名跡戦の途中で綾乃ちゃんとした『ＪＳ研を続けてほしい』という約束を守るために、桂香さんにお願いして場所を提供してもらったのだ。

——もう俺とあいが住んでたあの部屋には入れないからな……。

あの頃と全く同じＪＳ研を開催するのは不可能だ。夜叉神グループが買い取って建て替えると言ってたアパートがどうなっているかは、悲しくなるので見に行けていない。

だけど少しでも以前のＪＳ研に近づけることができるようゲストも招いていた。

とはいえ参加者のうちＪＳは半分だけ。

飛鳥ちゃんはこの春から女子大生だし、桂香さんに至ってはとっくに大学も卒業してる年齢に当たる。

先を争うように階段を上っていく三人娘を眺めながら、桂香さんが言った。

「ＪＳとＪＤと……私は何なのかしらね？　あっ！　女流棋士でＪＫとか？」

それはさすがに違和感が……こんな団地妻感のある女子高生(JK)はいない。

ふと、思いついた略称を言ってみる。

「ＪＪ？」

「どういう意味？」

「熟女」

「……どういう意味？」

ギリギリと俺の首を締め上げながら桂香さんが問うてくる。閻魔(えんま)大王の尋問よりも迫力があった。

「言っておくけど、私はまだ二十代だからね？　世間的にはとってもとっても若いと思われてるんだからね？　ロリコンの竜王にとっては年増の熟女なのかもしれないけど！」

「わかってますわかってます！」

「はぁ……昔は『プロ棋士になって桂香さんと結婚する！』って言ってたのに。結局は年下とばっかり恋愛するんだもんねー。この裏切り者は……」

「銀子ちゃんは姉弟子だからあんまり年下って感じがしなくて」

「じゃあシャルちゃんは？」

「年下って感じしかしないよね」

「裏切り者」

桂香さんに罵倒されるのは俺、そんなに嫌いじゃないよ？


奥の和室に入ると、上座にもう一人の参加者が。

「遅かったわね？」

先に来て待っていた黒衣のＪＳ――夜叉神天衣は、明らかにイラついた様子でこっちを問い詰めてくる。

四面ある将棋盤の全てに駒が並べられているのがね。もう……ね？

「すまんすまん。ちょっと前の予定が長引いた」

「研修会が？　千日手でも出たの？」

「いや研修会は予定通り終わったんだけど、その後の書類提出がさ。シャルちゃんを俺の弟子にするっていう」

「はぁ？　紙切れ一枚提出するのにどうしてそんなに時間がかかるのよ？」

「ふざけんなよ俺とシャルちゃんの神聖な儀式だぜ⁉　本来なら三日三晩は祝い続けたいぐらいだよ！」

「…………私のときは五分もかからなかったくせに」

小声で何かをブツブツ言う天衣。まあ文句なんだろうな。文句しか言われた経験無いしな！

「ま、別に私はいいけどね？」

翼のように髪を掻き上げながら天衣はフンと鼻で笑う。

「そこにいるガキどもが指導を受ける時間が減るだけだし」

「ええ⁉　きょ、今日は……九頭竜先生と天ちゃんがダブルで指導対局してくれるです⁉」

眼鏡がズリ落ちるほど驚く綾乃ちゃん。

天衣がゲスト参加することは事前に告げていたけど、まさか自分たちと将棋を指してくれるとは思っていなかったんだろう。

俺と天衣が練習将棋を指す横で、自分たちも将棋を指す。そんな研究会を想定していた綾乃ちゃんたちには青天の霹靂だったようだ。

驚いてくれたことに満足しつつ俺は《神戸のシンデレラ》に確認する。

「二人いれば四面指しできるからね。天衣もそれでいいだろ？」

「構わないわよ。私に多面指しされることに抵抗が無いなら──」

天衣が言い終わる前にもう手が挙がる。

「はいはいはい！　うちは久しぶりに天ちゃんに指導していただきたいです！」

「しゃうもー！　しゃうもてんちゃんとしょーぎしゃしたいっ！」

「わ、私も夜叉神女流二冠に……お、教えていただきたい……！　か、角頭歩（かくとうふ）！　角頭歩、受けてみたい……!!　はぁはぁ……!!」

綾乃ちゃんと飛鳥ちゃんが先を争うように天衣に詰め寄るのはまあいいとして俺の弟子になったばかりのシャルちゃんまで天衣の膝（ひざ）に乗ろうとしてるのはどうなの？　複雑……。

結局、くじ引きで誰の指導を受けるかを決めることに。

そうして天衣の盤の前に座ったのは、飛鳥ちゃんと……もう一人。

その人を見て天衣は小悪魔めいた笑みを浮かべた。

「あら？　私でいいの？」

「よろしくお願いします」

かつて研修会で駒を落としたことすらある相手に、桂香さんは頭を下げて指導を仰（あお）ぐ。

「二面指しでも私には得るものが十分にある……そのくらいの実力差はあると思っています。女流二冠に教えてもらえるのは素直に嬉しいわ」

「……………よろしくお願いします」

天衣は毒気を抜かれたような表情で礼を返す。こういった謙虚さは自分には無いものだという自覚があるんだろう。むしろ悔しそうですらあった。

四面の盤からすぐに駒音が響き始める。

「しゃう、ひりゃてでしゃしゅんだよー！」

「う、うちも平手でお願いしますなのです！　二冠王相手に大変失礼なのですけど……」

「構わないよ。思いっきりぶつかっておいで！」

最初のＪＳ研では六枚落ちと二枚落ちだった。二人とも本当に成長したなぁ……。

メンバーの半分は入れ替わってしまったけど、研究会は続く。

プロの世界でもよくあることだ。

――本気でやるってこういうことなんだよな。寂しいけど。

それは成長の証でもあった。実力が変われば付き合う相手も変わる。

感情ではなく盤上が棋士の全てだ。

「へぇ……序盤は隙があるけど、あなた面白い感覚をしてるわね」

初めて盤を挟んだ飛鳥ちゃんに対して、意外にも天衣は弾んだ声で感想戦をしていた。

「さすが《捌きの巨匠》の娘ってところかしら？　中盤から終盤にかけて急に力強さが増す感じが似てる。油断したら危なかったわ」

「そりゃそうさ。だって飛鳥ちゃんは――」

相中飛車であいにも勝ったことがあるんだぜ！

そう言おうとして、俺は慌てて言葉を飲み込んだ。誰かがその名前を口にした瞬間に、この空間が壊れてしまうことがわかったから……。

キョトンとした表情で天衣が先を促す。

「なに？」

「……いや。血は争えないな、って」

「それはさっき私が言ったわよ。もうボケたの？　そろそろ死ぬの？」

楽しい楽しい研究会は日が落ちるまで続いて、腹が減ったらみんなで桂香さんのカレーを食べて、順番にお風呂(ふろ)に入って、それからまた将棋を指した。

夜が更けるまで。ずっと。

二階の子供部屋からは、すぐにかわいい寝息が聞こえてきた。

「すぅ……すぅ……」

「むにゃむにゃ……しゃう、ちちょの、でち……♡」

「……中飛車が一局……中飛車が二局……中飛車が三局……へへ、今日の中継は……振り飛車がいっぱいだぁ……」

指し疲れて眠ってしまったシャルちゃんと綾乃ちゃん。飛鳥ちゃんは羊の数を数えるかのように中飛車の数を数えていた。この子やっぱちょっとアレだな。

みんないい夢を見ているんだろう。

とても幸せそうな寝顔をしている。綾乃ちゃんとシャルちゃんのこんな幸せそうな顔を見るのは本当に久しぶりで……胸がいっぱいになった。

「これで心残りは無い？」

「ああ」

いつのまにか後ろに立っていた天衣に、俺は背中を向けたまま礼を言った。

「今日はありがとう。俺の我が儘に付き合ってくれて」

「我が儘とは思わないわよ」

天衣の声は意外なほどに優しかった。

「うちの若いのが長いお勤めに出る前日にも、こうやって好みの女性と好きなことをさせてあげるもの。何て言うんだっけ？　風俗？」

「じょ、女子小学生と将棋の研究会をしただけじゃないか！　俺は自分の快楽のためにやってるんじゃなくてあの子たちに対する責任というか――」

「冗談よ。なに必死になってるの？」

「……」

やめよ？　小学生がそういうギリギリの冗談言うの……。

「ま、一応あの金髪のチビは妹弟子になるんだし？　無責任な姉弟子に代わって面倒は見てやるつもり」

「……すまない」

無責任な姉弟子――――雛鶴あい。

今日、誰もがその存在を意識しつつも、敢えて口に出さなかった名前。シャルちゃんですら気を遣ってそうしてくれていた。

――どうして俺に一言も相談せずあんなことを言ったんだ？　あい。

焦るようにプロを目指す一番弟子のことだけが心残りだったが……。

そんなことを尋ねる資格なんて無い。

何故なら俺は、あいと和解する最高のチャンスを捨てて、別のものを選んだのだから。

天衣を伴って家の外へ出ると、晶さんが車を用意してくれていた。

いつもなら主人を乗せるためのそれは、今宵は別の人間のために用意されたものだった。

「お嬢様。お帰りの手段はいかがなさいますか？」

「適当にタクシーで帰るわ。晶は師匠を例の場所へ送り届けてあげて。気が変わらないうちに……ね？」

「かしこまりました」

後部座席のドアを開けながら、晶さんは俺を深夜のドライブに誘った。

「では行こうか。九頭竜先生」

「……ええ。お願いします」

こうして俺は日常から走り去る。

未来という名の、先の見えない闇へと向かって。

## ☗ 歴史

「すまないね？　女流名跡戦で盤を挟むことがなければ、とっくに余の話を聞くことができたろうに」

プロ公式戦への登場を一週間後に控えたその日。

わたしは尊敬する棋士のもとを訪ねていた。

誰よりもプロ棋士と盤を挟んだ経験を有する女性――――釈迦堂里奈女流八段のもとを。

「ずっと一人で悩んでいたのであろう？　雛鶴あい」

「い、いえっ！　わたしこそ、女流八段への昇段のお祝いが遅れてしまって申し訳ございません！　あの、これ……金沢銘菓の『長生殿』です！」

「よい。其方は祝いづらいに決まっているからな」

珍しく感情を露わにしつつ、釈迦堂先生は音を立てて紅茶をかき混ぜる。

「まるで余が失冠するタイミングを見計らったかのように女流八段への昇段を打診してくるではないか！　『年増女はもう二度とタイトルを獲るな』という理事会からのメッセージであろうさ！」

わたしが女流名跡のタイトルを奪ったことで、先生は三十年ぶりに無冠になってしまった。

そんな大棋士を普通の女流棋士と同じように扱っていいんだろうか？

理事会の方々が苦悩した末に女流八段を贈呈した……と思うんだけど、贈られた本人としては確かに複雑かも……。

紅茶を飲んで少し落ち着いてから、史上初の女流八段は再び口を開く。

「……まあしかし、弟子と段位が揃うというのも悪くないのでね。受けることにしたよ。あの会長はそういう説得の仕方をするから断れぬのだ……」

八段の弟子というのは、A級棋士の神鍋歩夢先生のこと。

いつも釈迦堂先生と一緒に行動なさっていて、最近はちょっと色々あって距離があった印象だけど、そこを乗り越えてもっと距離が縮んだはず。

女流名跡戦の第五局が終わった直後に見えた光景は、今もわたしの瞼に眩しく映っている。

あんな師弟になれたらって……憧れる。

たとえもう無理だとしても。

「ゴッド先生は？　今日はいらっしゃらないんです？」

キョロキョロと部屋の中を見回しながらそう尋ねたわたしに、釈迦堂先生はふて腐れたように頬を膨らませながら答える。

「喧嘩した」

「ふぇ⁉」

「人生で初めて喧嘩したよ。どうやら余が長電話をしていたことが気に食わぬらしい」

「なが……でんわ？　です？」

そんなことであのゴッド先生が釈迦堂先生に対して怒ったりするの？

「そもそも歩夢は余がすぐにでも結婚に向かって動くと……要するに恋人関係になると思っていたようなのだ」

わたしもてっきりそう思ってた。

女流名跡戦の最終局……対局が終わってから部屋の窓から見えたお二人の姿は、とても深い絆と愛情を感じられたから。

まるでバージンロードを歩くかのように寄り添って、幸せそうで。

けど釈迦堂先生は溜息を吐きながら、

「あの子は『僕は九年間も待ったんです！　もう一秒も待ちたくありません！』と言ったが、しかし余は三十年以上も将棋が一番であったのだ。そう簡単に乗り替えるわけがなかろう？なあ？」

「えっ……と。あはは……」

「其方も師匠と喧嘩をしたかい？　雛鶴女流名跡よ」

「⁉　それは――――」

俯いて、それから小さく声を漏らす。あの人と一緒に過ごした日々を思い出しながら。

「……………しました。いっぱい」

「そうか」

優しい微笑みを浮かべた釈迦堂先生は、柔らかな声で言う。

「好きだったのだね？　本気で」

「…………………」

わたしは無言で頷いた。

過去形じゃない。今でも……そう。

けれど声に出してそう言ってしまえば、師匠にまでご迷惑が及んでしまう。今はそれが一番……こわい。

「我が師、足柄貞利九段の……真剣師《箱根の鬼》の編入試験については、余も詳細を全て把握しているわけではないのだ」

心の中を読んだかのように、釈迦堂先生はご自分から話を変えてくださる。

「ただ……師の遺品には日記があってね」

「日記、ですか？」

「真剣師は金を賭けて将棋を指す。だから誰にいくら勝って、誰にいくら負けていたかを記録していたのだよ。その習慣はプロになってからも続いたし、プロ編入試験のことにも触れている」

「っ……！」

「とはいえ帳簿のようなものでね。数字と棋譜ばかりしか出てこないのだが。ご遺族から余が譲り受けたものだが、其方に預けるとしよう」

「い、いいんですか⁉　そんな貴重なものを……」

「あまり期待しないでおくれ？　さっきも言ったがほぼ帳簿だし……この日記が使われるのは、今回が初めてではないのだ」

え？

それって、つまり——

「制度としてプロ編入試験が検討されたことは、ある。その際も師の日記は参照された」

「っ……！」

身を乗り出すわたしに、けれど続く言葉が現実の厳しさを思い知らせる。

「だが結局、三段リーグを経由せずプロになれる道を作るには至らなかった。その案も出たが圧倒的多数の反対によって潰えたのだ」

「そう……ですか……」

釈迦堂先生のお話によれば──

将棋連盟が公益社団法人になる際、奨励会の年齢制限が問題になった。

プロ棋士になるための門戸が誰にでも開かれていることが必要なんじゃないか……って。

そのため二つの案が検討された。

一つは、奨励会を経ずに一気にプロになれる『プロ編入試験』。

もう一つは、三段リーグに入ることができる『三段編入試験』。

どちらも過去に実施した例があって、理事会で協議されたんだけど……プロ編入試験の制度化に賛成した理事はゼロ。

内々に実施したプロ棋士や奨励会員へのアンケートでも賛成はゼロで、棋士総会の議題になる前の段階で潰(つぶ)れてしまっていた。

一方、三段編入試験については、理事会でも棋士総会でも賛成多数によって割とすんなり制度化された……というのが、釈迦堂先生の説明だった。

「現行の三段編入試験の詳細は知っているね？」

「はい。まずアマチュア大会で全国優勝することが条件で──」

その後、例会に参加して現役の奨励会員と対局して、規定の成績を残せば三段リーグへの編入を許される。

「合格すれば三段になり、そのまま二年間……つまり四回、リーグに挑戦できる。失敗してもまた条件を満たせば再び三段編入試験を受けることができる……です」

「そうだ。この規定によって実質的に年齢制限は消えた。少なくとも将棋連盟の正会員たちは『消えた』と考えた」

そこまで言ってから、釈迦堂先生は溜息を吐いて、

「ただ……少し考えればわかるであろう？　これではプロになる人間は限られたままだと」

「女流棋士が含まれていません」

「そう。引退女流棋士はもちろん、女流棋士だった者は連盟を退会してもアマチュアに戻ることができぬ。奨励会を退会した者との差はここだ」

奨励会員は、級位者であれば退会後すぐにアマ大会に出場できる。

有段者でも一年間の、通称『喪中』が明ければ、アマに復帰できる。

けれどプロ棋士と女流棋士は、一度なってしまうと二度とアマ大会に出場することはできない。

だからわたしはもうアマ大会に出ることができないし、そうなると必然的に三段編入試験を受ける資格を得ることができない。

他にもいっぱい問題はあった。

三段編入試験には高額の受験料が必要なことや、三段になったら記録係の義務が発生して平

日の日中に仕事を休まなくちゃいけないこと。

現に辛香(からこ)さんは試験に合わせてそれまでのお仕事を辞めている。

正直……棋力というよりも、別のものを求めているように感じてしまう。

『将棋のために不幸になれ』

そう言われているように。

「余も不思議なのだ。そこまで三段リーグ通過にこだわるプロ棋士という種族の思考回路は」

形式上、門戸を開いたように見える。

けれど棋士総会での発言権を与えられていない女流棋士の存在は完全に排除されている。意図的にか、そもそも眼中に無いのかはわからないけど……。

「そして疑問はもう一つある。其方のことだ」

「はい？」

「雛鶴あい。なぜ、そうも編入試験にこだわる？　其方の棋力と才能であれば、三段リーグを抜ける可能性も十分にあろう。女流棋士を休場し、奨励会試験を受ければよい。小学六年生での入会は決して遅くはない」

「ッ……!!」

「其方の将棋の才は《浪速(なにわ)の白雪姫》にも匹敵(ひってき)する。健康面では銀子を上回ってすらいる。奨励会に入らずにプロになりたいなどと言い出すのは甘えでしかない」

言葉で身体を切られた。

それほどの激痛だった。

「……と、いう批判があるということは理解したうえで、プロ編入試験への道を切り開こうとしているのであろうな？　余はその動機が知りたいのだ」

「…………」

「答えたくないのであれば理由は聞くまい。だがこれは必ず問われる。模範解答を用意しておきなさい」

「……はい」

その程度の準備すら、今のわたしには出来ていなくて。

自分の浅はかさを何度も何度も思い知らされつつ、それでもわたしは必要なものを得るために、口を開いた。

「あの……わたしからも、いいですか？」

「無論だよ。何でも問うがよい」

「釈迦堂先生は、どうしてそこまでわたしの心がおわかりになるんですか？　どうすれば……そこまで他人の心を理解できるようになるんですか？」

「わかるさ。真剣勝負をした相手なれば……な」

盤を挟めば相手のことが深く理解できる。

そう語る棋士は多い。

わたしもそんな経験をしたことが無いわけじゃない。天ちゃんとか、桂香さんとか、戦いを通してもっと深く知り合えた人は、いる。

澪(みお)ちゃんみたいに、誰よりも相手のことを知ったつもりでいたのに、真剣勝負でもっともっと深く理解できたようなこともあった。

ただ……勝負のあいだは読みを深めるため相手のことを忘れちゃう瞬間もあって、とてもじゃないけど釈迦堂先生みたいに心を理解するなんてできなくて……。

「《竜王の雛》よ」

疑問を抱き続けるわたしに先生は言った。

予想外の言葉を。

「これから其方が指す将棋は、相手を打ち負かすだけでは足りぬ。相手の心を折るのではない」

倒すだけじゃダメ？

それって、どういう――

「強くするのだ。相手の心を」

「強く？」

最初は聞き間違えかと思った。

だって将棋は相手の心を折って、投了(とうりょう)を促すゲームだから。

けど釈迦堂先生は間違いなくそう言っていた。

強く、と。

「変化を恐れぬようになるほど強くするのだ。其方とプロの世界で将棋を指したいと……其方をプロの世界に招きたいと思えるような将棋を指すのだ」

「…………」

そんなことが自分にできるんだろうか？

不安を抱いたまま、けれどわたしはお礼を言って、釈迦堂先生のもとを後にした。

もう前に進むしかないから。

……あいが釈迦堂の店を出た、直後。

隣室の扉が開いて、特徴的な獣耳の形に髪をまとめた女の子が姿を現した。

「我慢できずに途中で出てくるかと思ったが」

釈迦堂が微笑みながら言うと、神鍋馬莉愛(まりあ)はプリプリと怒りながら、

「わらわは愚兄と違い我慢が利(き)きまする！　マスターのご命令に反抗することなどいたしませぬのじゃ」

「歩夢はまだ怒っているのかい？」

「激おこぷんぷん丸なのじゃ」

しまう。

奨励会を経てプロになる道を選んだ馬莉愛にとって、あいの決断はどうしても軟弱に映って

惚気る師匠を呆れた目で眺めつつ、あいと同学年の少女は思う。

「困った子だ……ふふ」

しかし釈迦堂とあいの会話を聞いて、少しだけ考えが変わりつつあった。

——もしかしてあやつは……さらに険しい道を選んだのでは？

プロだけではない。奨励会員はさらに激しくあいの発言に激しく反発し、議論すらできないような状況になっている。

あいがプロ棋戦に登場しても記録係を拒否しようと呼びかける奨励会員すらいた。

彼らが考えを変えるとは思えない。

——三段リーグは聖域と化しておる。プロ棋士ですら触れられぬ聖域に。

将棋の強さが問題なのではない。

もっと別の……『歴史』としか呼べないような、重くて巨大な山のようなものだ。

それを、タイトル保持者になったとはいえ一介の女子小学生に変えることなど、天地が引っくり返っても不可能と馬莉愛には思えた。奨励会員となって連盟の末端に連なり、その硬直化した制度に触れた今はなおさらだった。

「本当に……プロ編入試験など作ることが叶いましょうか？」

「できるさ。あの子なれば」

愛弟子に向かって紅茶のお代わりを所望しつつ、史上初の女流八段はその理由を語った。

「余に『明日』をくれたあの子なら」

☖　精神と将棋の部屋

「へえ……割と綺麗な部屋なんですね？　もっと殺風景かと思っていました」

連れてこられた場所は、神戸市内にあるビルの一室。

まだ白い覆いが建物全体に被さっている状態のそこは、人の気配が全くしない。

「当社が建設中のホテルの一室だ。ここだけ大急ぎで内装を仕上げたよ」

晶さんが言うには、ビジネス仕様のホテルらしい。

宿泊だけではなくリモートワークやネット配信、eスポーツの大会なんかも開催できるように、通常の何倍も強力なネット環境が整えられている。

新時代に対応した新しいホテルハイブリッド型コワーキングスペースなんだそうな。

「九頭竜先生に言われた準備は全て整えた。食料をはじめ、最低限の生活必需品が一ヶ月分ある。足りなければ運ぶから連絡してくれ」

「ありがとうございます晶さん」

窓が一つも無いその部屋には、俺がお願いした全てが揃っていた。

固いベッド。シャワー。少し広めのバスタブ。

大きな冷蔵庫にはエナジードリンクと板チョコが大量に。

そしてＶＲのヘッドセット、グローブ、将棋盤。

何のために俺がこの部屋を用意して貰ったかというと――

「しかし……本当にこの部屋で誰とも会わずに将棋を指し続けるつもりか？　たまには外に出るんだろう？」

「公式戦が入ってますからね。さすがに休場や無断欠席はできませんが、もしかしたら不戦敗にはするかもしれません」

「いいのか？　対局は棋士の魂なんだろう？」

「棋士の魂はもっと別のものですよ」

正座で将棋を指す用の七寸盤と、椅子対局用の二寸盤に触れながら、俺は言う。

「知らない将棋があったら、そこにどっぷり浸かる。それが棋士の魂です」

「それは将棋バカというのではないか？」

「確かに」

晶さんの鋭い指摘に俺は苦笑する。

けどプロ棋士になり、タイトルを獲って……どこかそんな将棋バカから離れていく自分がいることに違和感があった。

だから戻ろうと思う。将棋バカに。

「しかしまさか《淡路》と対局したいだとはな。お嬢様も驚いておられたぞ。今の時代にソフトと対局して意味があるのか？」

「自分でも賢い選択だとは思ってません」

ヘッドセットの感触を確かめながら俺は率直に答えた。

電源を入れると、無機質なVRの世界に将棋盤と駒が浮かび上がる。おお……！

「将棋の神様に生身の人間が挑んだところで勝てるわけがありませんからね。ひたすらボコボコにされるだけです。賢い人間ならもっと有効な使い方をするんでしょうが……」

「スーパーコンピューターが将棋の神様だと？」

「限りなく近いと思いますよ」

《淡路》の棋譜を見て直感した。

将棋の結論に限りなく近づいている……というか、あれが将棋の結論である可能性はかなり高いと。

「完全解析された棋譜の集合体を神と呼ぶのであれば、天衣は神様を手に入れています。今のところ持て余してはいますが」

「……………」

晶さんは軽く溜息を吐いてから、

「操作方法はチュートリアルが教えてくれる。設定もリクエスト通りにやっておいた。急拵えだから細部まではこだわることができなかったが、まあ雰囲気くらいは味わえるだろうさ」

「VRで将棋を指すなんて初めての経験ですからね。ワクワクしてます」

グローブを装着した右手で仮想空間の駒を摑む。

ふむふむ。

現実と全く同じとはいわないが、すぐ慣れそうだ。

夜叉神家のフロント企業である不動産ディベロッパー『ロリホーム』の代表でもある晶さんが開発したVR内覧システム。

女流名跡戦第三局の控室でそれを体験した俺は、コンピューターとの対局に活用できると考えたのだ。

「昔は盤の向こうにロボットアームを置いて機械と対局してましたけど、さすがに大がかりすぎるでしょ？　とはいえマウスでポチポチやるんじゃこっちのパフォーマンスが出ない」

「私も実験してみたが、没入感は保証するよ」

そう。没入感。

これから俺がやろうとしていることは没入感が大切になる。

まるでそれが現実に起こったかのように自分を錯覚させる必要があった。

「しかし……よりによって私にこの設定をさせるか？」

「一緒にゲームを作った仲じゃないですか。何日も会社に泊まり込んで」

「あれは熱い日々だったな……！」

かつて神戸でゲーム会社を起業した晶さんは『ロリコン用リズムアクションゲーム』の監修者としてプロ棋士の俺を起用した。幼女育成の専門家という理由で……。

その時に培った技術と経験を見込んで、俺は天衣に内緒で晶さんにあるお願いをしたのだ。

当時の借りを返す意味もあって晶さんは受けてくれた。

時間の無い中で本当に完成するとは正直思ってなかったが——

「あの時はお嬢様の幼女３Ｄモデルを一つ作り込むだけで膨大な時間と作業を要したが、今はあれ以上のものが一瞬で生成されてしまう。ディープラーニングでな」

「まるで魔法ですね」

「まったくだ。３Ｄだけではなく萌え萌えの二次元イラストも呪文一つで生成可能ときた。イラストレーターは失業だな」

「そうですか？　案外残ると思いますよ、俺は」

「ほう。なぜだ？」

「真っ先に機械に負けたプロ棋士ってお仕事がまだ残ってますからね」

それも風前の灯火かもしれないし、《淡路》が示した未来の将棋を見たら、自分から辞める人が続出するだろう。

とはいえ俺は可能な限り足掻(あが)いてみると決めた。

そんなこちらの決意を感じ取ったからこそ晶さんも協力してくれる気になったんだろう。ご主人様に隠れてまで。

「お嬢様にバレたらお叱(しか)りを受けるだろうな……」

「好きでしょ？　幼女に叱られるの」

「まあな！」

よかった晶さんが変態で。

有能で忙しい変質者は自分の役目を終えると、さっさと俺に背中を向けた。

「では失礼する。たまに様子を見に来るよ」

「棋譜はモニタリングしてるんでしょ？」

指し手が更新され続ける限りは俺が生きてるってことだ。わざわざ見に来る必要は無いが。

「先生は死にながらでも将棋を指していそうだからな」

「心配してくれてるんですか？　俺のことを？」

「当社の新築不動産を開業前に事故物件にしたくないのでね」

部屋の外に出ながら晶さんは言った。

「この部屋は外側からしか鍵が開けられないようになっている。九頭竜先生のリクエスト通りになな」

ガチャン。

重い鉄のドアが閉まると、オートロックが掛かる物々しい機械音が聞こえた。

「……そうしないと逃げ出しちゃうんでね。多分」

しかしこれでもうどこにも逃げることはできない。

俺がこれからすることは、コンピューターを相手に負け続けることだ。

しかも単なる負けじゃない。

指せば指すほど形勢が悪くなっていく、底なし沼みたいな負け方をする。どれだけ指しても差は縮まらないだろう。

ひたすら体力と精神が削られていく。

そして……そこまでしても何も得られないかもしれない。

それどころか感覚がおかしくなり、将棋が弱くなるかもしれない。何もかも失うかもしれないリスクを背負いながら将棋を指し続ける。全ての現実に背を向けて。

百年を飛び越えるってのはそういうことだ。

「天衣はそれをタイトル戦の前にやったんだもんな。あいつ……マジでこれっぽっちも現実に未練が無いのかよ？」

十一歳の少女が持つ闇の深さに畏怖すら覚えつつ、俺はチュートリアルを進めて、晶さんが用意してくれた設定を完了する。

「おお……！　す、すっげぇ……!!」

一瞬にして目の前に見慣れた空間が広がっていた。

俺が内弟子(うちでし)生活を送った、清滝家の子供部屋が。

とんでもない没入感だ。

「完全に再現されてる！　うわぁ……こんな細かい傷までしっかり……」

——神様みたいな存在とひたすら将棋を指し、負け続ける。

そんな日々をかつて経験したことがあった。

指しても指しても負け続けた日々。

人間を超越しているとしか思えない相手と向かい合った日々。

自分よりも年下の存在に負かされ続け、プライドを蹂躙(じゅうりん)された日々。どれだけ指しても追いつくどころかその背中が遠ざかっていくような絶望の日々。

そんな日々から逃げ出さず、耐えることができた理由。

仮想現実の盤の向こうにその理由が座っていた。

「…………久しぶりだね」

俺はその子を崇拝(すうはい)していた。

まるで神様であるかのように。

プロ棋士の家に宿った将棋の幽霊だと勘違いしていたほどだ。

そして……その子にとって少しでも役に立つ存在になるために、俺は将棋を指し続け、負け続けた。

そのおかげで強くなれたんだと思う。

だからそれをもう一度やってみようと考えたんだ。

最先端の技術を使って内弟子時代を人工的に再現し一からやり直すという行為を。

それ以外に――――神に近づく方法を知らないから。

「さあ。将棋を指そう」

盤の前に座り、声を掛ける。

俺が人生で最もたくさん将棋を指し、最もたくさん負けた相手に。

わたしの対プロデビュー戦は将棋会館の片隅でひっそりと行われた。

「『星雲戦』ね。出たことあるし」

この日のために記録係を買って出てくれた恋地綸女流四段と対局開始の二時間前に千駄ヶ谷のバーガーショップで落ち合うと、さっそく経験談を聞かせていただく。

リンリン先生は女流タイトル一期獲得。

今のわたしと似たような境遇だったこともあってか、こうしてこっそり力を貸してくださっている。

「CS放送局の将棋囲碁チャンネルが主宰する棋戦だし。予選は持ち時間二五分。切れたら一手三〇秒。ま、テレビ棋戦なら一般的だし？」

「放送時間内に終わらせるために？　ですか？」

「そそ。だし」

駒を摘まむみたいな手つきでオニオンリングを摘まみつつ、リンリン先生は話を続ける。

「まぁ予選は放送されないんだけどね。放送がある本戦は持ち時間十五分だし」

「十五分……」

「ただ、切れてからも一分単位で合計十回の考慮時間があるし。あいちゃん考慮時間ってわかる？」

「な、なんとなく……」

それでも超々早指し戦だ。一瞬のミスが命取りになる。

「今日の予選を抜けると、八つあるブロックの一番下に振り分けられるし。本戦はパラマス方式のトーナメントで――」

「ぱらます？」

「階段みたいになってるやつだし。要するに、上で待ち構えてる相手と次々に戦っていく感じだし。死亡遊戯だし」

階段……？　しぼう……ゆうぎ？

よくわかんないけど、勝てば道が開けるってことだよね？

「あと、本戦は収録で二本撮りだから午前中に勝てば午後にもう一局。だからブロックを勝ち抜くのは、勢いのある若手や、短い持ち時間で戦い慣れてるアマチュアだったりすることが多いし」

「一日二局……」

マイナビ女子オープンの公開対局を思い出す。

プロは持ち時間が長いから一日一局が基本。けど女流棋士やアマチュアは一日に何度も対局をこなすから……この点ではわたしが有利かもしれない。

もっとも、プロでもそのシステムに適性がある人たちもいて。

「一日二局は奨励会の有段者と同じだし」

そう。

奨励会を抜けて四段になったばかりの若い先生たちとも当然どこかで当たる。

段位は低くても実際の棋力はベテランの九段より高かったりするから、勝つのはもの凄く難しいと思う。

勝率は……一パーセントも無いかもしれない。

けどその勝負こそ、わたしが絶対に負けられない戦いだった。

『奨励会を抜けずにプロになる』と言っている人間が、奨励会を抜けて四段になったばかりの棋士に負けたら？

もう誰もわたしの言葉に耳を貸さなくなる。決して。

「最後はブロックを勝ち抜いた八人で決勝トーナメントをやるし。そこに出るには……あいちゃん、予選から数えて十三連勝が必要になるし」

「プロ相手に十三連勝……ですか」

決勝は八人のトーナメントだから、優勝するには十六連勝が必要になる。

わたしは女流名跡のタイトルを獲得できたけど、リーグ戦で三敗してるから、無敗でトーナメントを勝ち上がった経験は無い。

女流棋士相手ですら十連勝もしたことがない人間が、プロ相手に十三連勝。

誰だって不可能だと思うはず。

けど……だからこそ、それをやって見せる必要があった。

「十六連勝したら全棋士参加の一般棋戦で優勝できるんですよね？　そうしたら、もうわたしを無視できないですよね？」

「ッ……！」

摘まんでいたオニオンリングを思わずトレーに落とすリンリン先生。

「する……つもり？　っていうか、自信ある感じ……だし？」

「自信………は……正直、よくわかりません」

今日の相手の将棋は盤に並べた。

並べながら感じたのは、強いのか弱いのかよくわからないということ。目の醒めるような手は一つも無かったから。

実際に盤を挟んだら違うのかもしれないけど——

「ただ、勝つなら早指ししかないと思っています。師匠を一番追い詰めることができたのも、早指しだったので」

「ははっ！　あの九頭竜八一を『追い詰めた』って言える小学生なら、星雲戦で優勝するって言う資格はあるし」

リンリン先生は初めて明るい表情になる。

二冠を獲得してからの師匠は、名人以上に『信用』されていた。特に関東の棋士たちからは恐怖の大魔王みたいに扱われてる。その強さと若さだけが伝わっていたから。

あの人の優しさは全く伝わっていないのに。

「あの……」

「ん？」

「たま…………鹿路庭先生は、どんな感じですか？」

「激怒してるし。当然だし」

「…………」

「なんで怒ってるかは、あいちゃんが自分で考えなきゃだし」

リンリン先生はそう言ったけど、考えるまでもなかった。

わたしが就位式で自分勝手なことを言って、それでご迷惑をおかけしたからだ。他に理由なんてないし……許していただけるわけがない。

たとえわたしがプロになれたとしても。

「んじゃ先行くね！　そろそろ盤駒の準備しなきゃだし」

空になったトレーを持ってリンリン先生が立ち上がる。わたしもご一緒しようとして……すぐに思いとどまった。

一緒にいるところを見られたら、もっと迷惑をかけちゃうから。

対局開始の十五分前。

人目を憚るように将棋会館に滑り込んだわたしは、事務局へ挨拶したり女流棋士室に寄ったりもせず直接対局室へ。

ただ、どうしても小学生がいると目立つ。

今日は対局数が多いから人の数も多くて、わたしはあの就位式以来、はじめて将棋関係者たちの前に姿を晒す。

「……………」

これまでとは違う、刺すような視線を感じた。

対局の前は気分が昂ぶって他人の視線に敏感になる。目立ちたくなかったけど、完全に自業自得だから仕方がない。下座に着いて目を瞑った。

それでも過敏になった神経は、室内のプロ棋士や奨励会員から放たれる感情をいちいち拾い上げてしまう。

敵意、嫌悪、それから……。

——なんだろ？

興味や興奮のような……どこか期待するような気配も感じたのは、わたしの勘違いなんだろうか？

「おはよう」

対局開始七分前になって、上座に人の気配が。

わたしの対プロ戦の初めての相手だった。

惣座圭治七段。

宣言によるフリークラス転出をした棋士で、年齢は五十代後半。

おじいちゃん先生と同世代の大ベテランだ。

――最新型を指すような人じゃない……けど、油断はできないよね。

ずっと在籍してた順位戦のC級2組では、若い頃の名人をはじめ数々の有望な新人に土を付けてきたという。

《最強の門番》。そんな異名を持つ。

自分が生まれるより遙か昔からプロの世界で戦い続けてきたその人に対して、わたしは畳に手を突いて挨拶をした。

「はじめまして。九頭竜八一門下、雛鶴あいと申します。本日はどうぞよろしくお願いいたします」

「ああ……うん。よろしく」

就位式でプロに勝つと宣言した小娘が意外にも礼儀正しく接してきたからか、惣座先生は少し落ち着かない様子で座布団に腰を下ろす。

カサカサに乾いた唇から独り言が漏れた。

「…………九頭竜……」

先々期の順位戦で師匠と対戦経験があった。その将棋は師匠が角換わりで圧勝してる。

そして初めて降級点を取った惣座先生は、そのままフリークラスに転出。

──こわいですよね？　師匠のことが。

女流棋士になって初めてわたしは盤外戦術を使った。

使える策は何でも使う。プライドは全部捨てた。築いた信頼も友情も。たとえ泥水を啜ろうとも、一勝をもぎ取る覚悟を決めていた。

──負けたら全てが終わっちゃう…………だから、勝つ!!

振り駒の結果、先手はわたし。

そして定刻の十時になり記録係のリンリン先生が口を開く。

「雛鶴女流名跡の先手で対局を開始してください」

「よろしくお願いしますっ！」

勢いよく頭を下げると、わたしは即座に飛車先の歩を突く。

「……」

惣座先生はお茶を飲んでから、同じように飛車先の歩を突き返してきた。８四歩は居飛車党にとって『王者の手』と呼ばれ、先手の作戦を堂々と受ける意思を示す。

格上のプロ棋士ならそう来ると思っていた。

わたしはもう一つ、飛車先の歩を突き伸ばす。図々しいほどの手つきで。

「……相掛かり、か。小学生の女の子に………」

ぼそり……と、カサカサの唇から漏れた声。

そこで初めて惣座先生の指先に闘志の炎が点る。８五歩と応じた駒音が、高く高く大広間に響き渡った。

「俺も舐められたもんだ」

その言葉に、恐怖よりも懐かしさを感じた。かつて同じ言葉を掛けられたから。

師匠と初めて将棋を指したとき。

わたしはこの戦型しか知らなかったからそう指したんだけど、プロを相手に力戦形で勝負を挑もうとすることを『不遜』と捉えられたことがあった。ベテランの先生方は指導対局で平手をお願いすることすら『失礼』と感じる人がいる。

当時はそんなこと、知らなかった。

けど、今は知っている。だからわたしは盤外戦術として利用していた。

「んっ！」

そして相手と指が触れるほどノータイムで駒を進める。早指し棋戦とはいえここまで早く指せば相手は苛立(いらだ)つし、挑発されたと感じるだろう。

戦型は相掛かりに決まった。

──食いついた!!

垂らした釣り針に魚が掛かった感触。

『すぐ引き上げると針が取れてしまう。まずは好きに泳がせて疲れさせるんだ』

実家に面した七尾(ななお)湾でお父さんに教わった釣りの極意を思い出しながら、わたしは慎重に、けれど時間を使わず駒組みを進める。

後手(ごて)の惣座先生は薄い玉型のまま攻めかかってきた。

プロ棋士に先攻されるというのは……やっぱり怖い。絶対に落とせない勝負となれば、なおさらだった。

でも。

──釈迦堂先生のほうが深くまで研究してた……。

女流名跡戦の五番勝負で培った研究と経験が、わたしに余裕を与えてくれていた。

釈迦堂先生は過去の自分の実戦譜を何度も並べ直して研究を深めていた。ずっとタイトルを持ち続けて、女流棋士会のお仕事や弟子の育成も忙しかったはずなのに、将棋への情熱をずっとずっとずっと持ち続けていた。

けどたぶん惣座先生はそれをしてこなかった。

その驕り(おご)と怠慢が後手陣に現れていた。脂肪のように無駄の多い駒組みからは全く迫力を感じない。

惣座先生の攻めをわたしは簡単に受け止めてしまう。

「む…………意外と固いな。そうか……」

正座を崩して胡座(あぐら)になると、先生は早指し戦なのに長考を始めた。時間を使えば攻めが繋(つな)がると考えていると同時に、終盤で時間が無くなっても勝ち切れるという自信。

確かにプロならたくさん読めるんだろう。

でも！

――月夜見坂(つきよみざか)先生のほうが速かった。

相掛かりで常に厳しい結果を突きつけてくる《攻める大天使》に、わたしは一度も勝てていない。

読みの速度で勝てたとしても、生来の感覚の良さがわたしの読みを軽々と上回る。まるで翼を持つ天使のように。

――読みだけに頼るわたしの弱点を月夜見坂先生は炙(あぶ)り出してくれた！

そしてそれは今、目の前の老いたプロ棋士についても同じことが言えて。

「…………むぅ……」

惣座先生が長考の末に捻(ひね)り出した手を、わたしは時間を使わず受け続けた。

一方的に溶けていく持ち時間。離れない形勢。惣座先生が焦りと苛立ちを募らせていくのが盤の向こう側から伝わってくる。

そんな苛立ちが頂点に達した瞬間。

「……勝負ッ!!」

唐突ともいえるタイミングで斬り合いに出る惣座先生。

中盤をすっ飛ばして終盤に突入し、プロの技を使って攻め続ければこっちが勝手に転ぶと高を括っているのが透けて見えた。

勝利への強い確信。

その傲慢なほどの心の強さは、こうして盤を挟んでみると、まるで暴力のよう。

でも!!

――供御飯先生のほうが……執念を感じた!

盤上と盤外の全てを駆使してこちらの望みを絶つ《嬲り殺しの万智》は、勝利を掴むために必要なものが何なのかを教えてくれた。

女流名跡リーグの最終節で指した相掛かりには師匠の残り香が漂っていて。

それがわたしの心と指し手を乱して。

あの時に感じた心の痛みに比べれば、目の前のプロがどんな手を指そうが、冷静にそれを受け潰すことができた。

「惣座先生、これより一手三十秒以内でお願いしますし」

「わかってる‼」

もう苛立ちを隠す余裕すらないまま惣座先生は頭をガリガリと掻きむしる。

三十秒将棋は、冷静になればそこそこ手を読めるけど、冷静さを失うと視野が狭くなりミスが非常に出やすい。

「ちぃ……ッ！」

チラリと時計に視線を送る惣座七段。わたしはまだ持ち時間を二十分以上も残している。先生は今、鎧兜で身を固めた相手に裸で立ち向かうような気持ちに違いない。

――だからここで受けに回るはず……！

わたしは膝の上で右手を握り締めた。服が皺になるほど。

不利を自覚して本気になったプロが守りを固めれば、時間に差があるとはいえ仕留めるのは容易じゃない。小学生の女流棋士相手に簡単に投了してはくれないだろう。ここから始まる第二ラウンドに向けて意識を集中させる！

そんなわたしの覚悟を嘲笑うかのような手を惣座先生は指してきた。

「え⁉」

思わず声が出てしまう。

惣座先生は攻めが切れていいるのにい攻めい続けていいてきたのだ。

その手を見た瞬間、わたしの中で何かが決壊した。

「…………」

はらはら……と。

勝手に目から涙が落ちる。そこでわたしはようやく時間を使った。

手を考えるためじゃなくて、涙を拭くための時間を。

「ど、どうした？」

ギョッとした感じで惣座先生は声をかけてくる。

それから軽く咳払いすると、出来の悪い生徒に教え諭すような口調で、

「負けそうになって悔しいのはわかる。だが、盤の前で泣くのは相手に失礼だろう。九頭竜くんの弟子ということは清滝さんの一門だ。あの人はそんな――」

「いえ…………違うんです」

ぐじっ！　と鼻を啜ってから、わたしは思わず口にしてしまう。

本心を。

「……………弱すぎて…………」

「よ……あ？」

次の瞬間、わたしの手は盤上に伸びる。

その一手を見て惣座先生とリンリン先生が同時に叫んだ。

「「あっ⁉」」

図々しいほど明快に、わたしは後手玉を詰ましに行ったのだ。

それは三十秒将棋の中では見落としてしまうような、長手数の詰み。アマチュアや女流棋戦で出れば驚かれるような詰みかもしれない。

けれどプロなら気付いて当然の詰みのはずなのに。

「つ……詰み、か？　即詰みが……あった……？」

愕然とそう呟く惣座七段を見て、心が冷えていくのを感じた。

──今さら何を言ってるんですか？

こんなものなの？　プロなのにこんな将棋しか指せないの？

わたしがこの一局のために費やしたもの。

わたしがこの一局のために捨てたもの。

それを思うと……悔しかった。涙が出てしまうほどに。

釈迦堂先生は『相手を強くしなさい』とおっしゃったけど……どうすればそんな気持ちを持てるのか、ぜんぜんわからない。

「…………弱すぎる、か……確かに…………」

惣座先生はガックリと首を折ると、手つきだけで投了を示し、しばらくそのまま座り続けていた。

感想戦は行われなかった。

午後の将棋も先手番（せんてばん）で相掛かりを採用したわたしは、持ち時間を残して危なげなく勝ちきった。

そして『プロを相手に「弱すぎる」と言って泣いた女子小学生』の話は、放送されていないにもかかわらず、あっというまに世間に広まった。

☖　対局日誌

「じゃあ……よろしくお願いします」

思わずそう言って頭を下げてから、俺は目の前の光景が偽物だと思い出して苦笑する。

《淡路》の作り出す仮想空間は現実よりもリアルだったが、将棋を指すこと以外の設定はしていない。

だが――

『……』

盤の向こう側にいる銀色の少女の幻影は、微（かす）かに頷いてくれたように見えた。

――……錯覚か？

晶さんがサービスしてくれたのか？　それとも俺の脳がバグっているんだろうか？　姉弟子に会いたすぎて。

どっちでもいい。これで気合いが入った。

「さて。まずはその姿に敬意を表して……」

先手を持った俺は、将棋の純文学とされる戦型を志向する。

矢倉だ。

俺と姉弟子が初めて指した将棋。

師匠の指すプロの矢倉に憧れて俺たちは棋士を目指し始めた。

「四百年前から存在するんだ。百年後も残ってるか……確かめさせてもらう！」

初手からトップギア。全力全開だ。

ソフトの出現によって雁木系が見直され、俺自身も『矢倉は終わった』と語ったこともある。

しかしA級順位戦で歩夢と山刀伐さんがそれぞれ独自の矢倉を指し……俺の目から見ても結論は互角だった。

――あの対局は後手の山刀伐さんが頓死したけど、世界最強のスパコンなら!?

結論から言おう。

矢倉は残っていた。百年後も。

残っては、いたが…………。

「こ………れ、は…………？」

二十手目に《淡路》が示した手を見て、俺は手を止める。

先手の俺が矢倉を組み上げると、後手の《淡路》はコンピューターがよくやる急戦策に出てきた。矢倉と相掛かりの中間みたいな形で、矢倉じゃなくて『7七銀型相掛かり』なんて表現する若手もいるが……それはまあ、いい。

相掛かりを得意戦法とする俺にとっては最も力を出せる形だ。

その戦型で《淡路》は実に雑な手を示してきた。飛車先の歩を突き捨てる、8六歩という単調な攻めを。

「……成立してるのか？　こんな単純な仕掛けが？」

チラリと盤から視線を上げて、盤の向こうの姉弟子を盗み見る。

もちろん表情は変わらない。作り物だから当然だ。

「…………」

警戒した俺は読みを深めた。確かにこの形は後手が主導権を握ることができるため、先手としては有効な対策が必要とされる。される……が。

「……そもそも矢倉に組んだ時点で先手が悪いって言ってるのか？」

やっぱ矢倉は絶滅してるんだろうか？

その答えを探るため、俺は同歩と取った。堂々と。

一秒ほどで姉弟子……いや、《淡路》は手を返してくる。

隣の歩も突く7五歩！

「ッ⁉　強引に角道をこじ開けて角交換しようってのか？　だったら……‼」

毒食わば皿まで。

お望み通りに角交換すると《淡路》はすぐさま奪った角を飛車金両取りに打ち込んでくる。

「んな大技は当然お見通しだよ！」

角を合わせて再び角交換すると、今度はこっちから左辺に端角(はしかく)を打って銀と玉を串刺しにする。攻守逆転の一手だ。

「攻めは意外と大したことないな世界最強！　受けはどうだ⁉」

敵陣に竜を成り込み、桂馬を打って左右挟撃態勢を完成させると、俺は一気に後手玉を倒そうと角を切る猛攻を仕掛けた。

──もしかして……勝てるんじゃないか？

最後まで読み切れているわけじゃなかったが、感触は悪くない。いける──‼

好調に攻めていた俺だったが、終わりは唐突に訪れた。

「うっ⁉」

反撃に出た《淡路》がこっちの弱点を的確に突いた一手が、クロスカウンターのように俺の顎(あご)を砕いたのだ。

しかも、たった一枚の歩で。

「…………７八歩。そうか、これで…………」

秘孔を突かれた。

まさにそんな一手で、俺は自分の敗北を悟る。

まったく見えていない自陣の弱点……そこを突かれると、明らかにスピード勝負で負けていることがわかった。

「ここまでだな。負けました」

五六手で俺は投了を選択。腹が立つことに姉弟子も礼を返してくる。今度ははっきりと。

「……《淡路》。ログを見れるか？」

目の前の空間に思考過程と局面の評価が瞬時に現れる。

俺がはっきり「苦しい」と感じた投了の局面は、勝率にして後手が九割。正直ここまで差があるとは感じていなかったが……スパコンからすれば必敗なんだろう。

問題は、どこで均衡が崩れたかだ。

「俺が攻めに転じた局面は……ダメか。まあそうだろうな。じゃあ後手が８六歩と仕掛けた時点は？　これも先手がダメ？」

手を遡（さかのぼ）って調べていくと、衝撃の事実が判明した。

「……先手が飛車先の歩を突いた段階で悪くなってる？　へ？　もっと前？　…………しょ、

初手に角道を開けたらもうダメぇ⁉　嘘(うそ)でしょ⁉」

『矢倉は終わった』どころの話じゃない。

《淡路》はこう言っているのだ。

『矢倉も相掛かりも角換わりも全部終わってる』と。

「いやいやいや！　これは無い！　これで先手が悪くなるなら、そもそも先手を持って指す手が無くなる！」

残る戦法といえば振り飛車くらいだが……まさか、ねぇ？

《捌きの巨匠(マエストロ)》には悪いけどそれは考えづらい。

確かに二十年くらい前は居飛車党がこぞって振り飛車に転向した時代もあったらしいが、それも短期間で終わった。

「……だったら教えてもらおうか。先手の指し方ってやつを」

真の衝撃はそこから始まった。

先手を持った《淡路》が一秒ほど考えて指した初手。

それを見て……俺は将棋を辞めたくなった。

「…………………………………はぁ？」

姉弟子の姿をしたスーパーコンピューターが持った駒は――――玉。

それをそのまま、真っ直(ます)ぐ突いた。

５八玉。

飛車先の歩も突かなければ、角道も開けない。

それどころか飛車を振るための通り道すら玉で閉ざしてしまう。

「た、確かに……居飛車でも振り飛車でもない、けど…………けどさぁ‼」

ふつふつと怒りが湧いてくる。

人間が切り開いてきた千四百年分の積み重ねを完全に否定されたんだから当然だ。

「……ふざけるな！　捻り潰してやるッ‼」

この馬鹿げた初手に対して全力で挑んだ俺は、三十手も保たずに必敗の局面に引きずり込まれて負けた。

「無理だあれは。無理無理。将棋にすらならねーもん」

『一日目からもう弱音？』

バスタブに湯を張って首まで浸かりながら、俺は天衣に今日の将棋を報告していた。

スマートスピーカーが部屋の各所に設置されているため、大抵のことは音声コマンドでやってくれる。お風呂のお湯も自動で張ってくれるし蛇口を捻らなくてもシャワーも出る。

　こうやって風呂に浸かったまま外部との通話も可能だ。

『あれでも相当手加減してるのよ？　思考時間を一秒に固定してるから。今日の将棋は百年どころかせいぜい二十年後ってところね』

「二十年……あれでか……」

　とはいえ普通に過ごしていたら四十歳手前でようやくお目にかかれるような将棋を全盛期で体験できたことになる。

　数年前なら想像すらできない幸福……の、はずなんだけど。

　今は嬉しさや悔しさよりも、ぐったりとした疲労感のほうが強い。二十年後にあんな将棋を指すのかぁ……プロが今やってる研究、全部無駄になるよ？

　途切れた会話を繕うかのように天衣が話題を振ってきた。

『茹(ゆ)でガエルって知ってる？』

「中華料理か？」

『ビジネス警句よ。バカ』

　経営者の顔も持つ天才お嬢様は中卒の師匠を心の底から軽蔑(けいべつ)するような声で、

『蛙(かえる)はいきなり熱湯に入れると逃げ出すけど、じわじわ熱くしていくと逃げ出すタイミングを失って、最後には茹で上がって死んじゃうって話』

「なるほどなるほどお前にとって俺は蛙か」

お湯の温度、大丈夫だよね？

『死なない程度にこっちで調整してあげるわ。終わる頃には立派な未来人になって《淡路》と盤上を通して対話できるようになってるわよ』

「そう願いたいね……」

ザブザブと浴槽のお湯で顔を洗う。子供の頃からの癖だけど、これをやると一緒に入ってた姉弟子に『汚い』とよく文句を言われた。

顔を洗うとサッパリして、思考を切り替えることができる。対局中も男性棋士は顔を洗ってリフレッシュするのが唯一の楽しみと言っていい。

さて……手っ取り早く攻略する方法はいくつかあるが。

「ところで《淡路》には定跡を載せてないのか？」

『ない。定跡は意味がないもの』

天衣にノータイムで否定されて、俺の攻略方法は潰れた。一番有力なやつが。

《淡路》が定跡を調べてくれてたら、それを暗記して戦うのが一番手っ取り早いと思ったんだけど……。

『そもそも《淡路》のスペックを全て師匠との対局に振り分けてるわけじゃない。今も自己対局を繰り返して成長しているわ。そして《淡路》が強くなればなるほど、指し手の精度も上がる。古いモデルで掘り下げた結論を保存しておく意味は？』

「定跡を書き換えちまうほど急速に成長してるってわけか……だったら対策の立てようが無いな」

『………』

地道に対局を重ねて強くなるしかない。ま、ズルして勝っても何の意味も無いから、それでいいんだけど。

『……そもそも定跡って何なのかしらね』

「はぁ？　定跡は定跡だろ？」

急に哲学的なことを言い出したな……。

俺よりも長く《淡路》と接している天衣は、現時点で間違いなく世界一進んだ将棋観を有している。

——言葉の一つ一つに深い意味があるはずだが……。

俺はまだ、その欠片(かけら)すら読み取ることができなかった。

『長丁場になるわ。できる限りサポートさせるから、欲しいものがあったら何でも言いなさい』

「じゃあ優しい言葉を掛けてほしいな」

『バカ』

通話終了。ガチャ切りだ。

「……本気だったんだけどなぁ」

体力的な面ももちろんだが、この取り組みはとにかく心が折れたら終わりだ。今まで自分が学んできた将棋に少しでも未練を残せば、その時点で未来への道は閉ざされる。

原動力は好奇心。

「さて……明日はどんな将棋を見せてくれるんだ？」

ボロ負けはしたものの、俺にはまだその好奇心が残っていた。

そしてコンピューターじゃない人間には、数時間後の未来も見通すことができなかったんだ。

この余裕も二日目の夜には消し飛んでしまうことを。

☗　リアル

練習将棋を指したあと、わたしと岳滅鬼翼女流1級は『ひな鶴』でサウナに入っていた。

「ふぅ……ふぅ……あ、あついぃ…………」

「翼さん、ロウリュいくね」

「ええ⁉　あ、あいちゃん……まだ熱くするの……⁉」

ジュッ！

熱々のサウナストーンにアロマウォーターを掛けると、森の香りが漂うミストがさらなる高温を室内にもたらす。

「ひぃぃぃ〜〜……！　あっ、あつ‼　あっっつぃぃ……‼」

あらゆる施設で『本格』を追求する女将(お母さん)の方針によって、このサウナ室も本場フィンランドの蒸気浴が行えるように設計されていた。

「さ、出よっか」

「へ？　ま、まだ大丈夫……だよ？　もうちょっと耐えられる……」

「サウナは八分から十二分間まで。その後に三十分間の外気浴をして、それでワンセットなの。これを繰り返すんだよー」

「み、水風呂は……？」

「あれは日本独自の文化で、苦手な人も多いから。外気浴だけでも効果は十分なの。はい、水分補給してね？」

「あ、あいちゃん……本当に、小学生なの……？」

備え付けの冷蔵庫からよく冷えたイオンウォーターを取り出して、二人でぐびり。

そして東京(とうきょう)の夜風に吹かれながら今日指した将棋の感想戦をする。サウナで汗を流した後だと対局中は気づけなかった発想も浮かんできて効率的なの！

大阪(おおさか)で暮らし始めて三ヶ月目くらいに、わたしは大きなお風呂に入れない生活が苦しくて倒れてしまったことがある。

——あの時は温泉に入れないストレスかと思ったけど……。

今ならそれは、将棋を指すことで自律神経がバランスを失っていたんだとわかる。

わたしが対局中に感じる心身の変調。

目が見えなくなったり、心臓が暴走したり、鼻血が出たり、大勝負の後は何日も眠れなくなっちゃったり。

スイッチが入ると異常な集中状態に入る。

それが自分の強さに繋がっている……けど、同時に弱点でもあった。

対局数が増えれば増えるほど、強い相手と戦えば戦うほど、小さなわたしの身体は興奮し、簡単に疲弊してしまう。

こうやってサウナに入って強制的に神経を整わせることによって、対局後も何とか眠れるようになっていた。

「わ、若手のプロ棋士とか、奨励会員のあいだでも……流行(はや)ってるよね、サウナ……さっぱりできるし……こうやって、入りながら感想戦も、できる……し……」

「……」

「星雲戦、作戦が上手くハマってよかった……ね？　相居飛車の研究でプロに勝つのは難しいから……こっちが勝つには、得意戦法に誘導するしか、ない……から……」

「はい。翼さんが考えてくださったおかげです」

「へへ……わ、我ながら……姑息(こそく)だなぁって思うけど……」

わたしが最も得意とする相掛かりに絞って対策する。

最初にその作戦を聞いたときに真っ先にした質問は、これだった。

『振り飛車にされたら？』

翼さんの返答は明快だった。

『振り飛車対策はソフトの真似をすれば十分……そもそも女流はプロより振り飛車党が多いから、対振りの経験値は負けてないし……ね？』

確かに今はソフトの影響で振り飛車は厳しい。

『で、でも……振り飛車にもいっぱい種類があるし……』

『いい戦法があるよ……たった二手で、振り飛車党の選択肢を減らせる戦法が……』

『ええ⁉　そ、そんなの本当にあるの？』

翼さんはその戦法を伝授してくれた。

そして女子小学生というわたしの立場を徹底的に利用するべきだと翼さんは言った。そうやって得意戦法に誘導して、ようやく勝負になる世界なんだと。

「あ、相居飛車で真っ向勝負を挑んでも序盤の知識の差で負けちゃうから……だから私は、最初から入玉狙いで戦ってた。入玉形に持ち込めば、経験値の差で何とか勝負になるから……」

翼さんが奨励会にいた頃。

今はプロになっているような人たちとの差をどうにかして埋めようと足掻き、そして行き着いた生存戦略。

「こっちの狙いがわかってても、向こうは男としてのプライドがあるから、乗ってきてくれる……『潜水艦』とか『深海魚』とか呼ばれたけど……少なくとも私は、そうしないと奨励会で勝てなかったから……」

「…………」

「けど、あいちゃんの終盤力があれば……相掛かりとあの戦法を使って乱戦に持ち込めば、相居飛車でもプロにだって勝てる……から……」

「……うん。あれに関しては、今日の研究会でかなり手応えがあったよ」

これから立ち塞がる居飛車党の若手プロに相掛かりを避けられても、あれなら勝てるかもしれない。極限まで速攻を追及したあの奇襲なら。

それよりも……。

『プロ棋士』や『奨励会員』という単語が翼さんの口から出てきたタイミングをきっかけに、ずっと気になっていたことを尋ねた。

「翼さん。あの……」

「な、なに？　あいちゃん……」

「わたしは……真っ先に、翼さんに見放されちゃうんだろうなって思ってました」

「えええええええ!?　ど、どどど……どうし、て……？」

「だって、わたしがしようとしてることは……翼さんから見たら、ズルしてるみたいに見えると思うから……」

「ああ……」

年齢制限で奨励会を退会した翼さんは、山刀伐先生がおっしゃった『プロになれなかった仲間たち』の一人。

そんな人たちの気持ちを、わたしは踏みにじってしまったから……。

「……誤解しないでほしいんだけど……」

言いにくそうに言葉を選びながら、翼さんは口を開く。

「奨励会を辞めても、将棋までやめちゃう人って、今はもうそんなにいないから」

「ふぇ!? そ、そうなの？」

「どっちかっていうとアマ大会に出ないと『あいつ何してんだ？』みたいな感じになるし。悲壮感も、そんなに無い……かな？」

強がりを言っているようには見えない。

むしろサッパリしたような表情で翼さんは言う。人生最大の挫折（ざせつ）について。

「退会直後はもちろん落ち込むんだけど、人間ってそんなに落ち込み続けられないっていうか……そのうち気付くんだよね」

「気付く？」

「将棋は好きだけど、奨励会は嫌いだった……って」

奨励会が苦しい世界だっていうことは、よく聞いていた。

けどわたしが今まで接してきた人たちは最終的にはそこを抜けてプロになれた人たちで。だからここまではっきりと奨励会に対して否定的なことは言わなくて。

実際に退会した人のリアルな言葉に、わたしはただ、無言で耳を傾ける。

「退会した人間の気持ちを尊重してくれるのは、ありがたいなとは思うけど……私たちを勝手に『かわいそう』な人間にしてほしくは、ない…………かな」

「っ……!!」

「それって、失敗した人間を永遠に見下してることになるし」

心の中を見透かされたような気がして、わたしは思わず頭を下げていた。

「……ごめんなさい」

「ううん！　こっちこそ……ごめん。私もね？　自分だけが……女流棋士になったときに、あいちゃんと同じ罪悪感みたいなのを、勝手に抱いてて…………」

同じ苦しみを味わってほしくないという翼さんの優しさに、心が温まる。

東京の夜景を眺めながら、元奨励会員の女流棋士は言った。

「わたし……ね？　奨励会に十年近くいて…………一人も、友達ができなかったんだ……」

「……？」

「あ、勘違いしないでね？　仲間……戦友みたいな人たちは、できた。一緒に奨励会を退会した兄弟子とか……他にも、女流棋士になった私を応援してくれる仲間は……いるよ？」

翼さんは何を言おうとしてるんだろう？

わたしとお友達になれて嬉しいとか……そういうことなんだろうか？

「けど実生活では一人も友達ができなかった」

「……」

「奨励会のために全てを捧げた。小学生名人戦で優勝して、小六で奨励会に入って。すぐ壁にぶつかって、中学はほとんど不登校だった。学校に行く時間があるなら将棋の勉強をしなきゃいけなかったから。当たり前だけど高校は行かなかった」

でも……と、空になったペットボトルを握り潰しながら翼さんは言う。

「中学卒業する頃にはもう『こいつはプロになれなんだろうな』って周りからは思われてたから親からも師匠からも高校は行ってくれって言われた。受験するって嘘ついて試験の日はネカフェでずっとネット将棋を指してた。中学すらまともに通えなかったのに、高校？　行けるわけないよね？」

奨励会について語るとき、翼さんの口調は不思議な熱を帯びる。

そして言葉も流れるように溢れてきて。

「私は……奨励会にいた期間で、将棋が弱くなった」

《不滅の翼》の異名を持つその人は、ゾッとするほど低い声でそう吐き捨てる。

「女流棋士にしてもらえて、あいちゃんとこうやって練習将棋を指すようになって、ようやく奨励会に入る前の……小学生名人戦の頃の自分に戻れた。だから――――」

「だから……なぁに？」

次に翼さんが口にする言葉をわたしは想像する。

『ここからまた強くなって、私もプロを目指してみるよ！』

そんな前向きな言葉を。

けれど違った。

翼さんの口から出たのは、どす黒い、復讐（ふくしゅう）の感情だった。

「あいちゃんに……めちゃくちゃにしてほしいの。私の将棋をめちゃくちゃにしたみたいに、将棋界をめちゃくちゃにしてほしいんだぁ……！」

歪（いびつ）に煌（きら）めく翼さんの瞳（ひとみ）に見据えられて、わたしは整った神経が再び波立つのを感じていた。

――この想（おも）いをどう背負ったらいいの？

決して開けてはいけない扉を開けてしまった恐怖。

自分自身の決断と発言が、自分の全く考えていなかった方向へと進んでいく恐怖。

それが今さらながら、わたしの心に襲いかかってきた。

「あいちゃんがプロの先生たちの前で宣言してくれた瞬間、わかったんだ。私は将棋界に復讐したかったんだって。プロに恨みは無いけど、将棋界の歴史に『退会者』としか記録されない今の制度には、復讐したいんだって」

「…………」

その時になってようやく、わたしは星雲戦の予選で感じた不思議な視線の意味を理解する。

あれは……翼さんと同じように苦しむ、奨励会員の視線だったんだ。

勝てなくて、それでも将棋を捨てられなくて。

そんな現在進行形で苦しみ続けている人々が、わたしに注(そそ)ぐ期待。

それは応援じゃない。

誰でもいいからこの世界を壊してほしいという破滅的な願い。

——……背負えるわけないよ。自分が体験したことのない感情なんて……。

心が折れそうだった。

将棋盤の前に座ってプロと戦っている時よりも、ずっとずっと苦しくて、孤独で。

「…………たすけて…………ししょう…………」

翼さんに聞こえないよう、口の中だけでそう呟く。たすけて。たすけてください……。

もちろん誰も助けてなんてくれない。それが、わたしの選んだ道だから。

進まなくちゃいけないんだ。

たとえどんな運命が待っていたとしても。未来(まえ)へ。

第三譜
生石充
生石飛鳥
2-B

《淡路》との対局二日目。

またコテンパンに負けた。初手からわけがわからない。

ログを見返しても自分の選んだ手がなぜ悪手だったのかがわからない。《淡路》の指し手には違和感しか無いが、ごくたまに自然な手も含まれている。そしてその手にこちらも自然な手を返すと、なぜかそこで評価がガクンと落ちる。

そこからはどう足掻いても浮上することはない。底なし沼にハマるような感覚だ。今日は俺だけ持ち時間をたっぷり使ってみたが、全てノータイムで返してくる《淡路》に対して、互角を維持することすらできなかった。

明日はとにかくたくさん指して、突破口を見つける。小さくとも希望が欲しい。

三日目。

今日はとにかく番数をこなしてみることにした。

居飛車側の戦法で、過去のものから現在のものまで思いつく限りぶつけてみたが、ことごとく通用しない。中終盤で突き放されるというよりも、序盤の段階で全く噛み合わず、なぜかこっちが一方的に悪くなっている……と、《淡路》のログは主張している。振り飛車は試してみる気も起こらない。

本当に初手2六歩も7六歩も悪手なんだろうか？

《淡路》が指してるのは俺の知ってる将棋じゃない。

全く言葉の通じない外国に放り込まれたような感じがする。心細くて死にそうだ。

四日目。

何一つ通用しなくて笑ってしまう。盤の前に座っても、初手に何を指せばいいのかサッパリわからない。こんなことは初めてだ。

悔しいとか、負けて苦しいとかよりも『心細い』という感情。先の見えない不安。百年後の将棋を見ているはずなのに、逆に何も見えなくなってしまった。

てかマジで俺の人生何だったんだ？

居飛車が戦法として百年後には消滅しているのだとしたら、俺を含めプロ棋士の存在価値は『居飛車は間違っていた』という不毛な証明をするためだけのものになってしまう。最初の一行目から間違っている数学の証明をするようなもので、仮にそうだとしたら、一刻も早くそのことを他のプロ棋士にも伝えなくちゃいけない……。

でもこんなこと、誰に言えばいいんだ？


五日目。

《淡路》の指し方を真似してみることにした。初手に玉を動かすアレを。

が、当然のように圧殺された。

序盤の問題ではなく、単純に俺が弱いのか？　だったらまだ希望はあるが……。


七日目。

今日でこの部屋にこもって一週間になる。

誰とも言葉を交わしていないから喋り方を忘れそうだ。

外部との連絡を一切取らずに将棋を指し続けたのはいつ以来だろう？　師匠の家を出て一人暮らしをした時か？　でもあの時も姉弟子がほぼ入り浸ってたし、あいが来るまでは若手の溜まり部屋みたいになってたから、ここまでの孤独は感じなかった。

将棋だけに集中できる最高の環境のはずが……どうしても将棋に集中しきれない。

もっとマシンスペックを落とせば《淡路》と会話が成立するんだろうか？　けどそれじゃあ

意味が無い気がする……。

それにもう、自分がどんな将棋を指していたかも忘れそうだから……。

八日目。

ここに来てからほぼ毎日銀子ちゃんの夢を見る。当然といえば当然か。

よく見るのはまだ俺が奨励会に入る前の、二人でアマ大会に出てた頃の夢。

今日見た夢には銀子ちゃんの家族も出てきた。あの子によく似たお母さんのことは憶えているが、お父さんの記憶は曖昧だ。そういえば銀子ちゃんの実家は大阪府内だが、ご両親が師匠の家に来たことは無い。大会の応援に来た時にチラッと姿を見るだけで……娘に里心が付かないようにしていたんだろうか？

そんなことを考えて現実逃避した一日だった。将棋はボロボロだ。

一〇日目。

…………つらい。

目覚めた瞬間から気が重い。ヘッドセットの電源を入れるのが本当に苦痛だ。ずっとベッドの中でゴロゴロしていたい。《淡路》と対峙（たいじ）することを考えるだけで、将棋を指す気力を根こそぎ奪われる。頭がガンガン割れるように痛み、汗と吐（は）き気が止まらない。

「もう辞めようか？」

枕（まくら）に顔を押しつけて何度も何度もそう口に出して叫んだ。

何を？《淡路》との対局を？

それとも……将棋を辞める？

俺が将棋を辞めたら、生きてる意味はある？

この部屋を出ることを想像する。一瞬だけ気持ちが晴れたけど、すぐにとんでもない絶望が全身を満たした。

今、ここを出たところで……俺一人だけが人類の滅亡を知りつつ、普段通りの日常を送るという、もっと深い絶望が待っている。

未来を知ってしまった以上、もう元には戻れない。

一五日目。

つらい。つらい。つらいつらいつらいつらいつらいつらいつらいつらいつらい
つらいつらいつらいつらいつらいつらいつらいつらいつらいつらいつらいつらい

つらいつらいつらいつらいつらいつらいつらいつらいつらいつらいつらいつらいつらいつらいつらいつらいつらいつらいつらいつらいつらいつらいつらいつらいつらいつらいつらいつらいつらいつらいつらいつらいつらいつらいつらいつらいつらいつらいつらいつらいつらいつらいつらいつらいつらいつらいつらいつらいつらいつらいつらいつらいつらいつらいつらいつらいつらいつらいつらいつらいつらいつらいつらいつらいつらいつらいつらいつらいつらいつらいつらいつらいつらいつらいつらいつらいつらいつらいつらいつらいつらいつらいつらいつらいつらいつらいつらいつらいつらいつらいつらいつらいつらいつらいつらいつらいつらいつらいつらいつらいつらいつらいつらいつらいつらいつらいつらいつらいつらいつらいつらいつらいつらいつらいつらいつらいつらい。

二〇日目。

やっとわかった。

アンインストールすればいいんだ。

## ☗ パソコンと詰将棋

　胸の前でハートマークを作ると、わたしはカメラに向かって叫んだ。

「も……萌え萌えきゅ～ん♡」

　パシャッ！　パシャシャシャシャシャッ！

　フラッシュとシャッター音が秋葉原の安っぽいビルの一室に虚しく響く。

　一拍遅れて、カメラを構える女性の厳しい声が飛んできた。

「笑顔が硬い！　もう一回！」

「萌え萌えきゅ～ん♡」

「ハートマークの形が歪んでおざります！　もう一回！」

「萌え萌えきゅ～ん！」

「声から媚びが消えた！　やり直し‼」

「こ、声は写真にうつらないんじゃ⁉」

「動画も撮ってるに決まっておざりましょ？　時代は配信！　音声も重要！　駒音もＡＳＭＲで販売する！　ここ秋葉原では女子小学生は髪の毛から声までぜんぶ商品になるんどす！」

　万世橋警察署の人に聞かれたら摘発されそうなことを平然と宣いながら、供御飯万智山城桜花の厳しい指導が続く。

今日は供御飯先生が編集に携わってる将棋雑誌のための取材。

……のはずなのに、どうしてわたしはメイドさんの服を着て、自分で作ったオムライスと一緒に写真に収まってるんでしょう？

将棋要素、どこにあるんです……？

カメラのモニターをチェックしていた供御飯先生は長考してからこう言った。

「小学生らしい初々しさが出てるのは最初の一枚どすな。よし！　これ使お」

「………………」

きゅ～ん……。

「けど、わざわざお店まで借りて撮影するなんて……見た感じ、オープン前のメイド喫茶っていう感じですけど、どういうツテで使わせてもらえたんですか？」

「ここはこなたが借りとるテナントやね」

「ええ!?　く、供御飯先生……秋葉原でメイド喫茶を経営するんです!?」

「ちゃうちゃう。メイド喫茶やのぉてコンカフェどす」

「こん……かふぇ？　キツネさんの喫茶店ですか？」

「コンセプトカフェの略や。厳密にはメイド喫茶もコンカフェの一種に含まれるという包含関係にあるわけどす」

「ふぇぇ……？」

「将棋の戦法も矢倉がいちばん有名で種類も多いけど、その矢倉も居飛車の一形態に過ぎぬやろ？　メイド喫茶とコンカフェの関係も同じや」

あきはばら、むずかしいです……。

「このお店は将棋の指せるコンカフェとして秋からオープンする予定で、ちなみに正確には『人間界にやってきてメイド喫茶で働いてる妖怪を将棋で退治するカフェ』いうコンセプトどす。せやからメイドやのぉて妖怪なんやね。最近は客の目も肥えたゆえ、これくらい手の込んだ設定やないとネットでおバズりまいらせぬからなぁ」

「…………」

よく見ると、メニュー表には『萌え萌えオムライス　一五〇〇円』『妖怪さん特製☆えなじーどりんく　二〇〇〇円』『チェキ　一枚五〇〇円』に混ざって『指導対局　三〇〇〇円』という、そこだけ妙にリアルな料金設定の項目がしれっと混ざってる。

そして壁に貼ってある店員さんの写真には、獣耳カチューシャを頭に載せた『まち』とか『りょう』っていう名前が……。

「あれ？　わたし、この妖怪メイドさんによく似た女流タイトル保持者を知ってるような気がするんですけど……？」

「それは妖怪の仕業どすよ」

供御飯先生は露骨に話題を逸らした。

「それにしてもいい写真が撮れて一安心どす！　『雛鶴あい女流名跡特集号！　天才美少女小学生女流タイトル保持者の日常を全部見せます～十一歳の夏は一度しか来ない完全保存版～』いう大層な企画を立ててしまいやしたからなぁ。表紙もそれ相応のものにせんと」

「将棋の雑誌ですよね？」

「将棋の雑誌どすよ？　当たり前におざりましょ？」

　供御飯先生は「あいちゃんが受け将棋やったら完璧やったのに」と、よくわからない部分で悔しがってる。『アキバ』や『メイド』や『受け師』という単語は将棋関係者に刺さるらしいです。なんでだろ？

「ホントなら姉妹弟子対談でやりたかったんどすけど。まぁ予定してたページが余ったゆえ、あいちゃんの写真を詰め放題や。デジタル版にはさっき撮った没写真も全部入れて、動画も付けて、一万円くらいのボッタく……特別価格で販売しよ♡」

「天ちゃんは断ったんですか？　わたしと対談するの」

「せやね。ノータイムで」

　供御飯先生は慌てて言葉を補ってくれる。

「あいちゃんと対談するんが嫌やいうわけやなくて、そもそも取材ＮＧやと。銀子ちゃんとの女王戦で反則負けしたときマスコミ嫌いになったのやも？」

「確かにあの時の天ちゃんは辛そうでしたけど……」

その後にわたしが書いた観戦記のことは褒めてくれたから、マスコミ嫌いという理由は疑わしいと思う。

関東に出てきて以来、天ちゃんとは連絡も取っていない。

もし話す機会があるとしたら……何を話せばよかったんだろう？　いっぱい話したいことがあるけれど、どれも天ちゃんの答えを聞くのが怖い……。

考えてると気分が落ちちゃうから、わたしは話題を変えた。

「けど、本当に秋葉原で大丈夫だったんです？　将棋とまったく関係ない場所ですけど」

「それがそうでもないんどす」

供御飯先生は窓の外に見える駅前のビルを白い指で示しながら、

「あすこに見える秋葉原ラジオ館のオーナーさんはなぁ、有名な詰将棋作家やってん」

「ええ⁉　つ、詰将棋⁉」

「お大尽でなぁ。こなたのお師匠の話やと、昔は食いつめた将棋関係者が自作の詰将棋や発掘した江戸時代の図式集なんかを見せによぉ秋葉原へ詣でてたと。ま、詰将棋を口実に借金の相談に来てたんどすな」

「借金……」

オタク文化や電化製品の聖地であるアキバ。

そこがかつて詰将棋の聖地だったという歴史に、わたしの鼓動は高まった。

「普通の人にとっては詰将棋なんてパズルみたいなものや。長手数(ちょうてすう)の複雑な詰将棋ほど作るのに時間がかかるけど、真面目(まじめ)に解くのはプロでも一握り。単純な三手詰めのほうがよほど需要がおざります」

詰将棋で将棋を覚えたわたしにとっては複雑な気持ちになる話題だ。

確かに現代では、詰将棋作家だけで生活できる人なんていない。

プロ棋士もよく長手数の詰将棋は実戦に出ないから解く意味が無いと言う。

それに師匠からも『修行中に詰将棋を作るのはオススメしない』とはっきり言われたことがあった。

でも、わたしは…………。

「凄腕(すごうで)の詰将棋作家たちが作り上げた珠玉の未発表作品や。作品集として連盟から出版しようという話があってゲラまで作ったそうどすが、ラジオ館のオーナーさんが亡くなってその話も消えたと。金目当てに作品を売った本物の作者たちがクレームを上げぬとも限らぬゆえ」

「……どこにあるんですか？」

「ん？」

「作品集の原稿。どんな詰将棋か興味があって……」

「編集部にまだあるやも？　見つけたらコピーを渡しやす。今日の取材のお礼に」

「ありがとうございますっ！」

「けど今や秋葉原に来る将棋関係者は、みーんなパソコンがお目当てどす。時代が変わったいうことどすな」

機材を片付けながら先生は話題を変える。

「さて！　撮影も終わったし、次はあいちゃんの用事を済まそか？」

「は、はいっ！」

実は今日、この秋葉原を取材場所に指定したのは供御飯先生じゃなくて、わたし側の都合だった。

その用事とは――――パソコン選び。

## ☖　ぱそこんを買いに

「あのぉ……供御飯先生？　ほ、本当に、この格好のままでお外に出るんです？」

「当然どす」

怖じ気づくわたしの手を引っ張って雑居ビルから歩行者天国へと歩きながら、供御飯先生は楽しそうにこう言った。

「せっかく秋葉原に来たんやし、雑誌とお店の宣伝がてら二人でコスプレ散歩しよ♡」

わたしは、猫耳に尻尾までつけたメイドさん。

その隣を歩くのは、同じようにメイドさんの服を着た供御飯先生……なんだけど、こっちは狐耳にモフモフしっぽをつけてる。

馬莉愛ちゃんが見たら『マネするでない！』と怒りそうな格好です……。

「ハワイでアロハが正装のようにここ秋葉原もコスプレが正装どす。郷に入れば郷に従えや」

「ぜったい違うと思うんですけど……」

たしかに歩行者天国にはビラ配りするメイドさんがいっぱい。

夏だからみんな衣装も際どくて、メイド服というよりもカチューシャを付けた下着姿みたいな女の人で溢れてる。

そんな人たちに比べたら、わたしたちなんて目立たないはず。

……という考えは、あまりにも甘かった。

「な、なんだあの超ハイレベルなメイドは⁉」

「しかも片方はＪＳじゃないか⁉」

「もう片方はＪカップくらいありそうだぞ⁉」

「すいません！　写真いいですか⁉」

「きつねダンスお願いします‼」

歩行者天国に出た瞬間から、わたしたちはもの凄い数の人に取り囲まれて、前に進めなくなってしまう。

その時だった。

「はいはいストップ！　距離を取ってくださーい！」

手に持ったケバブの串を誘導灯みたいに振りながら、わたしに付き添っていた男の人がその場を仕切り始める。

「お写真は一人一枚まででーす！　撮影が終わったら後ろの方とすぐ交替してくださーい！　SNSにアップする際は『#将棋コンカフェ』と必ず付けてくださーい！」

師匠のお兄さんだった。

新入社員といえどもお母さんの厳しい研修を経ただけあって、ホテルマンとして最低限の客あしらいは身に付けているみたい。

「ところで――」

ひととおり撮影が終わってから、供御飯先生は至極当然の質問をする。

「八一くんのお兄さんは何で今日ずっとあいちゃんに付き添うておざるの？　マネージャーにでもなったん？」

「業務命令です。お嬢さんの買い物に付き添うようにと、会長が」

師匠のお兄さんはこう言ってるけど、わたしが取材でまた変なことを言い出さないよう監視役を命じられたんだと思う。

ついつい厳しい口調でわたしは言った。

「……お仕事しなくていいんですか?」

「俺の仕事って、ある程度リモートで対応できるんです。そういうシステムを組んでるんで」

「つまり抜けても大丈夫な程度の戦力いうことどすなぁ」

「はっはっは!」

お兄さんは嬉(うれ)しそうに笑いながらケバブをむしゃむしゃ食べる。笑い方は師匠にそっくりだと思った。笑い方だけは。

「学生時代にこの辺りはよく来てたんで。けっこう詳しいですよ?」

何をしに来てたんだろう? かえって不安……。

……けど、お兄さんはわたしたちをパソコン専門店に案内すると、お店の人と慣れた様子で話をしながらテキパキと必要なものを選んでくれた。

その姿をわたしと供御飯先生は物陰に隠れるように見守る。目立つとまたすぐ人が集まってきちゃうので……。

「供御飯先生も高性能のパソコンをお使いなんです?」

「こなたの場合、観戦記者としてのほうが使うかなぁ。女流の将棋はソフトの最善手を早々に外れるゆえ」

「相居飛車の将棋も多くないですしね。プロと比べて」

「とはいえソフトが使う対振り飛車の戦法は超優秀どす。金を座布団みたいに玉の下に敷く囲いとか、ミレニアムとか」

「ミレニアムだけで白星を荒稼ぎしてる先生、いますもんねー」

翼さんの受け売りを調子に乗って口にしたわたしに、供御飯先生は世間話を装ったまま、こう尋ねてきた。

「けどあいちゃんがパソコンを買うた理由は、女流棋士相手に白星を荒稼ぎするためやおざらぬのやろ?」

「………はい」


本戦に進むことができた星雲戦の一度目の収録でも、わたしは連勝。予選も含めてプロ相手に無敗の四連勝中……だけど、本当に大変なのは次の収録からだ。

胸の中の焦りを隠しつつ、わたしは頷いた。

「最新ソフトを使いこなせないと、この先に当たる若手プロの先生方とは序盤でもう勝負が決まっちゃう可能性があるから……」

「その若手プロの中には銀子ちゃんも含まれてるん?」

ズバリと切り込んできた質問に、まだ取材は続いていたんだと思い知らされる。

──むしろ今が本番だったんだ……!

供御飯先生はわたしがプロ編入試験を持ち出した本当の理由を探ろうとしていた。一度取材を終えプライベートを装った状態で、わたしが心のガードを下げる瞬間を狙っていた……!

そしてこれはわたしがずっと狙っていた瞬間でもあった。

世間話を装ったままわたしも答える。

「空先生は必ず復帰なさいます。それも、そう遠くないうちに」

「どうしてそう思うん？」

「供御飯先生が勝負を焦っていらっしゃったから……です」

「っ……！」

隣に立つ先生の気配が変わった。

傷ついた獣が放つ特有の気配。隙を見てこっちの喉笛を食い千切ろうとする気配。

それはつまり殺気だった。

自分が獣の尾を踏んだことに気付きつつも、わたしは怯まず喋り続ける。

「女流名跡リーグの最終戦で、慎重な供御飯先生が全ての手札を晒して勝負なさいました。師匠との関係やソフトでの研究成果も全部曝け出して。きっとその焦りが無ければ、負けていたのはわたしだったと思います」

「………いや。こなたの負けは動かぬよ」

獣のように美しい横顔に薄い笑みを浮かべると、《嬲り殺しの万智》と呼ばれるその人は再び優しい気配で心の中の刃物を包む。

それは休戦の打診。

でも、わたしは追撃をかけた。

「空先生はたぶん、将棋は指せるんだと思います。先生は将棋から距離を取ったんじゃなくて……あの人から距離を取ったんじゃないでしょうか」

かつてのわたしだったら格上の供御飯先生を相手にここまで踏み込んだ発言をすることはできなかったに違いない。

けれどタイトル保持者として同格になった今、勝負所と見れば迷わず踏み込む。

「……プロを目指すようになって、前よりも空先生の気持ちを理解できるようになったんです」

「ほう？」

「空先生の考えはずっと『強くなるためには何をすればいいか？』が基準になってます。それは今も変わらないはずで……」

聞きようによっては『わからないあなたとはレベルが違う』と受け取られかねない発言だったけど、供御飯先生は黙って聞いてくれていた。

「わたしが空先生と戦うためには、プロにならなくちゃいけないんです。だからプロ編入試験を受けたいし、高性能のパソコンも必要なんです。この答えじゃダメですか？」

「半分」

「え？」

「その答えやったら半分や。ま、残りの半分はこなたが自分で探ってみせよか……それが仕事どすから」

そう言うと、供御飯先生は右手を狐の形にして、にんまりと笑う。

それは先生が心を閉ざすという合図だった。

「ところであいちゃん、最近は誰と将棋を指してるん？　練習相手に困ってへんの？　アマ強豪なら何人か紹介しよか？」

「翼さんが……岳滅鬼女流１級が研究会をしてくださってるんです」

「そういえば女流名跡戦第五局でも記録を取ってらしたなぁ。仲良しなん？」

「はい！」

「あのお人、昔からちょっと人付き合いが苦手でおざりましたから、あいちゃんがお友達になってくれはって安心したわ。今日は何してはるんどす？」

「翼さんはデートです」

「…………は？」

供御飯先生の美しい顔から、ボロンと表情が抜け落ちる。

それから見たことのないほど驚いた様子でわたしの肩を両手で摑んだ。

「ふっ……《不滅の翼》がデート⁉　だ、だだだ、誰と⁉」

「元奨励会員で、翼さんの兄弟子に当たる方です。特に隠してるわけじゃないみたいで……あ、写真が来てますすね」

わたしはスマホに送られてきた翼さんと彼氏さんのツーショットを供御飯先生にお見せする。水族館の前で幸せそうに手を繋いでいる自撮り写真を。

「た、確かに…………岳滅鬼サンどすな……」

「結婚を前提にお付き合いしてほしいって言われてるみたいです。翼さん的には女流棋士として結果が出せるまで待ってほしかったみたいですけど『銀冠穴熊くらい固い決意だったけどカレの原始棒銀で猛攻を受けてついついつい寄せられちゃった♡』って」

「そ、そんな『将棋やってる女子が恋人できたとき言いがちな将棋表現』を……あの《不滅の翼》が……⁉」

珍しく敗北感に打ちのめされながら、供御飯先生は乾いた笑いと共に、

「こないな八尺様みたいな女性ですらカレピッピと水族館デートしておざるのに……こなたは休日に小学生と秋葉原でコスプレ……《嬲り殺しの万智》も落ちたものどすな……はは……」

「さすがに失礼ですよ！」

確かに今日の翼さんは、白いサマードレスに白のつば広帽子で、髪も長くて…………あれ？これ八尺様に見えますね……。

「こなたが言うのもアレやけど……最近、どうも将棋界全体が色恋に偏ってへん？」

「空先生の影響はあるんじゃないでしょうか？」

たまよん先生がよく言ってた。

『大半の女流棋士は将棋のお仕事だけで生活してくなんて無理無理の無理だから！』って。

収入的にはアルバイトと同じくらいで、けどアルバイトみたいに定期的にお仕事があるわけじゃない。

「モデルさんや芸人さんはいろんなバイトの道がありますけど、女流棋士は将棋以外のバイトも難しいですし。そうなると、将棋を続けるためには――」

「主婦をしながらが一番安定してるわなぁ」

空先生がプロになったことで女流棋士の世界は脚光を浴びた。

けど、休場によって一気にバブルが弾け……残ったのは、女流棋士を目指して大量に入会した研修生たち。

棋士になる条件を変えなければ、数年後には女流の数が今の倍くらいになっちゃうかもしれない。小さなパイを奪い合うことになるから、棋戦の数が増えない限りは一人当たりの対局料がもっと少なくなる……。

「実はこなたがコンカフェを始めたのも、女流棋士のために将棋を指しながら働ける場所を作るためどしたが……焼け石に水やもしれぬ」

「たった一人の強すぎる女流棋士がタイトルを独占し続けるような状況は、たぶん全ての女流棋士のためにならないと思います。その強すぎる一人を含めて」

「なるほど。強すぎる女流には、さっさとプロになっていただくと。それは確かに必要な出口かもわからぬな」

不遜なことを言っている自覚は、ある。

――まだ一回しかタイトルを獲ったことないくせに……偉そうだよね。

ただ、これはわたし一人の話じゃない。

天ちゃんと祭神雷女流帝位。

この二人は突き抜けて強い。

祭神さんには研修生の時に勝ったけど、明らかにわたしを舐めていたし、そもそも眼中にすらなかった。あの人は常に師匠と、その隣にいた空先生にダメージを与えようとしていた……わたしをいたぶることで。

――最初から本気を出した祭神さんと盤を挟んだら？

直近の対局では椚創多四段を相手に不思議な戦法で立ち向かい、最後は頓死。世間的には報道陣の多さに緊張したっていうことになっていたけど、そんなことで緊張するなら空先生との対局に勝てるわけがない。見落としたという頓死筋も含めて違和感しかなかった。

そしてもっと強烈な違和感は――

「………天ちゃん……」

自分のタイトル戦が終わってから真っ先にしたのは、天ちゃんがタイトル戦で指した将棋を全部並べることだった。

現役(げんえき)の奨励会三段を相手に指した十局の将棋。

そこから浮かび上がってくる人物像には、ものすごい違和感があった。天ちゃんが負けた将棋は、特に。

──『格上を相手にミスをした』って、ほとんどの人は結論付けてたけど……。

わたしの知ってる天ちゃんは極めてミスが少ない棋風だ。

受け将棋はミスをしたら勝てない。

そんな天ちゃんが、手順の中で不思議な顔を覗(のぞ)かせる瞬間がいくつもあった。

そのどれもがわたしの知ってる天ちゃんじゃなかった。

というか──

「……わたしの知ってる……将棋じゃなかった……」

この違和感をどう説明したらいいんだろう？

祭神さんの指す将棋と同じような、けれど圧倒的に進んでいる……そう、進んでいるという感覚が、天ちゃんの将棋にはあった。

この世界にあっちゃいけないもののような感覚が。

そしてもっと恐ろしいことがあった。

──わたしは、その将棋を、なぜか……懐かしいと感じているから……。

「お嬢さん？　あいお嬢さん？」

「へ⁉　あ……ど、どうしました？」

「終わりましたよ。パソコン選び」

考え込んでるあいだにお兄さんが買い物を終えてくれていた。荷物を郵送する手続きも終わったと聞いてびっくり。そんなに長いあいだ考え込んでたなんて……。

「あ、ありがとうございます。何から何まで……」

「いえいえ。これも仕事ですから」

供御飯先生が伸びをしながら言う。

「そんなら帰ろかー」

「あれ？　ソフトは買わないんです？」

「ソフトはタダでネットに転がっておざりますゆえ」

「えぇ……？」

フリーソフトってこと？　それだと性能が足りないんじゃ？

戸惑うわたしを置いてさっさと先を歩き始めた師匠のお兄さんと供御飯先生が、代わる代わるに説明してくれる。

「現時点で個人が入手できる最強のソフトはオープンソースになってるんです。みんなで強くしていく感じですね。メインの開発者はいますが匿名で、正体は不明です」

「昔は『学生なんじゃないか』と噂があったなぁ。更新頻度が異様やったゆえ」

「確かに。朝と夜で強さ（レート）が二十くらい変わってたりね！」

「今は逆に更新頻度が極端に減っておざりますゆえ『就職したか？』いう噂が出てるけど」

「ありそうありそう」

　学生？　就職？

　っていうかそれ以前に……誰が作ったかわからない？

「不安定すぎませんか……？」

　供御飯先生とお兄さんは楽しそうにお話ししてるけど、わたしはソフトに対して表現しづらい感情を抱き始めていた。

　将棋界は少し前からソフトを使うのが当たり前になってる。

　あの名人も、師匠も、ゴッド先生も山刀伐（なたぎり）先生も……トッププロの今の課題は、いかにソフトの指す将棋を自分の中に取り込むか。

　つまり全人類のお手本になってる。

　その将棋ソフトが……ネットにフリーで転がってて、しかも誰が作ったかもわからない代物（しろもの）だったなんて！

「将棋ソフト開発は金にならないんですよ。強すぎるソフトをパッケージ版で売っても大して儲（もう）からないから趣味的な感じで個人が開発するしかなかったんです。長手数の詰将棋と同じですね」

「ゲームソフトとして売るなら、人間が勝てるレベルで十分どすから」

「あ、あの！」

先を歩く二人の背中に向かって疑問をぶつける。

「供御飯先生はいいとして……どうしてお兄さん、将棋にそこまで詳しいんですか……？」

「あいちゃん知らんかったん？」

「ふぇ？」

「このお人はな？　多分、こなたより強いで」

「いやいや！　さすがに現役の女流タイトル保持者には勝てませんよ。大学を卒業してからはほとんど駒にも触れてませんし」

「だいがく？」

その単語を耳にした瞬間、わたしは思い出していた。

師匠が誰から将棋を教わったかを。

お父さんと、そして――

「東大将棋部元部長。三年前の学生名人にして、学生王座戦を制覇するために留年してまで将棋部に残り続けた将棋バカ……おかげで就職活動にも完全に出遅れて無職寸前でした」

「とう……だい？」

それは日本の最高学府。

賢いはずのその大学の名前は、けれど将棋界においては、プロ棋士との比較対象として語られることが多い。わたしはそう師匠から教わった。ある『伝説』と共に。

あ、あれって……まさか⁉

「人呼んで《バカだから東大に行った兄貴》とは、俺のことですよ！」

☗

あるアマチュアの日常

「飛馬くん！　もっと飲めるだろう？　ほら遠慮せずぐっといけ、ぐっと！」

「いただきます」

農作業を終えた鏡洲は、幼馴染みの父親から酒席に招かれていた。

お猪口などという上品なものは無い。湯飲みに焼酎を注いでそのまま飲むのが宮崎の農家の流儀だ。

「どうせ明日は台風で仕事にならんからな。こんな時は酒を飲むくらいしかやることがない」

「そうですね」

建物をビリビリと揺らす強風に肩をすくめながら、鏡洲は湯飲みに口を付ける。

十数年ぶりに経験する九州の台風は大阪の比ではないほど激しい。嵐が収まるまで外に出ることもできないから、ハウスの補強をした後は酒でも飲みながら神頼みだ。

――ちっぽけだよな。人間なんて。

東北の人間は雪に閉ざされた冬のあいだに将棋を指すというが、九州は台風が来る夏に指す。だから棋風が攻めに偏る……というのは、ちょっとこじつけくさい気がした。九州人が短気なだけだろう。

故郷であるここ都城市の酒造メーカーが作っている芋焼酎を二人で一本空けたあたりで、赤ら顔の親父さんが懐かしいものを持ち出してきた。

将棋盤だ。

「どうだい一局？」

「……将棋、ですか」

酒を飲んで将棋を指すなど奨励会員の頃だったら考えられない。変な癖が付くかもしれないし、そもそも将棋を冒瀆していると怒り出していたはずだ。

しかしこのとき、なぜか鏡洲は何も感じなかった。

慌てたのはむしろ幼馴染みだ。

「ちょ、ちょっとお父さん！　飛馬くんはプロを目指してたんだよ⁉　そんな気軽に将棋に誘ったらダメ――」

「いや。お願いします」

胡座のまま頭を下げると、鏡洲はザラザラと駒箱から駒を取り出した。

使いすぎて角が取れ、文字も擦れた番太郎駒。

半年ぶりに触れた駒のザラついた感触は、久しぶりに飲んだ焼酎のように、鏡洲の胸の奥を焼いた。

苦しいほどの熱い感情は、けれど一瞬だけのことで。

「奨励会三段と将棋を指すんだ。支部の連中も呼んでやろう」

都城は将棋が盛んで、市内の酒造メーカーは女流玉将戦のスポンサーもやっている。将棋ファンたちは台風の中、カッパも着ずに駆けつけてきた。

もちろん対局は大盛り上がりだ。

「いやぁさすが奨励会三段！　二枚落ちじゃあ歯が立たん！」

「なら次は俺が角落ちで敵を討ってやる！」

「抜かせ！　お前なんか六枚落ちでも全駒されるわ！」

次から次へと挑戦してくる腕自慢たちを、鏡洲は華麗な指し回しで圧倒していく。

――楽しいな。

酒に酔ったからか、それとも別の理由からか。奨励会時代にも感じたことのない楽しさに突き動かされて、鏡洲は駒を動かし続けた。

指導対局でもなく真剣勝負でもない。

将棋をそんなゲームとして捉えたのはいつ以来だろう？

ひととおり相手をすると再び酒盛りが始まる。

人々の輪の中心で、鏡洲は宮崎に戻って初めてといっていいほど屈託なく笑うことができた。

話題は将棋界の裏話。これも以前の鏡洲なら絶対に口にしなかったが、他愛のないものならいいかと酒の肴にさせてもらった。

すると顔見知りの農家が、

「あっ。そういえば……ネットの将棋系まとめサイトに面白い記事が載ってたよ。あの釈迦堂里奈からタイトルを奪った女子小学生がプロを相手に勝ちまくってるんだけど――」

わざわざスマホを鏡洲へ見せてくる。

「ほらここ。プロ編入試験ってのを復活させて、それを受験したいんだと」

「そんな制度があるの⁉」

つまみのチキン南蛮を運んできた幼馴染みが割り込んでくる。

「いや、いきなりプロになる試験は無いよ。三段リーグに編入する制度はあるけどね。俺の在籍中もそうやって奨励会に復帰した人がいたよ」

鏡洲の説明に、幼馴染みは「復帰……」と呟いたまま黙り込んでしまう。

あいがプロ編入試験を受けたいと言っていることは鏡洲も知っていた。

退会した元奨励会員から『どう思う？』と電話が来たし、現役の奨励会員からは怒りのメールが届いている。

ただ鏡洲が真っ先に思ったのは、あいと戦うプロ棋士のことだった。

――キツいだろうな……あいちゃんと指すのは。

かつてこう言ったプロ棋士がいた。

『アマは負けても本業がある。だがプロは負けると……行く場所が無い』

鏡洲も新人戦などでアマチュアや女流棋士と公式戦を戦った経験があるが、明確に格下とされる相手と盤を挟んで苦しい思いをするのはむしろ格上のほうだ。

急所で手が伸びず自分から転んだような将棋を指してアマチュアに負けたプロの記録を鏡洲は何度も取った。『勝って当然』というプレッシャーを背負いながら盤に向かうプロの横顔は、どれも悲愴（ひそう）だった……。

あいはまだ小学生で、しかも女の子だ。

公式戦で本気を出せる棋士などいないだろう。仮に自分がプロになってあいと戦うことを考えるだけで鏡洲は胃が痛くなった。

そして今はプロ相手に伸び伸びと指せているあいもまた、プロになった瞬間、同じ苦しみに直面することになるのだ。

女流棋士に負け、たった一局で休場した空銀子のように。

――やっぱり俺はプロになれなくて正解だったな……。

考え込む鏡洲の横では『編入試験を作るべきかどうか』という話題で盛り上がってる。

「地方出身者にとってはいい制度なんじゃないか？」

「けど椚創多みたいな若いのがバンバン出てくるような世界なんだから、年寄りがまたチャレンジしたところでなぁ」

「椚四段っていえば、飛馬くんと同じ関西奨励会だったんだろ？　将棋を指したりしたのかい？」

話を振られた鏡洲は咄嗟にこう答えていた。

「そ……椚先生はまだ小学生。俺は三十路のオッサンでしたからね。三段リーグで被ったのも一期、つまり半年だけです。指した将棋も一局だけでした」

「ほう！　あの天才と将棋を指したのか！」

「どっちが勝ったんだい⁉」

肩をすくめながら鏡洲は答える。

「もちろん椚四段ですよ。俺は頓死しましたから」

「「はははは‼」」

酔っぱらいたちは大爆笑だ。

まだ新しいはずの傷口が、なぜかこのときは全く痛まなかった。

――酒のせいか？　それとも……。

自分の中に将棋への火が本当に残っていないかどうかを確かめるために、鏡洲は駒を初形に戻しながら提案する。

「よかったら並べてみましょうか？　その将棋を」

「「ぜひっ!!」」

奨励会の棋譜は門外不出。非公開の椚四段の将棋を見られるとあって、食いつきは鏡洲の想像以上だった。

「俺の先手で、矢倉に誘導して――」

盤の前に集まった人々の前で、鏡洲はその将棋を並べ直す。何度忘れようとしても、ふとした瞬間に思い出してしまう、その棋譜を。

「飛車先の歩をそんなに突いちまって大丈夫なのかね？」

「おいおいそこで飛車を切るのか⁉」

「ここはこの手のほうが――」

最初は賑やかに始まった解説会。

しかし局面が進んでいくにつれて……次第に誰もが圧倒され、自分の考えた手を口にすることなどできなくなっていく。

「す、すげぇ……」

「これ……飛馬くんの勝ちなんじゃないのか……？」

そして最後の最後に訪れる、天才の放った罠。

驚愕の６二銀と、その後に続く十九手詰みの手順を聞いた人々は……あまりの結末に完全に言葉を失う。

「「…………………」」

まるで氷水を頭からブッかけられたかのように、誰もが真っ青な顔をしていた。一局の将棋がアルコールを消し飛ばしてしまっていた。

鏡洲は最初、その反応を創多の才能に触れたからだと思っていたが――

やがて絞り出すように、幼馴染みの父親が言う。

「……これだけ指せるんだ。本当にプロ編入試験なんてものができたら、飛馬くんも挑戦すべきなんじゃないのか？」

「そうだ！　もったいないよ、こんな田舎で農業やるなんて……」

「俺たちで応援しよう！　飛馬くんがプロを再び目指せるように！」

「支部で署名を集めて嘆願書を出したらいいんじゃないか⁉」

「もうすぐ女流玉将戦が都城であるから、その時に将棋連盟の人に提出すれば――」

予想外の展開だった。

「ちょ、ちょっと待ってください！」

鏡洲は慌てて説明する。

「そもそも奨励会有段者は、退会から一年間はアマ大会に出場すらできないんです。プロ編入試験の受験資格がどうすれば手に入るかはわからないけど、公式戦が指せないんじゃ話にならないでしょ？」

「……ふぅ。参ったな」

冷たい井戸水で顔を洗ってから、鏡洲は自分の軽率な行いを悔いる。

将棋を捨てて穏やかな暮らしを求めたはずなのに、酒が入っていたとはいえ軽はずみな真似をしてしまった。

「やっぱりあんな将棋を見せるんじゃなかった……か？」

何度否定しても食い下がってくる農業仲間たちを振り払うようにトイレに立った鏡洲を、誰かが後ろから抱き締める。

「……飛馬くん」

幼馴染みだった。

泣きそうな声で鏡洲の名を呼ぶと、汗をかいた背中に額を押しつけてくる。

「行かないよね？　もう大阪には戻らないんだよね？」

「どうした？」

「あの日も本当は止めたかった……飛馬くんが大阪に行っちゃったあの日。それから私、ずっと祈ってた」

薄暗い廊下で鏡洲に抱きつきながら、幼馴染みは告白する。

「飛馬くんが……将棋のプロになれないことを。夢を諦めて、私のところに戻って来てくれるのを」

「っ……！」

不意打ちのように掛けられたその言葉に衝撃を受ける。

自分がプロになれないことを祈っている人間は、奨励会の競争相手だけだと思っていた。

「ごめん……最低だよね？　でも私――」

「行かないよ。親父さんたちが勝手に盛り上がってるだけさ」

「本当に？」

「それだけは絶対に本当だ。もう……終わったんだよ」

自分の夢は創多に託した。

そしてあの天才少年は約束通り空前の将棋ブームを起こしてくれている。だったらもう、自分が将棋界にいる意味も無い。

「……編入試験を受けたいって言ってる女の子のことは、よく知ってるんだ。俺なんかと比べものにならないくらいの天才さ」

「女の子なのに？」

「女の子にも何人かいるよ。バケモノみたいな連中が」

「《浪速（なにわ）の白雪姫》とか？」

「………」

最後の言葉には答えず、鏡洲は幼馴染みと正面から向き合うと、その背中に手を回した。

「心配するな。ずっといるから………きみの側（そば）に」

——こんな昼ドラみたいなことがきっと、日本中で繰り広げられてるんだろうな。

退会した奨励会員のリアル。

まだ将棋界との繋がりを感じていた自分にとってそれはまるで演技のように、どこか他人に起きた出来事を見ているような感覚があって……。

その夜見た夢の中では、なぜか創多が怒った顔をしていた。

## ☖　二人のカリスマ

『あいお嬢さん。お客様がご指名です』

「わたしを？」

日曜のお昼過ぎ。

一人で実家の旅館のお風呂（ふろ）場を掃除していると、師匠のお兄さんからインカムを通じて意外な連絡が入った。

『風呂場の掃除は別のスタッフを入れます。お嬢さんは着替えてロビーへ向かってください。そのままお客様をお部屋にご案内してもらいます』

「……はあ。わかりました」

気乗りしないまま返事をする。

それというのも供御飯先生が探し出してくださった未発表の詰将棋作品集を頭の中で解いていたから。

タイトルは『将棋酔象』。

そこに収録されている作品は、今まで解いてきた詰将棋とは全く違った。

――な、なにこれ⁉　まるで解答者に挑んでくるみたい……‼

一ページ目から衝撃を受けたわたしは頭の中に全ての図案を叩き込むと、こうしてお仕事をしつつ、必死に格闘を続けていた。

まるで師匠に弟子入りする前みたいに。

「もうちょっとで解けそうだったのになぁ！」

だらぶち……でもお客様がお呼びなら仕方ない。

こんな具合で出戻り実家暮らしは気苦労も多いけど、だからといって小学生が一人暮らしできるほど東京は甘くない。

「……女流タイトルを獲ってお金は稼げたけど、まさか稼ぐより使うほうが難しいなんて思わなかった……」

鹿路庭先生のお部屋に帰りたいなぁ……小学校の体操服から和装に着替えてトボトボとロビーへ向かうと、そこで待っていた人は――

「よっ！　あいちゃん、関東で大暴れだな」

「生石先生⁉　それに飛鳥さんも‼」

「東京のド真ん中でいい温泉が湧いたって聞いてね。敵情視察ってやつさ」

「て、天然温泉だなんて、すごいね……！　うらやましい……」

大阪で銭湯を営む生石充九段と娘の飛鳥さんは、わたしが修行中に広いお風呂に入れず苦しんでいたとき住み込みで働かせてくれて、振り飛車も教えてくれた。

「ど、どうしてお二人が……？」

「明日は対局でね。例の天才小学生……いやもう中学生になったのか？　まあそいつのおかげで今はやたら注目度が高い。下手な将棋は指せないから、いい宿に泊まって英気を養っておこうと思ったのさ」

――連勝中の椚創多四段のことだ！

仮に椚先生が竜王戦の決勝トーナメントで勝ち進めば、いずれ生石先生とも当たる。

しかも史上最多の二九連勝というタイミングで！

タイトル経験のあるA級棋士を相手に大記録を達成するかは日本全国の関心事で、生石先生のことも連日テレビのワイドショーで報道されてる。

言いづらいけど、悪役として……。

「早いとこ部屋に案内してもらえるかい？　身バレして石でも投げられたらかなわんからな」

「はい！　喜んで!!」

お荷物を預かると、わたしはスキップしたくなるのを必死で抑えながらお二人を先導した。

「さて……あいちゃん、盤駒はあるんだろう？」

お部屋に到着するなり生石先生が言った。

「研究会に付き合ってくれ。女将さんには話を通してある」

わたしは超特急で自室に戻って駒と二寸盤を取ってくると、座卓の上にそれを置いた。

「あいちゃんは先手。俺は後手(ごて)だ」

「よろしくおねがいします！」

「最初に言っておくが、俺はあいちゃんの実力を認めている。だから自分の得意な戦法をぶつけることに躊躇(ちゅうちょ)しない。相掛かりは指さないぜ？」

「ッ!!　…………はい！」

その宣言通り、わたしの２六歩に対して、生石先生の初手は角道を開ける３四歩。

この時点で相掛かりは消えた――――けど！

「こうっ‼」

わたしは構わず飛車先の歩を突き伸ばす。

そして受けの手を極限まで省いて右の銀を繰り出していく！

「むっ⁉」

突然の奇襲に動揺した生石先生は飛車を振る余裕すら無い。そのままわたしは大駒を二枚とも見捨てる猛攻で、あっというまに後手玉を追い詰めた。

「す、すごい……！」

飛鳥さんは目を丸くしてる。

「たった三九手で後手必敗か……穴のありそうな奇襲だが、早指しならプロでも目が慣れる前に攻め潰されるかもしれん。今のは？」

「『極限早繰り銀』と呼んでます。わたしと岳滅鬼翼さんで研究していて……」

「その様子だと後手番でも使える戦法に仕上げたみたいだな？」

わたしは額の汗を拭いながら頷いた。奇襲を指すと喉が渇く……。

「よし。もう一局だ」

駒を並べ直すと、生石先生は本気の表情で言う。

お互いさっきの一局が真剣勝負だとは思っていない。本番は、次！

「見せてもらおうか……振り飛車対策を！」

「こうッ‼」

わたしの初手も、そして二手目も変わらない。

同じように飛車先の歩を突き伸ばす！

「……なるほど。角上がりを強要してゴキゲン中飛車と角交換振り飛車の二大主力戦法を封じたか……振り飛車党にとっては両腕を縛られたまま戦うようなもんだな」

「指していただいても構いませんよ？　中飛車を」

そう言いながら角道を開けたわたしに、《捌きの巨匠(さばきのマエストロ)》は答えない。

代わりに、盤側で見守る娘さんに対してこう言った。

「飛鳥。お前は風呂に入ってろ」

「ふぇっ⁉」

「ここから先は本気の研究会だ。プロ同士の、な」

「っ！　…………わかった…………」

飛鳥さんはすぐに部屋を出て行く。

緊張が一気に高まった。室内の温度が急上昇したかのように、わたしの額から汗が噴き出す

……熱い！

生石先生は既に角を一回動かしている以上、自分から角交換すると手損になる。その不利を背負ってでも中飛車にするのか、それとも別の戦法を選ぶのか……？

先生は角道を閉ざすと、飛車を振った。

４二飛。四間飛車だ。

――実の娘にも隠すほどの戦法が……ノーマル四間飛車？

正直、拍子抜け。

これなら穴熊に組んじゃえば居飛車がかなり有利だ。自然な流れでお互いに囲い合い、そしてその途中で………その手は出た。

「へっ？」

生石先生が指したその手を見て、わたしは思わずそんな声を上げていた。

「ええ⁉　こ、こんな囲いが⁉」

最初は、何かの間違いかと思った。

けれど生石先生は大真面目に盤を見据えている。えええええ⁉　いいのこれ⁉

――新手だ！　けど………けど‼

斬新……と、いうよりも、雑に見えた。まるで素人の将棋みたいに……。

しかしそこから繰り出される捌きはまさに芸術的で。

「あ……あ、ああ…………」

生石先生の見せた斬新すぎる作戦に、わたしは手も足も出なかった。

――だって……どう指せばいいの？　こんな戦法を相手に……？

攻めるべきか守るべきか。

それすら最後までわからないまま、気付けば詰まされちゃっていて……。

「………ありません。負けました……」

「うん。お疲れ」

生石先生の口調は穏やかだったけど、その手はまだ、微かに震えていた。

「せ、先生？　今のは……？」

「人間を相手に指したのは初めてだ」

「ッ……!!」

その一言で直感した。

これは椚四段のために用意した戦法なんだと。だから一人娘にすら隠したんだと。

そんな命よりも大事な戦法を、わたしには見せてくれた。

プロに匹敵する実力があると認めてくれた、何よりの証。

「………ありがとうございました!!」

わたしは再び頭を下げた。目に浮かんだ涙を見られないように……。

「星雲戦のH組か……まあ、悪くないブロックに入れたな」

床の間の柱にもたれた生石先生は、わたしの淹れたお茶をぐびりと一気に飲み干した。

「そうなんですか?」

「俺がいない。だろ?」

ニヤリと笑う先生。わたしも苦笑を返した。

ズタボロに負けた直後だと意地を張る気にもなれない。

「申し訳ないが、あいちゃんの実力じゃあA級クラスの棋士相手なら勝てて山刀伐がやっとだろ。あいつは早指しに弱い。才能が足りないから」

「山刀伐先生はお強いですよ」

お茶のお代わりを淹れながら、わたしはやんわりと訂正する。

「ずっとお世話になっていましたけど、二回しか勝たせていただけませんでした」

「………冗談のつもりで言ったんだがな……」

渋い顔の生石先生。お茶が濃すぎたのかなぁ?

「真面目な話、星雲戦のいいところは自分と同じくらいの強さのやつと当たれるってことだ。下位者にとっちゃあ一人倒すごとにちょっとずつ強い奴と当たることになるから成長を感じられる。今のあいちゃんにはピッタリだろ」

「はい! 勝てば一日に二局指せるのもありがたいです!」

リンリン先生の言うとおり女流棋士に有利なフィールドだと思う。

「しかし残念だが星雲戦でどれだけ実績を残そうともプロ編入試験に繋がることはない」

冷徹な声に、わたしは動揺した。

「プロとアマの最大の違いは、持ち時間の長い将棋で結果を残せるかどうか。つまり『タイトルに絡める実力があるか』だ。早指しの一般棋戦でどれだけイキり散らそうがプロは歯牙にも掛けないだろうぜ」

……そうじゃないかとは思っていた。

一般棋戦で本戦に進んだり、全棋士参加じゃない棋戦で優勝したアマ強豪は存在する。

けどプロ編入という話にはならなかったから……。

「あいちゃんが本気でプロ編入試験ってやつを狙ってるなら、女流枠で出場の決まってる棋帝戦で結果を残すしかない。こいつは一次予選から四時間の将棋が指せる」

「四時間……」

途方もない持ち時間にくらくらした。

「そして何より――この人と指せる」

棋帝戦一次予選でわたしの隣にある、とある名前。

生石先生のピアニストみたいな細い指が示す三文字を、わたしは読み上げることができなかった。

「えっと……うす、ひょう、そん……九段？」

「うすいたける」

碓氷尊。

聞き覚えのない名前だった。漢字むずかしい……。

「まさか憶えてないのか？　あいちゃんは本当に八一のことしか眼中に無いんだな……ふっ。小学生にとってみたら、あの碓氷尊すらこの扱いか」

生石先生は珍しく、ちょっと傷ついたようだった。

「俺たち振り飛車党にとっちゃあ神様みたいな人さ。将棋界には二人のカリスマがいる」

「ふたり……ですか？」

「居飛車党のカリスマは言わずと知れた名人。そして振り飛車党のカリスマがこの碓氷尊だ」

「振り飛車は生石先生じゃないんです？」

「《捌きの巨匠》なんて呼ばれちゃいるが、俺はあくまで演奏家だよ。けど碓氷さんは作曲家であり、本物の名指揮者でもある」

「ッ!!」

あんなに斬新な戦法を編み出した生石先生が、そこまで……!?

「あいちゃんが生まれる遙か以前に、この人は振り飛車で将棋界のトップに立った。共同研究全盛の時代に、たった一人で作り上げた戦法を武器に名人からタイトルを奪い、俺たち振り飛車党の目標であり続けたんだ」

「たった一人で……」

「俺は当時、碓氷さんが付けていた研究ノートを見せてもらったことがある。天井(てんじょう)まで積み上げられた、文字通り山のようなノートには、決まってこう書かれていたよ」

先手　――――　碓氷
後手　――――　全世界

「全…………世界…………！」

「今はそこにソフトも加わってる」

振り飛車を全く評価しないソフトの出現によって、プロの世界では振り飛車の冬の時代が訪れている。

タイトル保持者は全員居飛車党。

A級棋士も振り飛車党は生石先生ただ一人。

「そんな碓氷さんも、今じゃあ順位戦もC級1組で、竜王戦も三組に落ちた。シード権すら失って、研究への情熱を失ったかに見える。早投げの将棋も増えたさ」

それでも――と、《捌きの巨匠》は少年の表情で断言する。

「それでもこの人があれを使ったその日には、日本中の振り飛車党が……将棋ファンが熱狂するのさ。もちろんプロ棋士も、な」

「…………」

生石先生の口調はまるで、子供の頃に憧れたヒーローについて語るかのようで。

「俺も奨励会には苦い記憶がある。十七でプロになったが、三段リーグで頭ハネを喰らって泣いたことだってあるからな。あいちゃんの提案を『はいそうですか』と通す気には、正直なところ、なれない」

含みのある言い方だと感じた。

「でも、この碓氷先生が……振り飛車党のカリスマがわたしを認めてくださったら、意見を変える人も多い……と？」

生石先生はその問い掛けに直接答えてはくれなかった。

——迷ってるんだ！

その反応だけでも、真っ暗闇の中に光が見えた気がした。夜空の星のように遠くて小さな光だけど。

トッププロには少なくなった振り飛車党。

それでも女流棋士を含めればプロの半数は振り飛車党だし、引退したプロにも振り飛車党は多い。

そしてそれ以上に影響力を持つのが、将棋ファン。

アマチュアは半分以上が振り飛車党。

もしそんな振り飛車党の人たちに注目してもらえるような将棋を指すことができたら⁉

「ただなぁ……」

生石先生はお茶碗に残った玉露を渋そうに啜りながら、

「あいちゃんが碓氷さんの支持を受けるのは不可能に近いと思う。因縁があるからな」

「因縁……ですか？　でも、会ったこともないのに――」

「正確には、あいちゃんの師匠との因縁だな。実は碓氷さんには肩書きがあったんだ。本人は名乗るのを拒否したがね」

その肩書きを聞いた瞬間、わたしは全てを思い出した。

碓氷尊九段と、いつ、どこで会っているのかを。どうしてこの人がわたしを敵視するのかを。

「前竜王。つまり、あのバカに竜王を奪われた人さ」

……………それもう詰んでるんじゃないですか？

☗　布石

千駄ヶ谷の将棋会館には『会長室』という部屋がある。

棋士や職員の数の割に手狭な会館において唯一の個室であり、その名の通り将棋連盟会長が使用するための部屋……なのだが、実態はかなり異なっていた。

『私は週の半分を関西で過ごしますし、目が不自由ですからね。いくら内装が豪華でも見えなければ意味がないでしょう？』

前会長が多額の資金を使って改装したその部屋に月光聖市（つきみつせいいち）は全く興味を示さず、現在はほぼ応接室として使用されていた。

ある棋士が取材を受ける際に使うことが多く、そのため会長室ではなく他の名前で呼ばれることもあるその部屋では今、珍しく本来の持ち主が来客を迎えていた。

「見事だ」

前会長の置き土産（みやげ）である大型テレビで星雲戦を観戦していた釈迦堂里奈女流八段は、雛鶴あいの指した将棋を絶賛した。

星雲戦はテレビ収録棋戦の常として、結果の発表は後日となる。

将棋連盟の理事でもある釈迦堂は事前に結果を知り得る立場にあるが、周囲には『ネタバレ禁止』を徹底して申し渡していた。

将棋ファンと同じ目線でこの女流棋士の躍進劇を楽しみたいからだ。

「見事というほかない。プロを相手にこれで五連勝。しかも居飛車で堂々と立ち向かって、最後は華麗な即詰みに討ち取る。実に爽快（そうかい）ではないか！」

「早々に端歩（はしふ）を突く『9六歩型相掛（あいが）かり』は将棋ソフトが発祥と聞いています。私のような古い棋士には違和感しかありませんが……若い雛鶴さんは柔軟な発想で指しこなしておられる。

なかなかできることではありません」

「そう！　あの子の相掛かりは余の知っている相掛かりとは根本的に異なる。捻り飛車にするような昭和の将棋とは違うのです。オープニングこそ相掛かりのようだが、角換わり腰掛け銀のようにもなるし、雁木にもなる。おそらく矢倉も同じような発想で指すのだろうな」

「相当にあの子を買っているんですね？」

「聖市さんも、でしょう？　あの子は詰将棋が好きだから」

「ええ。どうやら創作もしているようなんです。竜王からは禁止されているらしく人伝に作品を見せていただきましたが、光るものがありました」

慇懃な普段の月光からは想像できないほど親しげで楽しそうに話すその様子からは、釈迦堂と積み重ねてきた年月と信頼が感じられる。

しかし部屋の中の雰囲気は最悪だった。

月光は思い出したように言う。

「ところで男鹿さん。里奈……いや、釈迦堂さんにお茶は出していただいていますか？」

「忘れていました」

会長秘書の男鹿さきり女流初段は普段の百倍くらい冷たい声でそう言うと、バタンと大きく音を立てて部屋を出て行き、そしてまた大きくバタンと音を立てて戻って来た。

一本のペットボトルを手に。

「どうぞ。粗茶ですが」

目の前にドンと置かれた６００ミリリットルの麦茶を前にしても優雅な微笑みを崩さず、釈迦堂は男鹿に礼を言った。

「すまないね？　今日はどうしたことか余の弟子もお茶を用意してくれないのだよ」

「忘れていました」

神鍋歩夢八段も無表情にただそれだけを言った。

男鹿も歩夢も仕えるべき主人の隣であからさまに不機嫌そうにしているが、そんな二人の様子をどちらかといえば面白がりつつ、月光は話を戻す。

「それにしても……五局続けて相掛かり、ですか。今にして思えば、あの就位式は布石だったかもしれませんね」

「布石？」

怪訝な声で聞き返す男鹿に、釈迦堂が月光の言葉を引き継いで、

「衆人環視の中で、小学生の女の子がプロ棋士たちに挑戦状を叩き付ける。世間からは大きな注目を浴びる。そんな中でその女子小学生が先手番で得意戦法の相掛かりを志向してきた……さて、プロはそれを避けられるかな？」

「あっ……！」

「かなり前からこの計画を仕込んでいたのだろう。ふふ。あまりにも見事で鮮やかな盤外戦術

ではないか」

「あいちゃんが……雛鶴さんが相掛かりを指せば指すほど、そして勝てば勝つほど、プロはその戦法を避けられなくなる。先手番を取っても飛車先の歩を突かざるを得ない。そうしなければ……たとえ勝っても『逃げた』と言われる……」

「それはもうプロとして負けだ」

釈迦堂は短く結論付ける。

自分で言葉にしても、男鹿はまだ信じられなかった。

あいのことは関西将棋会館に通い始めた頃からずっと見て来たが、あの素直で裏表のない少女が盤外戦術を使うなど……。

「……仮に私が振り飛車党だとしても、やはり相掛かりを指してしまうかもしれません」

月光は静かに言った。

飛車を振って勝っても『相手の得意戦法を避けた』と非難されるし、負ければそれこそ目も当てられない結末となる。

「たとえ別の戦法を指す決意を固めて対局に臨んでも、盤の前に座ったら動揺は抑えられないでしょうね」

超早指し棋戦では、その動揺は終局まで続く。

乱れた心のまま戦うことがどれほど不利になるかを、Ａ級棋士である月光聖市は知り尽くしていた。

「そしておそらく雛鶴さんは相掛かりを避けられた場合の準備も周到に行っているでしょう。初見では回避しづらい奇襲のようなものを」

「で、あろうよ。見え見えの挑発だもの……一度それを見せればプロはまた相掛かりを選ばざるを得なくなるから、使い捨ての戦法で構わぬしな」

「さすが里奈さん。お人が悪い」

「ふふ。聖市さんこそ」

「……しかしマスター。一つ懸念が」

その場にいたもう一人のＡ級棋士がまるで張り合うかのように口を開く。

「何かな？」

「早指しで、かつ自らの得意戦法のみでの勝利。果たしてそれで『プロを超えた』と認められるでしょうか？」

「そう。そこだよ我が愛しき弟子よ」

人前でも構わず弟子の手に自らの手を重ねながら釈迦堂は頷く。

「勝ち星を重ねるだけでは足りぬのだ。プロ棋士が積み上げてきた歴史そのものと対峙し、乗り越えねばならぬ」

「歴史……？」

まだ二十歳のA級棋士に、その言葉は抽象的すぎた。

「《浪速の白雪姫》が三段リーグを抜けたような?」

「私としても動きあぐねているのです」

釈迦堂師弟の会話に月光は割って入る。

「何しろ雛鶴さんは私にとって弟弟子(おとうとでし)の孫弟子(まごでし)に当たりますからね。それでなくとも清滝(きよたき)一門は何かと目立ちます」

「鋼介(こうすけ)さんは真剣にやっているだけなのだが……しかし真面目にやればやるほど空回りしてしまうのが、あの人の宿命やもしれぬ」

「そう。そこが彼の魅力です」

「ふふふ。いくつになっても可愛(かわい)い人だ。本当に……」

いつのまにか歩夢を差し置いて盛り上がる二人。

「…………」

その様子を前にして、歩夢はますます不機嫌になる。気の毒に……と男鹿は同情した。そして少し冷静になる。

だから廊下から聞こえてくる足音に気付くことができた。

「いらっしゃったようです」

室内に緊張が走った。

そして静かなノックが響き、ドアが開かれる。

「お呼び立てして申し訳ございません」

現れた史上最強の棋士に、月光はお辞儀をしつつ言った。

「あなたの意見をうかがいたいと思ったのです。どうぞ、いつもこの部屋を使っているときのようにリラックスなさってください……名人」

## ☖　耐えられる理由

《淡路》との対局を開始して一ヶ月が経過した。

「こう、こう、こうこうこうこうこう……！」

相変わらず一度も勝てない。

それどころか一秒すらも有利な時間を作ることができていない。ずっと苦しい時間が続く中で、肉体にも変化が出ていた。

蕁麻疹（じんましん）や頭痛や吐き気はまだかわいいほうだ。

顔の右半分は麻痺（まひ）が出て一週間前から固まってしまっていた。相手の着手（ちゃくしゅ）する瞬間は心臓が釘（くぎ）で刺されたように痛む。

「こうこうこうこうこうこうこうこうこうこうこうこうこうこうこう――――――こうッ!!」

仮想空間の盤上に俺が叩き込んだ駒。

満身創痍になるまで戦い続け、脳みそが搾り滓になるまで読んで読んで読み抜いて、文字通り命を削って指した一手。

それを一秒も使わずに《淡路》は超えてくる。

「ガハッ……!! おっ…………ゴぇぇぇぇぇぇぇぇぇぇぇぇ…………ッッ!!」

絶望に嘔吐する。心臓の痛みが全身に広がり、俺は悲鳴を上げた。

そして、そんな痛みが――

「はぁ、はぁ、はぁ…………くっ⁉ そこに手が行くのか……くくっ…………はははははははははは！ やっぱスゲェなぁ!!」

痛む心臓に自ら拳を叩き込んで細胞を鼓舞すると、かろうじて動く顔の左半分を無理矢理笑顔にして、俺は再び盤に向かい合う。

たった八十一マス。

そんな狭い世界の中でまだまだ自分の全く考えつかない手が存在することに、絶望を超え、いつしか歓喜すら覚えるようになっていた。

「かあああああああああああああああああああああッッッ!!」

苦しい。

削られ、圧迫され、息すらできない。そんな状況の中でそれでも何かの手を捻り出す。

それはまるで、自分自身を徹底的に破壊し、創り替えるかのような作業。

無間地獄（むけんじごく）のような行為はしかし必ず終わりを迎える。俺の敗北という形で。

「ふぅ――……………負けました！」

終局までの手数は、三七八手。

勝ち目なんてとっくの昔に消え去っている。それでも指し手を重ね続けたのは、俺が発想を変えたからだ。

勝つことを目的にしない。

ただ、手数を伸ばす。将棋の結論が仮に《淡路》が自己対局で示したものだとしたら……その行為にこそ意味があるはずだった。

そして意識を変えてからは不思議と指し手のパフォーマンスも上がっている。

これまでは一手指すごとにガクンと評価が落ち、真っ逆さまに敗北へと転落していたが、今はその落ち方が緩やかになっているのだ。

「初回に一〇〇点取られてコールド負けしてたのが、三回くらいまではいい勝負ができるようになったもんな！　四回で結局一〇〇点取られて負けるけど」

正直なところ棋力が上がっているかはわからないし、人間相手に戦うための参考になっているかというと、おそらく有害ですらある。

それでも《淡路》と将棋を指し続けるのは……ただ、見たいから。百年後の将棋を、もっと深く、もっとはっきりとした精度で、自分のこの指で理解したいから。

そしてもう一つ。

ズタボロになった俺がまだ将棋を指せている理由は――

「こと……あと、この手は本当に姉弟子が指しそうな手でしたね？」

感想戦をする最中も俺は盤の向こう側に喋り続けている。

「………」

目の前の３Ｄモデルは何か言葉を返してくれるわけじゃない。

それでもこの終わりの無い絶望の中で大きな支えになってくれていた。

――ここでなら銀子ちゃんに会える。

精神的に一番キツかった開始二週間くらいの時期を耐えられたのは、ほとんどこの３Ｄモデルのおかげだった。

「そういえば……憶えてます？」

返事が無いことにもすっかり慣れた俺は将棋以外のことも話す。

「師匠の家で一緒に内弟子(うちでし)やってた頃、家にかかってきた電話を取るのは俺の役目だったじゃないですか。たまに姉弟子のご両親から電話が来ると俺が取り次いで――」

思い出と共に、言葉はいくらでも溢れてくる。

実際に本人を目の前にしては言いづらいことまで。

「あの時、ちょっとだけ姉弟子のお母さんと話すこともあって。他愛ない世間話なんですけど……最後は決まって『銀子と本当の姉弟(きょうだい)になってあげてね』ってお願いされてたんです。だから今も悩んでるんですよ。『恋人になっちゃいました』って言いづらくて……」

盤の前に座ってる幼い姉弟子は、俺が過去の写真を渡してモデリングしてもらったわけじゃない。

まずはネット上に残っている姉弟子の画像や動画から現時点での空銀子の３Ｄモデルを作り、そこから《淡路》が計算して、数年前の姿に戻しているのだ。

「……すげーよなぁ。マジで息してるみたいに見えるもん」

当時の姉弟子を誰よりもよく見ていたはずの俺ですら本物とほとんど見分けが付かない。

脳のリソースを将棋に持って行かれている対局中だと自分がまるでタイムスリップしたかのような錯覚に陥(おちい)ることも度々だ。

「対局中は時間の感覚もおかしくなるからな…………ん？　時間……？」

その瞬間、雷のような閃(ひらめ)きが降ってきた。

《淡路》は時間を戻すことができる。

そして超高速演算による正確な未来予測は、時計の針を進めることすら可能だ。

だとしたら――――まさか!?

「……《淡路》。ちょっと……………お願いがあるんだが？」

虚空に向かって話しかけるのも慣れた。

スマート家具と同じようなもんだ。いや世界最速のスパコンをそんな扱いしたら失礼なのかもしれんが。

「その姉弟子の姿だけど、成長させることってできるのか？」

………………。

何の反応も無い。

「あ、すまん。具体的に命令しないとダメだよな。ええと、じゃあ……俺と同じ十八歳にできたりする？」

今度は一瞬で変化があった。

「あ………………」

口を開けたまま、俺はその幻影を凝視する。

『心を奪われる』

そんな言葉でしか表現できないような体験だった。百年後の将棋を見せられた時よりも強い衝撃を受けて、本当に心臓が止まってしまいそうだ。

いや。むしろこの幸せな衝撃で死ぬことができたら……そんなことを望んでしまうほど、俺は求めていたんだ。

美しく成長した空銀子を。

「ぎっ……ん、こ………ちゃ………!!」

気付けばヘッドセットの中で俺は涙を流していた。

手を伸ばしても触れることはできないし、言葉を返してくれるわけでもない。

それでも……成長した姉弟子が目の前に存在してくれることで、俺は救われたんだ。

──必ず会える。この銀子ちゃんに。

最後に会った日から俺の中で止まっていた空銀子の時計が今、この瞬間に再び動き始めた気がした。

たとえそれがコンピューターの導き出した数式の結晶に過ぎないのだとしても。

「すごいぞ《淡路》！　いや……《淡路》さん！　《淡路》パイセンと呼ばせてください!!」

神か!?　神なのか!?

人類はとんでもねェもんを生み出しちまった。まさか俺の願いをこんなに簡単に叶えてくれるだなんて！

しかし人間の欲望には際限が無い。

十八歳の、完成された、美しい姉弟子を見詰め続けているうちに……ちょっと不満な部分も出てきた。

ある部分だけが全く成長していないのだ。

これは……計算ミス？　か？

「パイセン。もうちょっと……ほら？　わかるでしょ？　スーパーコンピューター様なら俺が言いたいことくらい予想できちゃうんでしょ？」

《淡路》は答えない。

やはり人間の命令がなければ実行できないようだ。くっ……！

――言うか？

ＡＩにも超えてはいけない一線というものがある。

これから俺が《淡路》に命じようとしているのは……好きな女の子の顔写真とグラビアアイドルの写真を使ってコラ画像を作ることと本質的には変わらない。

男子として恥ずべき行為だということはわかっている。

しかしもう一ヶ月間もこの部屋の中でセルフ監禁生活を送っているんだ。ちょっとくらいご褒美があっていいじゃないか！　にんげんだものっ!!

だから俺は叫んだ！　心の中にずっと秘めていた願いを！

「姉弟子のおっぱいを！　もっと大きくしてくれッ!!」

……………………………………………あれ？

「ど、どうしたんだ《淡路》？　今まで何でも俺の願いを叶えてくれたじゃないか！　できるんだろ⁉　なあ⁉」

もっと具体的に「せめてBカップ……いや本当はDくらいは欲しいんだ！」みたいに命令したほうがいいのかと悩んでいた、その時。

『ERROR』

空中に浮かんだ赤い文字。これは……？

「エロ？　……俺、コンピューターにすら罵倒されてる？」

ちょっと泣きそう。

しかしすぐに自分が間違っていたことに気付く。

「あっ⁉　いやこれ『エラー』か！」

中卒の学力と、やっちゃダメなことをやってるという背徳感が、こんな簡単な英単語すら読めなくしていた。

っていうかこれさぁ……。

「せ、世界最強のスーパーコンピューターをもってしても……姉弟子のおっぱい曲線は、なだらかなままなのか……」

百年後の将棋を演算してみせた《淡路》は、空銀子の未来をこう予測したのだ。

『百年経ってもこの人は貧乳のままです』

「嗚呼……っ!!」

俺は天を仰いで慟哭していた。

あまりにも……そう、あまりにも残酷な結論だった。

そして姉弟子と再会しても俺はこの秘密を一生抱えたまま死ぬのだろう。

「……まあいいや。よく考えたらおっぱいの大きい姉弟子なんて姉弟子じゃないし!」

強がりを言ってヘッドセットを外した。放り投げてやったよ!

そして現実空間へと帰還した俺を待っていたのは――

「空銀子のおっぱいが何だって?」

普段は誰もいないはずの密室に、夜叉神天衣がいた。

鎖に繋がれ犬のように四つん這いになっている晶さんを従えて……。

「おはよう師匠。どんな未来を見ていたのか、教えてくださる?」

――あ、俺……死ぬわ。

瞬間的に未来を予測していた。数秒後の未来を。

《淡路》に計算してもらうまでもなくたぶん合ってる。

「第四譜」
九頭竜八一
空銀子

「八一。あなた私に言ったわよね？　《淡路》に勝つのは無理にしても、負けないくらいに強くなることはできるかもしれないって」

「言いました」

「そしてそのための『秘策』があると言った」

「言いました」

「就位式とか《淡路》のお披露目の準備とかで忙しい私は、その秘策とやらまで聞く余裕は無かったわ。腹心の部下である晶に任せて、あなたと《淡路》が指した将棋のログを確認するだけで済ましてた。信用してたから」

「ありがとうございます」

「おおむね満足してたわよ。さすが九頭竜八一と思ったわよ。最初の数日は短手数で負け続けてたのに、そこで心が折れることなくストイックに将棋を指し続けて、少しずつ終局までの手数が伸びていく師匠のことが誇らしかった。正直に言うわ。『惚れ直した』って思った。だから会いに行こうと思った。急に行ってビックリさせようとね。ほら、対局が終わって私が部屋の中にいたら驚くじゃない？　『だーれだ？』ってやつよ。あれをね、やろうとしたの。そしたらこの薄汚い裏切り者が――」

ジャラリ。

天衣は左手に握っている銀色の細長い物体を引いた。シルバーのアクセサリー……を十倍くらい太くした、それは鎖だった。たぶんドーベルマンとか繋ぐやつ。

そしてその鎖に繋がれているのはトゲトゲの付いた首輪を嵌められた池田晶さんだった。犬のように床に四つん這いになった……。

もともと顔面蒼白だった俺は、震え上がりながらその名前を呼ぶ。

「晶さ――」

「すまない九頭竜先生……」

わかりやすすぎるくらいわかりやすくお仕置きをされているその美女は、だらしなく涎と涙を垂れ流しながら、四つん這いのまま俺に対してこう弁解した。

「本当に申し訳ない…………だが、私はこの通り…………天衣お嬢様にお仕置きをされるのが、大好きなんだぁ……♡」

ああ……そうだったね。

変態だったね。この人……。

「ご褒美を与えたら簡単に口を割ったわ。あなたがＶＲ空間で空銀子のＣＧモデルと対局を続けてることとを。確かに丸投げしたけど、この私に隠れて二人でコソコソ企んでいたその事実が気に食わない」

「し、仕方がないだろ⁉　こうでもしなくちゃソフト相手に将棋を指し続けるなんて不可能だったんだから！」

「そこまでして空銀子に会いたいわけ？」

「………そりゃそうだろ」

天衣が俺に向ける気持ちを知っているからこそ、次の言葉を口にするのは罪悪感があった。

「恋人……なんだから」

「恋人ねぇ？　恋なんて思春期の脳が暴走してるだけだと思うんだけど」

それを言っちゃったらお前自身が俺に向けてる感情も脳の暴走ってことになっちゃうんじゃないかと思ったが、突っ込まずにいた。

要するに天衣さんはブチ切れていらっしゃるのだ。

「人間の脳なんてこんな雑な作り物でハックできちゃうほど適当な構造をしてるんだものね。スーパーコンピューターを動かすのって、いくらかかるか知ってる？　一時間であんたの年収吹き飛ぶわよ？　それを……何が『秘策』よ！　原理的にはクリアするとエッチな絵が出るブロック崩しと同じことじゃない！」

「……」

「《淡路》。この不愉快な作り物を消しなさい。二度と出さないで！」

本物の主人の命令によって、美しく成長した姉弟子(あねでし)の幻影は一瞬で霧散した。

「ああ……消えちゃった……」

「情けない顔をするんじゃないわよ。単なるCGじゃない」

俺にとってはそれ以上に価値のあるものだったんだよ。

CGというよりも、姉弟子が今も生きている事実を実感できる唯一のものだったんだから。

「そんなことより!」

天衣はイライラと意味も無く晶さんを蹴る。晶さんは嬉しそうに嘶いた。

「私がここに来たのはね? あなたに報酬を支払おうと思ったからよ」

「ほう……しゅう?」

「お願いしていた棋譜の選定が終わったでしょ? 《淡路》のお披露目も大成功だったし、功労者である師匠にも何かご褒美をあげようと思ったの」

ああ、そのことか。

《淡路》との対局が二〇日目を超えたあたりで、百局の選定と重要な棋譜の解説も並行して作業する余裕が生まれた。

もともと公開する棋譜に選択の余地はほとんどなかったこともあって作業は割とスムーズに終わり、いつのまにか天衣がそれを公開していたというわけだ。

外の世界と切り離されたこの部屋にいるとマジで時間の感覚すら曖昧になる。今日が何月何日かもよくわからないし、途中からは本気で外のこととかどうでもよくなってたから公式戦を不戦敗にしてる可能性すらあった。直近は確か順位戦の開幕局だったか？　わからん。

ただ……あの棋譜が公開されたらどうなるかは、だいたい予想できる。

極端な差が出るだろう。

反応する人間はパニックに陥り、そして反応しない人間は全く反応しない。

その時点で選別が行われるのだ。生き残る種族と滅び去る種族の選別が。

「ご褒美っつってもなぁ」

無精ヒゲを指で抜きながら俺はのほほんと言う。

「正直なところ《淡路》を使わせてもらえるだけで何億と金がかかってるわけだろ？　それ自体が報酬だと思ってたから、他に何を欲しいかと言われても……」

「あなたそれで空銀子のCGを動かしてたけどね？」

それはごめんて……。

「…………」

天衣は部屋の中をウロウロと行ったり来たりしはじめる。動くたびに晶さんの首に繋がった鎖が引っ張られ、変態が嬉しそうに嘶いた。

「決めた」

やがて大きな溜息を吐いてから、天衣はこう言った。

「そんなに会いたければ会わせてあげるわよ。本物に」

は？

## ☖《淡路》ショック

「すまんね。忙しいだろうに来てもらって」

「いえ。連盟には他のお仕事の用事もありましたから」

梅雨入りした千駄ヶ谷の将棋会館。

その地下一階にある編集部を訪れたわたしは、忙しそうにお仕事をしている職員の方々を眺めながら、《老師》の差し出すカラーページの見本を受け取った。

「大変なんですね。本を作るのって」

「慣れちまえば流れ作業みたいなもんだがね。まあ校了前は多少バタつくかな」

編集長の加悦奥七段は扇子で自分をあおぎながら肩をすくめた。

ひっきりなしに人が入ったり出たりするから、冷房があんまり利いてない。それに地下室は何だかジメジメするし……。

「今は数十年に一度の特需みたいな状況でね。それもあって夏休みになったら綾乃がこっちに来てアルバイトする予定なんだ」

「綾乃ちゃんが⁉」

「ああ。椚創多の連勝で、とんでもない将棋ブームが起こってるだろ？　猫の手も借りたいくらいの状況だからさ」

《老師》と呼ばれる加悦奥先生は、供御飯先生と綾乃ちゃんのお師匠様。それもあって、わたしにも親しく接してくださっている。

編集長をしている将棋雑誌にわたしの特集ページを作ってくださったのも加悦奥先生の判断だし、そこに編入試験の話題も入れてもらえる予定だった。

「写真、問題無さそうかい？」

「……はい。結構です」

「よし！　じゃあカラーはこれで入稿しておこう。表紙の件は本当にすまなかった」

供御飯先生から『これで表紙は確定どす！』と言われてた秋葉原メイドコスプレ写真は無事に椚先生のお写真と入れ替わり、わたしの写真はカラーページ一枚にギュッとまとめられることになった。むしろ嬉しい。

インタビュー記事はモノクロページで、そっちは全部載る予定のはず……だけど。

「で、わざわざ来てもらった件なんだがね？」

「なんでしょう？」

「本当に申し訳ないんだが……インタビューのページも少し削らせてほしいんだよ。他に重大なニュースが入ってね。来月には必ず大きなスペースを取って編入試験の話題を載せるから」

「ニュース？　って、椚先生のですか？」

「実際に聞いてもらったほうが早いな」

加悦奥先生は音を立てて扇子を閉じると、編集部の隅にある打ち合わせスペースを示す。

四人がけのソファーには、深刻な表情で向かい合う男女の姿が。

一人は、記者の姿をした供御飯先生。

「《淡路》の棋譜、ご覧になりましたか？」

「見た。あれはヤバい」

もう一人……あれは確か、二ツ塚未来四段。

関東所属の若手プロ棋士で、師匠と順位戦で対戦したことがあるはず。

それに、たまに師匠が会話の中で『俺も二ツ塚さんみたいに賢かったら』とか『二ツ塚さんみたいにいい大学に行ってたら』みたいなことも言ってたから、印象に残ってる。

そのお二人が何の話をしてるんだろう？

あっ！　もしかして……師匠に関係することなのかな⁉

《老師》が「行ってきなよ」と許可してくれたから、お二人の邪魔をしないように、わたしはソファーに近づく。

「まさかベンチマークソフトに採用するなんて方法で、世界一のスパコンで将棋ソフトを動かすとはね。いったい誰があんな方法を考えたのか……天才の仕業というか、悪魔の所業と言うべきか」

「問題はハードではなくソフトです」

供御飯先生はボイスレコーダーとメモの両方で慎重に会話を記録しながら尋ねる。

「スーパーコンピューター《淡路》はCPUを使っていますが、ディープラーニング系のソフトを使用している。この件は間違いないと思われますか？」

「そう見えるな。棋譜からは」

「具体的には？」

「ディープラーニング系の将棋はな。何というか……地味なんだ」

「地味」

「ああ地味だ。淡々と有利を拡大していくような将棋を指す。それに金の動きが独特で、相手の動きを先回りして受け潰すような棋風だ」

「受けが強いと。なるほど……」

「それから振り飛車を全く評価しない。従来型のソフトよりも辛い評価を出す。断然」

「《淡路》の百局にも振り飛車は皆無でしたね」

「ソフト的には振り飛車は終わった戦法なんだろう」

終わった？　振り飛車が？

淡々と交わされる言葉に頭が追いつかない。すーぱーこんぴゅーたー？　を、使って……将棋ソフトを動かしたの？

「ただ、ディープラーニング系はたまに終盤でとんでもない見落としをすることがある。これはマシンスペックが足らないのと、まだモデルの精度が低いからだと思うんだが──」

「《淡路》の棋譜にはそういう部分が無い？」

「そういう棋譜を取り除いてるだけかもしれんが。自己対局が百局のみってことはあり得ないからな。最低でも数億は棋譜があるはずで、その中から何らかの意図を持って選び出した棋譜を公開したんだろう。それより俺が気になるのは──」

二ツ塚先生の口から出た次の言葉に、わたしは思わず叫びそうになった。

「その棋譜の選定と解説を九頭竜八一が引き受けてることだ。どういうルートでこういう仕事が《西の魔王》に行く？　俺はあんたが絡んでると思ったがな？　あいつに『九頭竜ノート』なんて爆弾を書かせたあんたが」

「私ではありません」

供御飯先生はキッパリと否定すると、

「が、私以外にこういうことをしそうな人物には心当たりがあります」

「ほう？　世界一のスパコンで将棋ソフトを動かせるような金と権力を持った存在が、あんたの他にも将棋界にいると？」

「ええ。こんな子供の妄想じみたことをしてまでも九頭竜八一の気を惹きたいと考える人間は……おそらくこの世にただ一人」

そこまで言うと、供御飯先生は視線を上げてわたしの顔を見る。

「ですよね？　雛鶴さん」

「…………はい」

わたしにも、わかった。

――天ちゃんだ。

女王戦と女流玉座戦の棋譜を並べたときに抱いた違和感。ところどころ綻びがあって、そういう雑な部分が天ちゃんらしくない将棋だと思ったけど、同時にこうも感じた。

――師匠の好きそうな将棋だな……って。

それは未完成な絵画のような。

粗くて、でも勢いがあって、一手並べるごとに新しい発想が身体の奥から湧いてくるような、そんな将棋。

天ちゃんがスーパーコンピューターと新しいソフトを使うことでそれを生み出しているとしたら……秋葉原で家庭用パソコンを買っている自分が、急にみじめに思えてきた。

いったいどれだけ先に進んでるの？

ただでさえ天ちゃんは賢くて強いのに、環境すらも置いて行かれたら……。

「ディープラーニング系の将棋ソフトを強くするにはコツがあるんだ」

「コツ……ですか？」

「囲碁のソフトを参考にしてはいるが、囲碁と同じようにやっても強くならない。だから今まで従来型のソフトを超えられなかった。実際、将棋に似てるチェスではディープラーニングはそこまで成功してないからな」

「《淡路》の棋譜は、そのコツを理解して強化されたソフトによるものだと？」

「於鬼頭先生はそうお考えだ」

必死にメモを取っていた供御飯先生は、於鬼頭曜玉将の名前が出ると、ハッとするように顔を上げた。

「ちょっと事情があってね。もっと精度の高い棋譜を生成してるところだったが、今は公開された例の百局を解析することにリソースを割いてる。『そっちのほうが美味い』らしい」

「……美味い？」

「うちのチームは食通を抱えててね。しかも大食らいの」

於鬼頭玉将が一般には非公開のディープラーニング系ソフトを開発しているのは有名な話だけど……食通って？　だれのことなんだろ？

「きみ」

考え込むわたしに、二ツ塚先生が声を掛けてきた。不意打ちのように。

「雛鶴あい女流名跡だろ？」

「あっ……！　は、はじめまして！　二ツ塚先生のことは師匠からよくうかがってて――」

「ふぅん？」

感情を読み取りづらいその若い先生は、少し姿勢を直してから、わたしに向かってこう尋ねた。

「九頭竜……さんは、本当にソフトを使ってなかったのか？　一年半くらい前まで」

「わたしが内弟子をさせていただいていた期間は、あまり。名人を相手にした竜王戦の第一局で負けちゃって、そこからしばらくお一人でパソコンに向かってらっしゃいましたけど……ご自宅のパソコンも旧式のものでした」

「何度聞いても信じがたいな……」

わたしも今ならそう思う。

師匠の近くにいたときは気づけなかったけど、あの人の最大の才能は、どんな将棋でも自分の中に取り込んでしまうその柔軟性だと。

おじいちゃん先生の矢倉も、月光会長の一手損角換わりも、生石先生の振り飛車も、名人のオールラウンダーな将棋も。

そして……うぬぼれることを許されるなら、わたしの終盤力も。

そんな師匠がもし、スーパーコンピューターの将棋に触れたら？

「《西の魔王》は俺たちより十年単位で先を行ってる。下手をしたら百年くらい先の未来を見たのかもしれん。だとしたら――」

　二ツ塚未来四段は半ば呆れたようにこう言った。

「もうあいつに勝てるのは本物の将棋星人くらいじゃないか？」

☗拉致

「会わせてあげるって言ってるのよ。空銀子に」

　天衣から『報酬』について提案を受けた時、俺の答えは「別にいい」だった。即答だった。

　だって……それ以外に答えようがない。

　姉弟子の居場所については供御飯さんも知っていて、かつて『九頭竜ノート』を書き上げた時にも、場所を教えてもらえそうになったことがある。

　しかし俺はそれを断った。

　会ったところで事態が好転するとは思えなかったからだ。

　再び万全の状態で将棋を指せるようになるため、姉弟子は自ら休場を選び、俺に何も言わないまま姿を消した。俺に会うことが回復の妨げになると考えたんだろう。

　だったら俺が押しかけていいわけがない。

　そりゃ会いたいさ。死ぬほど会いたいさ。作り物で満足できるわけがない。本物の銀子ちゃんに会って、抱き締めて、好きだと伝えたい。

でもダメだ。今はまだ。

もし天衣がしつこく『会わせてあげる』と言ってきたらこんな感じで反論してやろうと身構えていると――――

「あっそう」

あれ？

あっさり引き下がったな……。

「じゃあ別の報酬を考えておいて」

「あ、ああ……」

「差し当たって何か必要なものはある？」

「えっと…………ちょっと待ってくれ。そもそも今は何月何日だ？」

仙人みたいな生活をしていたから時間の感覚がほぼ消えてる。返ってきた答えを聞いてびっくりした。

危ない危ない。公式戦をすっぽかすところだったゾ……。

「もうすぐ東京で順位戦があるから髪を整えたいかな？　あと、今日は西宮の自宅でゆっくり寝たい」

「手配しておくわ」

天衣はそう言うと、鎖に繋がれた晶さんを引きずって先に帰っていった。

その後、夜叉神グループの黒服の人たちが現れて、俺を美容院に連れて行ってくれてからまだローンの残ってるタワマンに送り届けてくれた。久しぶりに自宅の広いベッドに横になるとそのままぐっすり寝てしまい――


そして次に記憶があるのは全身を拘束されて揺れる車の床に転がされているという最悪のシチュエーションだった。


「おっと。目が醒めたか九頭竜先生？」

「ん？　んごッ⁉」

「安心しろ。心優しい天衣お嬢様が『一晩考えたけどやっぱ他の報酬が思いつかなかったから適当にやっておいて』とお命じになり、こうして送り届けてやることにしたのだ」

晶さんの声だ！

目も口も塞がれているので状況は想像するしかないが、寸分違わぬ自信がある。むしろ違ってて欲しい。違っててください。こんなの完全に拉ち――

「とはいえ九頭竜先生はこちらの厚意を素直に受け取ってくれそうにないからな。我々の業界に伝わる由緒正しい手段を取らせてもらった」

「んご……？」

「由緒正しい手段……そう、拉致だよ」

「んんん――――ッ!!　んんんんんんッ――っっっ!!」

「チッ。暴れられると面倒だな……おい。追加の薬だ」

プスッ。

首筋に針のようなものを刺された感触があった。

そこから意識を失って、次に目が醒めたのは…………草の匂いのする場所だった。

心地よい風の感触が肌を撫でる。

どうやら俺は……草原？　に、捨てられたようだ。柔らかい土と草の感触が露出した肌を通じて伝わってくる。無茶苦茶だよ。このまま誰にも発見されなかったらどうするんだ？　対局は？　っていうかマジでどこだここは？　熊とか出たらどうするの？

そんな感じで混乱してると、足音がした。

「んッ!?　んご!?」

さくっ。さくっ。さくっ。

何かがこっちに向かって歩いてくる。

晶さん……なわけがない。

じゃあ熊かというと、それよりは軽そうな足音だ。

声を出していいものかと一瞬だけ悩んだが、この状態のまま放置されたほうが死の危険性は高い。助けを求めることにした。

「んんんん――っ!!　んんんんんん――――ッッ!!」

「ちょっと待って」

女の子の声だった。

そして細い指が俺の顔に触れ、アイマスクを外す。

「なにしてるの？　こんなとこで」

銀色の髪が俺の頬を撫でた。

夢にまで見た灰色に近い青の……宝石みたいな二つの瞳が、こっちを覗き込んでいる。

そうだろうなという予感はあった。

晶さんが報酬の話をした時点で、俺がどこへ拉致られている途中なのかは予測が付く。

それでも半信半疑だったし、心の準備は全くできてなかった。

だから俺は——

「ひ、ひさしぶり…………銀子ちゃん……」

こんな平凡な言葉を返すので、精一杯で……。

「うん。ひさしぶり」

「えっ……と。か、髪……伸びたね？」

「うん」

ふわっとした白いワンピースを着ているその子は、最後に見た時より長くなった髪に触れた。

まるで夢の中にいるかのようだ。

だって……夢の中で何度も見た姿よりも、その子は綺麗になっていたから……。

あれだけよく出来てると思った《淡路》の作ったCGも、こうして本物を前にしてしまえば……粗雑な作り物にしか見えなくて――

「ご、ごごご、ごめんっ！」

慌てて起き上がると、言い訳を始めた。

「いや、その……天衣！　俺は別にいいって言ったんだけど天衣に拉致られて無理矢理ここに放置されて！　ああでも『別にいい』ってのは姉弟子に会いたくないって意味じゃなくて、そりゃ本当は死ぬほど会いたいけど我慢してて……」

ああ……俺は何を言ってるんだ？

もっとかっこよく颯爽と再会するはずだったのに。

「すっ、すぐ帰るから！　タクシーとか拾う場所あるかな⁉　あ……財布、財布は――」

美しい山に囲まれた草原で、俺は自分のポケットをまさぐる。

そんな俺を黙って見ていたが――

「……」

きゅっ。

「っ……？」

細い指が、意外なほどの強さで俺の服を引っ張る。

そして目を逸らしながら、ちょっとぶっきらぼうな口調でこう言ったのだ。

「せっかく来たんだし泊まっていけば？」

その横顔は俺の知っている銀子ちゃんそのもので。

やっぱりこれは夢じゃないんだと胸が締め付けられた。

☖　おとまり

「今日はここをキャンプ地とするから」

お泊まりという単語に動揺する俺に、姉弟子はそう説明した。

ここは療養している施設の敷地内にある庭みたいな場所で、許可もなくいきなりやってきた俺を施設の部屋に泊まらせるわけにはいかないからキャンプするのだという。

拉致から野宿という過酷なムーブに不安を覚えたものの……すぐに「そう悪くないな」と思うようになっていた。

むしろワクワクするくらいだ。

姉弟子が言うところの『ばんっ！　て広がって、くるくるって簡単にしまえるやつ』という簡易テントは広くて立派だし、背もたれまでついた椅子はゆったり快適。

広い空の下でコーヒーなんぞ飲みながら、他人の目を気にせず好きな女の子と二人きりでイチャイチャできる……最高では？

それにしても驚いたのは、日差しに弱くインドア派の権化みたいだった姉弟子が、驚くほど充実したギアを揃えていることだ。

「よくこんなたくさんキャンプ用品を揃えたね？　通販？」

「桂香さんが置いていくから」

桂香さん……。

「最初はテラスで本を読んだりお茶を飲んだりしてただけなんだけど、それがだんだんエスカレートしていって」

きっかけは桂香さんが同級生にバーベキューに誘われて、出会いを求めてホイホイ行ったら参加者全員結婚しててておまけに子持ちで自分だけ完全に負け組気分を味わい、その心の傷を癒やすために姉弟子と二人でバーベキューをしたことだったという。桂香……さん……。

「……桂香さんはよく来るの？」

「めちゃ来る」

若干迷惑そうな口調であった。

「最近はほぼ毎週末来てるし、何なら先週はずっといた。で、暖かくなってきたから二人でキャンプするようになったの」

「流行ってるしね。キャンプ」

「外でご飯食べて寝てるだけだけどね。桂香さんは朝からお酒を飲んで、お昼も飲んで——」

「よ、夜も飲むの……？」

「ううん。夕方に酔い潰れて次の日の昼まで寝てる」

桂香さんっ……！

「最初は『私が心配かけてるせいで……』とか思ってたけど、あれは単に現実逃避してるだけだと思う。もう結婚できないいんじゃない？」

うーん罪悪感。

どう考えても桂香さんのストレス源は俺とあいだ。そして本来なら、あいのことは師匠である俺が対処すべき問題。

それを任せてしまっている現状は心苦しいが……タイトル保持者という立場はスポンサーの意向を無視しては動けない。プロ編入試験という、おそらく将棋界を真っ二つに割る大問題に対して意見表明することが許されるのかは慎重に判断を――

「できたけど」

「え？　何が？」

「ごはん」

「え⁉　もう⁉」

絶対ウソだろと思ったけど、いい匂いが漂ってくる。

キャンプ用の小さなフライパンと携帯用コンロで銀子ちゃんが作った料理は――

「海老とキノコのアヒージョでございます」

「ほう……」

見た目は完璧なアヒージョだ。

しかし口に含んだ瞬間、人間には嚥下不可能な刺激が襲いかかってくるというのがこれまでの定跡だが……おそるおそるスプーンですくって食べてみると、別の意味で衝撃が襲ってきた。

「んぇ⁉　う、美味くないですか⁉」

そう。美味いのだ。

薄く切ったバゲットを浸して食べると味が沁みて絶品だ！

「やべえ普通に食べられるものが出てきちゃった……逆にリアクションに困る……」

「ぶちころすぞ？」

半年以上ぶりの殺意の波動を放ちながら銀子ちゃんは謙遜する。

「アヒージョなんてシーフードミックスをそのままオリーブオイルと市販の調味料で煮るだけだもん。誰でも作れるわよ」

「その煮るだけができなかった人が目の前にいるから驚いてるんですけどね……」

「あ？」

「す、すんません……」

ぐりぐりと頬に拳をめり込ませてくる姉弟子。俺は涙目になりながら謝った。

幸せだった。

こんな他愛のない、幼い頃から何千回何万回と繰り返したであろう夫婦漫才みたいなやり取りを自分がどれだけ待ち望んでいたかを、俺はようやく理解していた。

この子が好きだ。

他に何もいらないほど。

それから俺たちは日が暮れるまで喋り続けた。

現在の体調や、いつ復帰するのかとか、俺の前から何も言わずに消えてしまったことなどは慎重に触れないようにしながら……。

けどそれはそんなに難しくはなかった。心配していたほどには。

『九頭竜ノート』を全部読んでくれた銀子ちゃんは、そこに書いてあった具体的な手順について質問してくる。

俺たちは口頭で研究会をした。かなり高度な内容で、銀子ちゃんが将棋の研究を怠っていないことは明白だ。調子に乗って「いやー締め切りヤバくて編集さんに旅館にカンヅメにされてさぁ」と余計なことまで口走ったら、氷のような声で一言。

「知ってる」

そして編集部から贈られた見本誌に挟まっていたという栞を無言で差し出してきた。そこには流麗な筆跡でこう認められていた。

『早ぉ戻って来んと、こなたが横取りしてまうよ？』

頓死するかと思ったよね。久しぶりにね……。

けど、嫉妬するその顔も愛おしくて。

ころころ変わる表情は、三段リーグの頃やプロになった直後の疲れ果てたものとはまるで違っていた。

沈みゆく夕陽に照らされるその顔をずっと見ていた。

右の手首に光る時計は俺が贈ったもので、そういったものが目に入るたびに、胸が締め付けられるようにギュッとなった。

やがて夜の帳が下りると、銀子ちゃんは焚き火を熾し、夕食を作り始める。

今度はホットサンドメーカーで作ったピザトースト。

「こんなのパンに具材を並べて焼くだけだから誰でも作れる」と言ったけど、桂香さんに教わって料理の練習をしているのは明らかで。

「……美味しいよ」

「ん」

その練習が誰のためのものか想像するのは……死ぬほど幸福だった。

「ところでさ」

パチパチと薪の爆ぜる音を聞きながら、夜になっても俺たちは喋り続けていた。

昼間よりかなり涼しくなっていて、銀子ちゃんはカーディガンを羽織っている。そういう格好は珍しくて、ついつい全身を見てしまう。

「俺が転がってるのを見ても銀子ちゃんはあんまり驚かなかったね？　普通はビックリしない？」

「八一こそ、私を見てもそんなに驚かなかったじゃない」

「だって全然変わってなかったから」

「貴様いまどこを見た……？」

夜の闇の中でも敏感に俺の視線を察知してる銀子さんこわい。猫科かな？

ワンピースの胸の辺りを両手で押さえながら姉弟子は言う。

「……私はまだ十六歳。高校二年生よ？　二十歳までは何が起こるかわからないじゃない。女子大生と同じ年齢になったら、胸が強調されるようなニットの服を着て、真ん中にスラッシュを作ってやるんだから……！」

「ソウダネ」

微笑みながら相槌を打つ。頭金を打たれるまで希望を捨てない銀子ちゃんの姿勢は、将棋指しとして尊敬すべきものだが……。

——スパコン様が結論出しちゃってるんだよなぁ。

あまりにも哀れだった。

たとえ薄々気付いていても、希望があれば人間はそこに縋る。姉弟子みたいに強い心を持っていても……ちなみに胸が薄々だから薄々と言ったわけじゃない。

結論を知らないというのはある意味で幸せだ。

たとえ詰んでいたとしても、対局者が二人ともその詰みに気付いていなければ勝負は続く。

——知らないほうが幸せ……か。

大きな秘密を抱え込んでしまった苦しさを、つい最近、俺自身が知ったばかりで——

「……一？　八一？　ねえ聞いてる？」

「あっ！　ご、ごめん。考え事してて」

「……えっちなこと？」

「何故そうなる⁉」

胸を見ていた流れからだから⁉　そういうことは巨乳になってから言ってくださいよ！

「どうしてあんまり驚かなかったか、教えてあげる」

姉弟子は真っ直ぐ俺の目を見て言った。

「毎日考えてたからだよ」

「何を？」

「八一のこと」
息が止まった。
「もう一つ教えてあげる。どうしてここが気に入ったかを」

空と、そして地面にも映った天の川。

無数の星に見守られながら、お互いの気持ちを確かめ合った、大切な夜。俺が人生で最大の勝負手を放った夜。

単なる姉弟から……恋人同士になったあの夜に、似ていた。

「私が人生で二番目に好きな景色に似てるから、ここがいいって思ったの」

星空を見上げたまま銀子ちゃんは言った。俺は思わずこう聞いていた。

「一番は？」

「まだ見てない……けど、わかるよね？」

「……うん」

そう。俺はそれを知っている。

空銀子は、九頭竜八一と将棋を指すために休場した。

だからこの子が一番見たい景色は、盤上にある。俺と指す将棋の中だけに。この美しく広大な星空よりも、狭くてちっぽけな将棋盤を、空銀子は選んだ。

だから……苦しかった。胸を締め付けられた。

こんなに近くにいるのに。

こんなに愛しているのに。

その景色は、何千光年も彼方にある星よりも、遠いかもしれないから……。

星で一杯になった夜空から流れ星が落ちるように、俺の口から、胸一杯になった感情が溢れていた。

「好きだ」

「ん……」

「俺は銀子ちゃんが一番好きだ。何度人生をやり直したってこれは絶対に変わらない。ずっとずっと好きだ。たとえ……」

　将棋に出会わなくても、という言葉を俺は飲み込む。その仮定は意味が無いし、この子はきっとそう言われても喜ばない。

　代わりに俺はこう言った。

「結婚して、子供を産んで、家族みんなでこうしてキャンプしようよ。生まれてくる俺たちの子供にも、こんな綺麗な星空を見せてあげようよ……ね？」

　再会した瞬間。

　伸びた髪を見た瞬間に、心が通じ合うのを感じた。

『結婚式では髪の伸びた銀子ちゃんが見たい』

　俺がそう言ったことを憶えてくれていて、その願いを叶えるために伸ばしてくれている。二人の見ている景色は同じで、それはきっとそう遠くない未来に実現する……。

　返事は一言だった。

「……同歩」

　そうして手を繋いだまま、俺たちは小さなテントの中で身を寄せ合って眠りに落ちた。

　幸せな眠りに。

　翌朝。

「ん…………」

太陽の光を感じて、俺は目を醒ます。ずっと密室で生活していたから光に敏感になっているのかもしれない。

隣では、顔をこっちにむけて、銀子ちゃんがまだ寝ていた。

昨日起こったことが夢だったらと不安だったけど……その不安を、握ったままの手の感触が打ち消してくれる。

絡み合った指をゆっくりと外してから、俺はテントから出た。そして――

「おはよう八一くん」

「っ……！」

テントの外に立っていたその人が誰なのかはすぐにわかった。

最後に会ったのは多分……十年近く前のはずなのに。

「私のこと、憶えてるかしら？」

俺は無言で頷(うなず)いた。

その人の名前は――――空笙子(しょうこ)。

姉弟子の母親だった。

# 遺伝

「ごめんなさいね？　対局前で忙しいのに引き留めてしまって」

「いえ……」

施設の中にある銀子ちゃんの私室で、俺は笙子さんと……恋人のお母さんと向かい合っていた。ちなみに部屋番号は『18号室』で、銀子ちゃんは俺が何か言う前に「偶然だから」と説明してくれた。顔を逸らしながら。

検診に行くという銀子ちゃんは「漁るんじゃないわよ？」と念を押してから、一人で部屋を出て行った。

あの子らしい、物の少ない簡素な部屋だ。

それだけにテーブルの上に置かれた写真立てが目に付く。

そこには二枚の写真が飾られていた。

一枚は、清滝家の前で撮影したものだ。まだA級バリバリだった頃の師匠と、女子高生の桂香さん。

その前に立つ幼い銀子ちゃんは俺と仲良く手を繋ぎ、そしてマグネットの将棋盤を反対の手に持っていて。

「あ、あの！」

写真から目を逸らすと、俺は笙子さんを正面から見て頭を下げた。

「俺こそ申し訳ありません！　許可も取らずに押しかけるような真似をして――」

「いいの。一度ちゃんとお話ししておきたかったし」

そう言って微笑む笙子さん。

ヤベェ彼女の母親と二人きりになるシチュエーションってこんな心臓バックバクになるって知らなかった。俺の家に姉弟子を連れて行った時、お袋と二人きりにしちゃって悪いことしたな……。

それにしても……よく似てる。

銀色の髪は、どちらかといえば白髪に近いとはいえ。

何かを憂うような表情は、常に冷たい闘志を湛える銀子ちゃんよりも遥かに穏やかだけれど。

それでも二人はそっくりだった。

そしてそれはお母さんが若い頃からそうだったようだ。

テーブルの上の二枚目の写真を見ながら俺は言う。

「家族写真……ですよね？」

「ええ」

「一瞬、どっちが姉弟子か迷いました」

笙子さんはかなり若い頃に銀子ちゃんを産んだようで、一歳くらいの赤ちゃんを抱っこしているのがどっちなのか混乱してしまうほどだ。

「お父さんも若いですね！　昔お会いした時は『あんま似てないなぁ』と思ったけど、この写真はけっこう似てる気がします」

「そこに写ってる人は、銀子の実の父親だから」

心臓が止まるかと思ったよね。

「今の夫とは再婚で……けどこの髪の印象が強いからか、生まれたときからずっと母親似と言われ続けてきたわ」

「お、俺もそう思います！　ぜったい母親似ですよ‼　いやぁこうして向かい合ってても姉弟子が目の前にいると錯覚しそうですお母さん若いから‼」

「ふふ。お上手ね」

やばいやばいやばいやばい！　いま俺、地雷踏んだ⁉

『再婚』という予想外の重いワードが飛び出して動揺しちゃった……もしかして話したいことってそれだろうか？

俺が『娘さんをください』的なご挨拶に行く前に、ご家庭の複雑な事情を説明しておいてくれるとか……？

ごくりと唾を飲み込むと、姿勢を正して俺は問う。

「そ、それで…………何でしょう？　ちゃんと話しておきたかったことって」

「あの子の病気について」

「っ……！」

再び動揺する俺に、笙子さんはあくまで優しくこう言ってくれる。

「今ここで聞く必要はないわ。私から聞くのがプレッシャーだったら、明石(あかし)先生か清滝先生から聞いてもいい」

「……師匠も知ってるんですか？　姉弟子の病気のことを？」

「ええ。お預けする際に全て(すべ)お話ししてあるから」

「そんなに昔から……」

サッ……と、心に暗い影が落ちる。

銀子ちゃんがプロに上がった直後。つまり俺と正式に付き合い始めた頃。師匠は急に『恋愛禁止』と言い出したことがあった。

――あれはもしかして……病気と関係があるんじゃないか？

「八一くんには敢(あ)えて隠していたけど、もしあの子と……銀子と一生を添い遂げる気持ちがあるのなら、知っておいて欲しいの」

「……教えてください」

軽々しく聞こえないようノータイムの即答は避けて、俺は言った。

「お母さんの口から教えて欲しい……です。今ここで」

「ありがとう。そんなにも娘を好きになってくれて」

そして笙子さんは語り始めた。

俺が知らなかった空銀子のことを。

「あの子の病気は、心臓の病気なの。それは生まれつきのもので、現在でも有効な治療方法は確立されていないわ」

「っ……！」

重い病気だとは思っていた。

けど、ここまでとは……！

「じゃ、じゃあ不治の病ってことですか⁉」

「落ち着いて八一くん。結論から言うと、あの子の病気はもう治っているの。十五歳頃には完治していたと明石先生が診断を出してくれているわ」

「へ……？」

驚くべきことに。

治療法が確立されていないその病気の唯一の治療手段が、自然治癒(ちゆ)……つまり成長と共に勝手に消えてしまうことなのだという。

「ただ……ずっと苦しい思いをしてきたから。自然に治ったと言われても信じ切れないだろうし、もともと弱い身体が厳しい戦いの中で消耗しきってしまった」

苦しそうに笙子さんは当時のことを語る。

「三段リーグの終盤はもう、盤の前に座ると真っ青になって吐いてしまうような状態だった。ドクターストップがかかるのを恐れてずっと家にこもっていたわ。微熱が引かず、体力を回復することが困難で、オーバートレーニング症候群になっていた……」

スポーツの世界でよく聞く病気だ。

練習すればするほど症状が悪化する慢性疲労状態で、最悪の場合は競技復帰が不可能になってしまう。

俺が自分で調べたとき、姉弟子の状態に一番当てはまると考えていたが……やっぱりそうだったのか……。

「四段に上がれば改善されるかと思ったけど、甘かった。むしろ症状は悪化の一途を辿ったわ。祭神さんとは戦わせるべきじゃなかった……今さら言っても遅いのだけど」

「………………」

確かにそうかもしれないが当時の状況や姉弟子の気持ちを考えれば止めることなど実際は不可能だったと思う。

俺の知らない場所で全てが行われたことに対しては、まだ複雑な思いがある。

けれど話を聞けば聞くほど笙子さんをはじめ関係者の選んだ手は限りなく最善手に近い。

「…………そういうこと……だったんですね……」

師匠や桂香さんに抱いていたわだかまりが解けていくのを感じた。

「あの子と久しぶりに会ってみて、どうだった？」

「かなりよくなっているように見えました。口頭で将棋の研究もしましたし」

「よかったわ！　ああ……八一くんのおかげね……！」

お母さんは初めて嬉しそうな表情をして、

「あの子が……銀子が自暴自棄にならずに休場を選ぶことができたのも、八一くんと公式戦で戦いたいという夢を抱くことができたからよ。あなたというライバルがいたからこそ、銀子は強くなることができた。心からお礼を言います」

「それは俺も同じです！」

思わず大きな声が出た。

「姉弟子の……銀子ちゃんの存在が、強くなるためにどれだけ必要だったか。最近、改めてそれを思い知る機会があって……！」

人類の将棋観を捨て、自分の将棋を一から作り変えようとした俺だったが、ただ一人……空銀子という少女だけは必要不可欠だった。

あの子だけはアンインストールできなかった。

でも、それでいい。仮にそのせいで《淡路》に及ばないのだとしても、俺はあの子との未来を選ぶと決めたんだから！

しかし。

「…………単なるライバルなら、それで終わりでよかった」

憂いを増した表情で笙子さんは言う。

「けどあなたたちはお互いに好き合ってしまったから……伝えなければいけないの。その先のことを」

「まだ何かあるんですか？」

「遺伝性の心臓の病気なの」

「……？」

「だから本人は治っても、子供には遺伝するかもしれない。親が発症している場合は、かなり高い確率で遺伝してしまうの」

いでん？

発……症？

脳が追いつかない。

「私が心配しているのはあなたよ。八一くん」

「俺……？」

「あなたは私と同じ苦しみを味わうかもしれない。愛する人の苦しむ姿を見るだけではなく、遺伝性の病気に苦しむ幼い子供の姿をも見守らなければならないかもしれない……何もできない無力感に打ちのめされながら。そのことを私の口から伝えなくてはいけなかった。経験者として」

血の気が引いた。

見落としていた頓死筋に気付いた瞬間のように、目の前が真っ暗になり……背中から滝のような冷や汗が吹き出す。

「……………………まって……………………」

思わずそう呟いていた。

待ったをしていた。

けれどこれはやり直しがきく将棋じゃない。

やり直すことのできない現実だった。

——夫とは再婚で。

——遺伝性の心臓の病気。

俺はとんでもない勘違いをしていた。

外見が似ているってだけの理由で、銀子ちゃんの病気がお母さんからの遺伝だと思い込んでいた。

「銀子ちゃんの病気は…………お父さんからの遺伝だったんですね…………」

「そうよ」

笙子さんは頷いた。

「そして最初の夫は亡くなった。生まれたばかりの銀子と私を残して」

愛する人に先立たれ、一人娘も長く生きられないと宣告された笙子さんは、育児をできる精神状態ではなかったという。

「私には耐えられなかった。苦しむあの子を見続けるのは。あの子がゆっくりと死に向かっていくのをただ見ていることが……耐えられなかった」

普通に考えれば、病気の一人娘を、わずか四歳で他人の内弟子にするなんて、医者の勧めがあったってありえる話じゃない。

ただ……母親が育児をできる状態じゃないのであれば話は別だ。

「だから清滝先生にお預けしたの。一人娘を手放して、将棋の子供にした……」

将棋の子供。

今まで俺は、師匠の家で銀子ちゃんと出会えたことを運命だと喜んでいた。無邪気な子供のように。

確かにそれは俺にとっては幸せな運命だった。

けれどその幸せは、本当は、とてもとても残酷な現実のコインの裏側で……。

そしてその報いを今、受けている。

「銀子の身体は奇跡的に治ったわ。肉体的には」

そのことは明石先生も保証してくれているし、この施設で検査を続けて、異常がないことを確認したという。

将棋も指せるし、望めば子供も作れるだろうと、お母さんは言った。

「けれど心には深い傷が残ったし、生まれてくる子供には病気が遺伝しているかもしれない。そしてその子の心臓にも奇跡が起こる可能性は……」

俺はバカだけど、それが限りなくゼロに近いことはわかる。

──本当に……本当に俺はバカだ！

銀子ちゃんやお母さんがどれだけの地獄を見てきたかも知らずに『結婚』だとか『子供』だとか『家族』だとか聞こえのいい言葉をあの子に投げかけ続けてきた。

俺たちの出会いを『運命』だと決めつけて。

己のあまりの罪深さに、俺は声にならない絶叫を漏らす。

「うううう。うううううううう！」

食いしばった歯がガチガチと鳴る。震えが止まらない。自分自身に対する怒りと、厳しすぎる現実に対する無力感に、ただ震えることしかできない。

──五体満足に生まれてただ将棋だけやってきた脳天気なクズが!!

心の中で過去の自分を罵(ののし)っても、目の前の現実が変わるわけがなくて。

両手で顔を覆(おお)ったまま、俺はただこの質問をするだけで精一杯だった。

「………銀子ちゃんは……このことを……?」

「私は伝えてないわ。まだ」

疲れ果てたように首を横に振る笙子さんの姿は、痛々しさを通り越していて。

そこにあるのはただ、深い諦(あきら)めだけで。

「けれど、気付いているかもしれない。気付かないでいるのは難しいから……目を逸らしたくなる現実だとしても」

そして本当に俺と結婚するのであれば、その事実を伝えないわけにはいかないのだ。

「八一くんが自分を責めることはないわ。どうしようもないことだもの」

疲れ切った表情で、空銀子の母親は言った。

「これも運命だったのよ……」

その後──

俺は銀子ちゃんには会わずに、施設を後にした。

東京で対局があるからという理由で。

けど本当は、どんな顔をして会えばいいかわからなかったからだった。

いや。そうじゃない。

自分がどんな顔をしてしまうかわからなかったからだ。

希望を抱いて立ち直ろうとしている銀子ちゃんを、将棋の話ができるほど回復した銀子ちゃんを、不用意な俺の言葉や表情が地獄に突き落としてしまうかもしれないから。

それに俺には、あの子に隠さなければならないことがもう一つあったから――

☖　タクシードライバー

特別な日がやってきた。

「…………いってきます」

まだ薄暗い早朝。身支度を整えたわたしは、ガランとしたエントランスで誰に言うともなくそう呟く。

棋帝戦一次予選イ組第一回戦。

プロの七大タイトル戦に初めて出場するその日、わたしはいつもより早く家を出る。色々な意味で動揺しないように……。

「待ちなさい。あい」

「…………お母さん？」

人気のないエントランスで呼び止められた。

安定期に入って仕事に復帰しているから、宿の中で顔を合わせることもある……けど、こうして対局のある日の朝に声を掛けられたのは初めてのことだ。旅館業は朝が最も忙しいというのもあるけど。

「今日はタクシーをお願いしておきました。乗って行きなさい」

「タクシーを？」

余計なことしないで！　第一感、そう思った。

「けど……プロの先生方だって電車で行くのに、わたしがタクシーなんて使ったら……ただでさえ嫌われてるのに――」

「あい」

冷え切った目でこっちを見ながら、お腹の大きくなったお母さんはこう言った。

「舐めているのですか？」

「え……」

「相手は碓氷尊前竜王。あなたが少しでも勝率を上げようと思うのであれば、行きにタクシー使って体力を温存するべきです。違いますか？」

「っ……！」

四時間という、かつて経験したことのないほど長い持ち時間の将棋に対応するべく、できる限りのことはしてきた。

けどお母さんに指摘されて……プロ編入試験を意識するあまり、対局当日になって目の前の将棋を疎かにしてしまっていたことを思い知らされる。

感謝の言葉は口にしづらくて、わたしは目を逸らしながらこう言った。

「……碓氷先生を知っているの？」

「もちろんです。タイトル保持者として……竜王として当宿にお迎えしたのですから。女将自らお世話させていただくのは当然のこと。あなたは挑戦者の九頭竜先生だけを見ていたんでしょうけどね」

あぅ……。

「碓氷九段は、私が女将として何十万人と接してきたお客様の中でも、突出したものを持っていらっしゃいました。あの方は………」

何かを言いかけたお母さんは途中で黙り込んだ。

業務上の秘密を漏らすことはしない。たとえそれが娘であっても。

「……女将としての教育を受けたあなたであれば気付くことができるでしょう。相手をよく見て戦うことを忘れぬよう」

「うん！」

今度はお母さんの目を、そして膨らんだお腹を見て、わたしは頷いた。

「お母さん。赤ちゃんは元気？」

「元気よ。元気すぎるくらい。お腹の中で毎日暴れ回ってる」

「ええ!?　そ、それって大変じゃないの？」

「大変よ。でも――」

ふっ……と表情を緩めると、お母さんは言った。

「子供が元気でいてくれるのが親は一番安心するわ。だからあなたも大暴れしてきなさい」


宿の前に停車していた個人タクシーに乗り込む。

「どちらまで？」

「千駄ヶ谷の……あの、将棋会館ってわかりますか？」

「もちろん！　うちの娘もよく通ってるんだよ。二階の道場に」

相槌を打とうとした、その瞬間。

「ッ……!?」

後部座席の窓に……信じられないものが見えた。

プロ棋士の揮毫(きごう)が。

「こ、これ……本物ですか？」

「わかるかい？　実は空銀子四段がプロデビュー戦に向かうときに乗ってもらえてね」

空先生が…………この車で……。

すごい偶然だった。もしかしたらお母さんが仕組んだこと？

「今じゃ椚創多の話題一色で、みーんな《浪速の白雪姫》のことなんか忘れちまったみたいに話題にすらしないけどな」

運転手さんは不満そうに言ってから、わたしが質問するのも待たずに、すごい勢いで喋り始めた。

「お嬢ちゃんが座ってるのと同じ場所に、やっぱり同じように静かに座ってた。話しかけられるような雰囲気じゃなくて……とはいえ芸能人とか、ああいう『話しかけるな』みたいなオーラじゃないんだ。何て表現したらいいか……」

「神々しい？」

「うん！　そうなんだ。触れちゃいけないような感じがした。わかるかい？」

「はい」

空先生は特にそうだったけど……将棋盤に真摯に向かう棋士の姿は、誰もがある種の神々しさを帯びると思う。

触れてはいけないようなその姿に憧れ、わたしは手を伸ばした。傷つくことにもなったけど……後悔はしていない。

そしてこれからも後悔だけは絶対しない。

「この揮毫………この言葉は、空先生が選ばれたんですか？」

「ああ。娘のためにサインしてくれって頼んだらそれを書いてくれたよ。後で検索してみたら、珍しいみたいだね？」

「そうですね。好んで揮毫されたのは『百折不撓（ひゃくせつふとう）』でした。オリジナルの言葉よりも、将棋界でよく使われる四字熟語を好まれていた印象です」

窓に書いてあるそのメッセージを胸に刻み込む。

それは大勝負に向かう心構えというより……不条理なこの世界そのものと戦う決意のようで。

空先生が何を背負っていたのか。

それは、わたしにはわからない。

わたしが背負うものとは全然違うものなんだと思う。

けれどこうして世界中を敵に回した今、わたしは空先生のことが前よりも理解できるような気がしていた。

「着いたよ」

将棋会館の前に到着した。

今日はここで、わたしにとって大切な対局が二つ行われる。

大部屋では自分の対局が。

そして特別対局室では――

「そうだ。お嬢さんの名前を教えてもらってもいいかい？」

お会計を済ますと、運転手さんがわたしの顔を見ながら言った。

「雛鶴あい……です。女流棋士をしています」

「すまないね。娘ならすぐお嬢さんがどれだけすごい人かわかるんだろうけど。後で検索しておくよ」

わたしは無言で頭を下げた。ガッカリさせてしまうかもしれない。どんな時でも真正面から戦い続けた空先生と比べたら、わたしはとても卑怯に見えるだろうから。

「あの……あいちゃん」

運転手さんは不安そうに尋ねる。

「空四段は、戻って来るよな？」

「はい！　もちろんです」

将棋会館を見上げながらノータイムで断言する。

それだけは絶対に間違いない。

「どこにいようとわたしが必ず引きずり出しますから。ここに」

## ☗ 兄弟

新宿御苑に俺を呼び出したその男は、広々とした芝生の上に寝転がっていた。

朝九時の開園直後とあって、まだ人は少ない。見つけるのは簡単だった。

「よっ」

こっちの気配に気付くと上半身だけ起き上がり、軽く手を挙げてくる。

「ん……」

一年近くぶりの再会だというのに、二人の挨拶はそれで終わりだった。

男兄弟ならこんなもんだ。

「座るか？」

「いや。このままで」

自分の隣をポンポンと叩く兄貴に対して俺は首を横に振った。さっさと終わらせたいと態度で示すために立ったまま話す。

それにこの後のことを考えると、ズボンが汚れるようなことはしたくなかった。

特別対局室で将棋を指すことを思うと。

「痩せたな八一。ちゃんと食ってるか？　俺なんて料理長の賄いがウマすぎて、就職してから五キロも太っちまって――」

「用件は？」

喰（く）い気味にそう言うと、兄貴は苦笑して、

「例の《淡路》の棋譜について教えて欲しくてね」

「解説を書いたろ？　それ読めよ」

「読んださ。衝撃的な内容だったよな！」

アマ強豪の棋力を有する兄貴は興奮した口調で、

「プロもアマも、それからコンピューター将棋開発者も、将棋界はお前の公開した棋譜に夢中だ。そりゃそうだよな？　ありとあらゆる戦型（せんけい）がバランス良く選ばれてて、しかも現時点での結論が史上最年少二冠の解説付きで記されてるんだから。まさにオーパーツだな！」

「俺じゃなくて《淡路》が凄いのさ」

肩をすくめてそう言うと、俺は兄貴に尋ねる。

「それで？　これ以上なにを聞きたいんだ？」

「お前が公開しなかった棋譜のことを聞きたいと思ってね。もちろんあるんだろ？　世界一のスーパーコンピューターを動かして百局だけしか棋譜ができないなんてことはあり得ない」

相変わらずの自然体で兄貴は勝負手を放った。

「八一。お前が選んだ将棋はどれも綺麗に結論が出すぎてる。確かに手数は長いし、ディープラーニング系の特徴である地味な将棋が多い。しかしな？　収束があまりにも綺麗なんだよ」

「主観の問題だろ」

「そう主観だ。つまり人間の目から見て、違和感がなさすぎるんだ」

「………」

「そして人間の目から見て綺麗な将棋というのは、指し手の力量に差が無いと生まれない。同一の棋力の人間なんて存在しないからこそ、人間の棋譜は人間ぽくなる。しかし同じ力量の存在がミスを出さずに戦い続ければ……同一の棋力を有するコンピューターの自己対局であればそれは人間の想定していない結論にならないとおかしいんだ」

「相変わらずだな……兄貴」

昔から頭のいい男だった。

勉強は常に地域で一番。

独学で覚えたプログラミングでは、趣味でやってるのに世界レベルの実績を残す。

歳の離れたこの兄と一緒に暮らした期間は俺が師匠の内弟子になって大阪へ行くまでの六年間で、記憶にあるのは三歳くらいからだから、正直なところ兄貴との思い出がたくさんあるってわけでもない。何をやっても勝てなかったという記憶しかない。歳の離れた男兄弟ってのはそういうもんだ。弟にとって兄貴は目の上のたんこぶでしかない。

ただ一つ。

将棋だけはいい勝負だった。

たぶん兄貴は、俺に将棋を続けさせるためにわざと緩めてくれてたんだと思う。それでも俺に才能があることは気付いていて、嫌な顔一つせずに相手をしてくれた。

師匠が俺たちの通ってた道場に指導に来てくれた時、兄貴もそこにいた。

棋力は兄貴のほうがまだ上だったと思う。

だが師匠が『才能がある』と認めたのは俺だった。俺のほうが幼かったからだ。

だから俺は将棋にのめり込んだ。兄貴に唯一勝てたものだから。

男兄弟ならこんなもんだ。

「教えてやろうか？　百年後の将棋がどうなってたかを。俺が敢えて公開しなかった棋譜が、どんな絶望を記していたかを」

兄貴は何も言わずに、ただ俺の目をじっと見て先を促す。おそらく予想はついてるはずだ。

しかし俺はそれを誰かに言いたかった。

自分だけで抱えるには重すぎるその秘密を。

「全ての棋譜が千日手（せんにちて）と相入玉（あいにゅうぎょく）だった」

いつも世の中を舐めきってるような兄貴の目が、その瞬間、マジになった。その表情に暗い満足を覚えつつ俺は言葉を続ける。

「初手最善手は角道を開ける手でも飛車先の歩を突く手でもなかった。玉を動かす手だった。角を持ち合ったら必ず千日手になる。角換わりに進んで千日手を回避できた棋譜はゼロだ。限定的な将棋の結論が得られてしまったんだ」

公開したのは、わずか百局。

しかもそれは《淡路》が強くなっていく過程で示した、いわば二十年後や三十年後に現れるべき棋譜ばかりだった。残された他の数十億局はほぼ全て勝負が付かなかった。

全て！

「矢倉。角換わり。相掛かり。横歩取り。それに振り飛車……どれも飛車や角の活用を目指して作られた戦型だけど、全部ダウトだ。人間は大駒の動きに翻弄されて将棋の本質を間違って学習した。千四百年が無駄になったよ」

「戦型を固定して指させてみたのか？」

「やったさ。公開した棋譜がまさにそれだ」

人間の考案した『戦型』や『定跡』をスーパーコンピューターで解析した結果は、悲惨なものだった。

「横歩取りは後手番の必敗。矢倉も相掛かりも先手が勝つか引き分けだ。飛車は振ったほうが負ける。おっと！　相振り飛車だけは後手必勝だったよ。つまり最初に飛車を横に動かした奴が負けるゲームってことだな。ははッ！」

「…………そうか」

兄貴は悲しそうな目で、俺の言葉を受け止める。

その目をかつてどこかで見たような気がした。ああ……そうだ。

──大好きだった爺ちゃんの葬式で見た目だ。

俺たちに将棋を教えてくれた爺ちゃんが死んだときの……。

「……囲碁みたいにコミ（ハンデ）を調節することで先手と後手のバランスを取ることができるゲームなら、もっと寿命は延びただろうな……」

絞り出すような声で兄貴はそう言った。

俺たちは二人で将棋の葬式に立ち会っていた。大好きな将棋の命が尽きる瞬間に。

「けど将棋はそれができない」

姉弟子と一緒に眺めた巨大な夕陽を思い出しながら、俺は答えた。世界はもうすぐ終わりを迎えると。

それも最悪な形で。

「そんな結論を見て、その道を究めようと思えるか？　プロとして人生の全てを捧げようと思えるか？」

将棋は終わる。

けど、絶対に終わらせちゃいけないものが、あった。

「姉弟子に……銀子ちゃんにそんな答えを教えられるか？」

それだけは絶対に守ると決めた。

「再び立ち上がろうとしている人間に対して、こう言えるか？　『お前の進むべき道には焼け野原しか待ってない』と言えるか？」

「八一……」

「俺にはできない」

そう。できない。できるわけがない。

あの子は俺と将棋を指すためだけにプロになった。

俺のことが死ぬほど好きで。将棋のことも死ぬほど好きで。

けど……俺との未来は最悪な結末が待っていた。

このうえあの子から将棋すら奪うのか？

……どこまでクソなんだ運命ってヤツは！

「だから演じるのさ。嘘（うそ）の未来を」

あの百局を選んだのは銀子ちゃんと再会する前だったが、あの子の秘密を知った今は自分の選択がベストだったと確信した。

仮に勝率が極端に先手に寄ろうとも、特定の戦型が死滅しようとも、将棋そのものが終わることだけは阻止する。

　これから俺が将棋を指す理由はそれだ。

　絶対的な強さを手に入れて、俺の見た絶望に迫ろうとする人間を潰し続ける。そうすることで少しでも未来を遅らせる。暴走しがちな天衣をコントロールして《淡路》を動かすことを制限させる。

　将棋の死を少しでも遅らせるために。

「もう時間だ。行くよ」

　これ以上ここにいたらもっと余計なことを喋っちまいそうだ。俺がその場から立ち去ろうとすると――

「八一！」

　立ち上がった兄貴が叫んだ。

「お前がわざわざ東京まで出てきたのは、公式戦のためでも、俺と会うためなんかでもないんだろ？　お前自身が覆して欲しいと思ってるんだろ？　機械が示した百年後の未来を！」

「…………」

「俺の答えが聞きたいなら――『あの子ならできる』だ!!」

　兄貴の言葉を背中で受け止めると、振り返らず俺はその場から歩き去った。久しぶりに人間と将棋を指すために。

　結末を知ってる映画を観に行くような気分で。

# 第五譜

## 空筐子

## ☖ 黒太子(くろたいし)

四階の奥にある特別対局室に入ると、爽(さわ)やかな笑顔に迎えられた。

「おはようございます。対局で当たるのは初めてですね？」

B級2組順位戦の開幕局で俺(おれ)の相手となるのは、篠窪太志(しのくぼたいし)七段。

タイトル獲得一期の二五歳。

有名私大を首席で卒業した《王太子(おうたいし)》は、爽(さわ)やかな容姿と切れ味鋭い棋風で関東の人気ナンバーワン若手プロだ。なおイケメン度なら歩夢(あゆむ)も負けてないが、あっちは常識度が異常なまでに低いため総合的な人気では篠窪さんに一歩譲る。

「失礼します」

俺はそれだけ言って上座に腰を落ち着けた。

竜王位を保持する俺は基本的に関西で対局を組まれるが順位戦だけは別だ。B級2組は年間十局指すが、一局だけ関東での対局があった。

その対局が、弟子の対局と同じ日に組まれたのは、偶然に過ぎない。

「九頭竜(くずりゅう)さんのおかげで特別対局室を使えるのはありがたいですね。大部屋は狭くて汚いし、トイレも混みますから。それに比べてこの特対はトイレも別にあって快適ですからね！」

対局準備を整えながら俺は篠窪さんの言葉を適当に聞き流す。

　あまり真面目に反応しないのには理由があった。

「夜中まで続く順位戦の日に大部屋というのは……ベテラン棋士にも気を遣うし、終盤の勝負所でブツブツ独り言を呟く棋士やずっと貧乏揺すりをしてるような棋士が隣にいると、集中力を削がれてしまいます。私は神経質だから困るんですよ。だから今日はとても助かります……棋帝を失ってから、私一人では特対を使えなくなりましたからねぇ？」

「………」

　爽やか高学歴イケメン《王太子》に似つかわしくないネガティブな言葉を、俺は目を閉じて受け流す。

　名人に敗れて棋帝のタイトルを失ったあたりから、この人が妙にネガティブな発言を繰り返すようになったと噂になっていたが……どうやら本当だったようだ。謙遜と表現するには度が過ぎており「あれは盤外戦術だろ」とまで言う人もいた。できるだけ無視しよう……。

　ふと、右側に人の気配がした。

「っ⁉」

　目を開けると、健康的に日焼けした美女の横顔が視界に入り、ドキリとする。

　今日の記録係──登龍花蓮三段が、無言でお茶を淹れてくれていた。

「………ありがとう」

　居心地の悪さを感じつつ、それでも感謝の言葉を口にする。登龍さんは無言のまま一礼して記録机に着座した。

――元気は……無さそうだな。そりゃそうか……。

天衣とのダブルタイトル戦で将棋観を蹂躙されたんだろう。

今期の三段リーグはボロボロで、昇段の目が消えたどころか三段に上がったばかりなのに降段点を取りそうなくらいだ。

ただ、引っかかるものがあった。

どうしてわざわざ俺の将棋を……しかも順位戦の対局を選んだのか？

「奨励会三段は、どの将棋の記録を取りたいか優先的に選ぶことができます。だから普通は、順位戦みたいに長い持ち時間の将棋は取りたがらない。それでも彼女がこの将棋を選んだということは――」

篠窪七段がおもむろに言う。

「棋譜を見るだけでは足りない。もっと近くで感じたいということでしょう。スーパーコンピューターが見せてくれた、未来の将棋というものを」

……どうやら兄貴が言う通り、公開された《淡路》の棋譜は関東の若手プロや奨励会員を中心として大いに興味を引いているようだ。妙にソワソワしてる対局相手を改めて観察する。

――この人は特に反応すると思ってたが。期待以上だな。

篠窪太志七段が二一歳の若さで棋帝のタイトルを獲得できたのは雁木や角換わりや横歩取り

といったソフトでの研究が活きやすい戦型を早くから採用したからだと評価されていた。

そこまでなら、パソコンに詳しい若手なら誰でもやる。

さらに篠窪さんは個人で手に入る最上級のパソコンを揃え、ソフトの使い方も自分で工夫した。特に定跡の作り方は現在でも頭一つ抜けている。

棋帝を獲得した当時は、その先進性に気付く者は少なかった。

しかしそこから二年が経過して、現在のソフトで篠窪さんの過去の棋譜を解析すると、明らかに一人だけ進んだ序盤を指していたことがわかる。

——つまり……未来人だったんだ。この人も。

於鬼頭先生は自身をソフトに近づけようとしていたが、篠窪さんはもっと割り切って使っていた。

定跡整備。

ソフトが出現したことで『掘る』と表現されるようになったその行為は、仮想通貨のマイニングのように、電力を定跡に変換する行為だ。

パソコンの性能を上げれば上げるほど。

電気代を使えば使うほど。

ソフトは自動で定跡を掘り続けてくれる。

その結果、勝ち星やタイトルという形でリターンを得られる。

篠窪さんは勝ちまくった。自分で考えれば膨大な時間と労力を必要とする定跡研究をボタン一つでやってもらえるんだから当然だ。しかも共同研究だと他の棋士と情報を共有しなくちゃならないが、パソコンなら独占できる。

とはいえそれでずっと勝ち続けられるほど将棋界は甘くない。

――この人と戦うときだけ定跡を外せばいい。

実際、名人は序盤で不利になると知りつつも定跡を避けて古い将棋を採用し、中終盤力で篠窪さんをボコボコにした。

こうして攻略法をタイトル戦という大舞台で披露されてしまった篠窪七段は、公式戦で最新型を指させてもらえなくなり、かつての高勝率が嘘のように低迷。

それに加え誰もがソフトを使いこなすようになって篠窪さん一人だけが突出して作戦勝ちできるような状況ではなくなった。

が、それでも侮りがたい棋士だ。

地下茎のように張り巡らされた定跡という闇が今、どこまで深くなっているのか……誰も知らないのだから。

「自分だけが使える超高性能のマシンで定跡を掘る気分はどうです？　この特別対局室を独占するくらい快適ですか？　ねぇ？　《西の魔王》さん？」

爽やかな笑みと人当たりのいい性格に心を許すと、あっというまにネガティブ思考とブラックホールのような定跡に飲み込まれる。今や誰もがこの人のことをこう呼ぶようになっていた。

《黒太子》と。

「時間になりましたので、篠窪先生の先手番で対局を始めてください」

十時になり、対局が始まった。

先手の篠窪さんは即座に飛車先の歩を二つ、突き伸ばしてくる。２五歩を早めに決める指し方はその後の桂跳ねを見越した居飛車の最新トレンドであり、当然俺も追随した。

そして篠窪さんは角道を開ける。

戦型は角換わりか雁木に絞られた。

『俺の研究を見せるからお前も見せろ』

《黒太子》からのメッセージだ。

「……五年」

盤側から小さな声が漏れ聞こえた。どこか失望したような響きがあったのは気のせいだろうか？

戦型は角換わりに進む。

そして先手の篠窪さんは態度を保留する指し方に徹している。

――歩夢だったかな？　将棋をカードバトルに喩えたのは。

角換わりは将棋の中で最もカードバトルに近いといえる。

お互いに『研究』という名のカードをいつ、どこで切るか。その戦略性が試されるからだ。

ここで俺は珍しいカードを切った。

「端の位をタダでくれるんですか？　これは……中々のレアカードだ」

「……十年」

譫言のような登龍三段の声は、まるで地獄の底から響いてくるかのように重い。

局面はさらに煮詰まる。

ようやく戦型が角換わり相腰掛け銀に決まり、いつ戦争が始まってもおかしくない局面になった。

互いの桂馬も跳ね終えており、『手待ち』のカードも尽きつつある。

ここで俺はさらにもう一枚のカードを切った。

安全な３一に潜っていた玉を、わざわざ４二に上がったのだ。

「おっ」

篠窪さんも即座にその手の違和感に気付く。

「……二十年」

盤側から声が聞こえた。

しかしこれは《淡路》が示した手ではない。それ以前に俺が自分で考えていた手だ。玉を敢えて戦場へ近づけることで先手の攻めを誘発しようという意図だったが——

「…………ここまでかな」

小考の末、篠窪さんは金を反復横跳びさせ始めた。『強制終了』のカードを切ったのだ。

そして五三手目にして、千日手成立。

──先手番の利を捨てた!?

俺は結果的に二枚のレアカードを消費したが、篠窪さんはあのまま戦えば順位戦という重要対局で一勝を得た可能性は十分にあったはず。

それでも『また序盤を指したい』と千日手を選んだ理由は、一つしか考えられない。

──つまり……勝ち星よりも俺の研究を吸い出すことを優先した……。

貴重品だけ持って席を立ちながら、篠窪さんは薄笑いを浮かべつつ特対を出て行く。

「ふふ。次はもっともっと強いカードを期待していますよ?」

《黒太子》の定跡に対する執念に、ゾクリとする。

三〇分後に始まった指し直し局。

先手番を得た俺は、伝家の宝刀である相掛かりを採用。

──定跡には頼らない。力戦形で攻め潰す!

そう気合いを入れて積極的に揺さぶりを掛けた……が。

「っ……!?　これは……」

篠窪さんの指し回しは精緻を極めていた。俺の想像すら超えて。

――か、家庭用のパソコンでここまで深く掘ったのか⁉

もはや相掛かりは力戦ではないと宣言するかのようなその序盤は、最初から一つの目標に向けて組まれたデッキ。

そして――六六手目で勝負は振り出しに戻った。

「……千日手です。三〇分後に指し直しとなります」

タブレットを操作していた登龍三段が淡々と告げる。

事態の異常性が伝わったんだろう。二度の千日手が成立したことで対局室の外も騒がしくなってくる。

しかし当の《黒太子》はケロッとした表情で、駒を片づける俺にこう言ってきたのだ。

「次は雁木なんてどうですか？」

そして篠窪さんは流行しつつある先手雁木を本当に指してきた。まるで『この流行を終わらせる手を教えてくださいよ』とでも言うかのように……。


三度目の千日手が成立したのは、まだ夕方前のことだった。

「フゥ！　今回はなかなか面白い序盤を見せていただきました」

篠窪さんは洗顔ペーパーで皮脂を拭いながら、ウキウキした声で言う。

「六時間の将棋はいいですね！　三回千日手にしてもまだたっぷり時間が残ってる」

相手の意図は明らかだった。瀬踏みだ。

こっちがまだまだ底を見せていないと考えて、浅瀬からポチャポチャと石を投げ込んで研究の深さを測っている。

——鬱陶（うっとう）しい。

そう思った。

俺がどれだけ重いものを背負って戦っているのか想像すらできないくせに。

《淡路》で得た序盤知識をできるだけ使わないように戦っているというのに。

将棋の寿命を少しでも延ばそうとしてやっているというのに！

——いったい何が不満なんだよ⁉

かつて『名人なんてゴミと同じだ』と言い放った棋士がいた。当の名人の目の前で。『だったらお前は何だ？』と問われると『ゴミに集るハエですな』と答えたという。

今、その気持ちが痛いほど理解できた。

俺の持ってる竜王も、そのタイトルに付随する権威も、《淡路》を使って見た未来も。

たった一人の女の子すら救えないんじゃゴミと同じだ。

「…………いいだろう……」

篠窪さんと登龍さんが盤の側（そば）からいなくなり、一人になった特対の上座で、俺は覚悟を固めていた。

「見せてやるよ。地獄の入口を」

そして三〇分後に先後を入れ替えて指し直した将棋で、俺はそれを見せた。

手持ちの最強カードを。

「ご――――」

初手を見た瞬間、篠窪さんの端正な顔がぐにゃりと歪む。

俺が動かした駒は――――

「5、八…………玉⁉」

盤に覆い被さってその一手を凝視した篠窪さんは、息継ぎするように俺の顔を見て、また盤を凝視する。深淵を覗き見るかのように。

盤側から聞こえた声は、歓喜の色を含んでいた。

「百年」

☗　前竜王

千駄ケ谷の将棋会館は、関西将棋会館と違うところがある。

関西だと一番いい対局場は五階にあるけど、東京の将棋会館は四階。いちばん奥に特別対局室があって、今日のわたしはその手前の『大広間』と呼ばれる場所で対局することになっていた。

『高雄』『棋峰』『雲鶴』の三つの部屋の襖を外して一続きにした大広間には、びっしりと盤が並べられている。

今日はわたしの指す棋帝戦の他にも、順位戦や他の一般棋戦も対局が組まれていた。

——す、すごい……部屋いっぱい……！

十人で戦った女流名跡リーグの最終一斉対局も人の数に圧倒されたけど、今日はその倍くらいの人数が詰め込まれている。

記録係の奨励会員や取材をする記者さんたちは、人の間を縫うようにして移動してた。部屋の中の空気が薄く感じるほどで……将棋が始まる前からもう、息苦しい。

——慣れる日なんて来るの？　この空気に……。

空先生は三段リーグの最終戦も、そしてプロの初対局も、ここ千駄ヶ谷で戦った。

その精神力に圧倒される。ついさっきタクシーの中で見たあの言葉は決して大げさなものじゃない……。

「…………しつれい、します……」

誰にともなくそう言って、わたしは大広間の中でも最も格式の高い盤の前に腰を下ろす。もちろん下座に。

この場所が与えられたのは、わたしじゃなくて相手の『格』が高いから。

立派な盤と高価な駒を使うことができるけど……できればもっと目立たない場所で戦いたかった。居心地が悪くて集中するのが難しい……。

ただでさえ今日は、隣の部屋に………あの人がいるのに。

「おはようございます雛鶴さん。本日は中継対局に選ばれておりますので、ブログ用に写真を撮らせていただいても？」

「あ、はい」

記者姿の供御飯先生が後ろから声を掛けてきたので振り返る。

するとそこに、予想外の再会が待っていた。

「えっ⁉　あ、あや──」

「中継担当のアシスタントなのです。本日はよろしくお願いしますです」

供御飯先生の後ろからひょこっと姿を現した貞任綾乃ちゃんは、わたしと初対面のような風を装いながら、眼鏡の奥でウインクした。

──まだ夏休みに入ってないのに……わたしのため？

平日に学校を休んでまで東京へ駆けつけてくれた親友の優しさに、苦しいほど胸が締め付けられた。

「……こちらこそ、よろしくお願いします。今日は絶対、いい将棋を指します！」

やれる。

味方がいてくれることで一気に息苦しさが消えた。これで自分の将棋が指せる。冷たく震えていた指先に熱が戻る……！

けれどそんな自信は次の瞬間、紙風船のように簡単に潰れた。

「「おはようございます！」」

大広間の中にいた棋士や奨励会員が一斉に挨拶(あいさつ)を口にする。緩んだ空気が一変していた。

その視線の先に――

「おう」

一人の男性がいた。

年齢は五十歳くらい。

おじいちゃん先生と同じくらいに見えるけど……一つだけ全然違うところがあった。

威圧感だ。

碓氷(うすい)尊(たける)九段。

「っ……！」

――師匠の前の……竜王……！

さっきまでの大広間の空気でも十分、息苦しかった。将棋を指せないほど。

けど……そんな空気すら生温いと感じるほど、今は冷たく張り詰めていた。

呼吸をすれば肺の中が凍り付いて二度と息ができなくなってしまうほどに。

対局室へ足を踏み入れた碓氷九段はわたしの座っている盤の前まで来ると、びっしりと盤の並んだ大広間を見渡しながらポツリと何かを口にした。

「…………墓場だな。まさに」

――お墓？

わたしのことは無視したまま、碓氷九段は腰を下ろして対局の準備を進めていった。

どう挨拶するのが正解なのか迷ってしまう。初対面ではないはずで、それを碓氷先生は憶えているかもしれない。だとしたら『はじめまして』では失礼に当たる。

でも――

「はじめまして」

わたしはそう言って頭を下げた。

旅館の娘として挨拶はしていても。

棋士として……戦う相手として出会うのは、初めてのことだから。

「雛鶴あいと申します。本日はよろしくお願いします！」

「お前か。プロが弱すぎると言って泣いた子供は」

「……ッ‼」

放たれた言葉の強さに、逃げ出したくなる。

今まで戦ったプロの先生たちは……心の中はどうであれ、ここまでストレートに敵意を向けてくることはなかった。

今度もきっとそうなんだろうと甘く見ていた心の隙（すき）を刺し貫かれ、恐怖や怒りが混ざった激しい感情で視界がすぅっと狭くなっていく……。

「おまけに奨励会を抜けずにプロにしろだと？　師匠と同じように相掛かりだけで勝ち星を稼いで、それでプロより強くなったつもりか？　笑わせてくれる！」

「っ……」

「まあ、負けるプロも笑えるがな」

記録係の振り駒で後手（ごて）を引いた碓氷九段は、大広間に響くような重い声でこう言った。

「来い。特対まで届くような大声で泣かしてやる」

☖　system

初手を指す時、雛鶴あいは迷わなかった。

「んッ……!!」

唇を真一文字に引き結ぶと、これまで通りに飛車先の歩を突く。

『相掛かりを指したいです！　まさか……プロが断りませんよね？』

『断る』

だが碓氷尊はノータイムで角道を開けた。

相掛かりを拒否したのだ。プロの中で初めて。

「ッ……!!」

「どうした？　俺がバカ正直に相掛かりを受けるとでも思ったか？」

思わず相手の顔を見たあいの反応を鼻で笑いながら碓氷は言う。

「他の棋士ならともかく、俺にその盤外戦術は通じんさ。何しろその手はお前の師匠から一度喰らってるんだからな」

「…………………」

「どうせまだ小細工を隠し持っているんだろう？　見せてみろ」

あいは俯くと、右手で膝を握り締めた。

もちろん作戦は立ててある。

振り飛車党が初手に角道を開けるのは普通のことだ。だから碓氷が指摘したように、あいは小細工を仕込んでいた。

『そのまま歩を突けばいいよ。相掛かりみたいに……』

それは翼が教えてくれたゴキゲン中飛車封じの秘策。

『こうすれば後手側に3三角を強要して、戦型を限定させられるから……憶える定跡が少なくてよくなるし……』

ゴキゲン中飛車だけではなく、碓氷が研究を重ねてきた角交換振り飛車をも封じることができるのは、序盤が下手なあいにとってこの上なく心強い。

――わたしが２五歩を選ばない理由は、無い。

けれどあいの手は膝の上で固まったまま動かなかった。

研究会で生石(おいし)にされたように、あいの準備を上回る手を返されることへの恐怖もあるが……

翼とは別の声が聞こえたから。

『これから其方(そなた)が指す将棋は、相手を打ち負かすだけでは足りぬ』

釈迦堂(しゃかんど)から聞いた言葉が鮮明に甦(よみがえ)る。

そして、生石から聞いた言葉も。

『この人があれを使ったその日には、日本中の振り飛車党が……将棋ファンが熱狂するのさ。もちろんプロ棋士も、な』

本当はとっくに気付いていた。二人が何を伝えようとしていたかを。

――足りないんだ……勝利(わたし)だけじゃ……。

あいは自分の将棋に特徴があることを知っていた。

将棋に関しては素人である母親ですら、あいの将棋には華があると言ってくれたから。

それは終盤に現れる華麗な即詰み(そくづみ)。

このまま飛車先の歩を突いて碓氷の序盤を縛れば、勝率は高まるだろう。

しかしそれではいつまでたっても盤上に華は一輪しか咲くことがない。

「…………見たい…………」

あいはそう呟いていた。自分でも気付かないうちに。

碓氷九段の華は、その天才的な序盤にこそある。

一輪だけでは足りなくとも。

雛鶴あいの将棋には興味を持ってもらえなくとも。

——盤上にもう一輪の華が咲けば……道が開けるかもしれない！

その瞬間、ずっと動かなかったあいの右手が盤の左側へと伸びる。

カメラを構えてその姿を見詰め続けていた万智と綾乃の声が重なった。

「角道を……開けた⁉」

あいの二手目は、７六歩。

その一手を指すために、あいは十分近くも持ち時間を使っていた。

強く強く握り締めた右膝は汗でぐっしょりと濡れている。

「どうした？　何があった？」

「小学生が二手目に十分くらい使ったって……」

「は？　……別に普通の手だろ？」

大広間の棋士たちが不思議そうに言葉を交わす。

確かに普通の手だ。

しかし雛鶴あいにとってそれは、今までで一番勇気が必要な手だった。

その手に込められたメッセージ。それは――

「小娘が……この俺に対して『何でもやってこい』だと？」

ある意味で師匠以上に挑発的な手を選んだあいを碓氷は睨(にら)み付けると、

「……いいだろう。乗ってやる」

次の瞬間、碓氷は角道を止めた。

その指がまるで盤上に虹を描くかのように美しくスライドする。

あいの手を待って指されたのは――４二飛。

刀が鞘から抜き放たれる音を雛鶴あいは確かに聞いた。碓氷尊が伝家の宝刀を抜いたのだ。

――角道を止める四間飛車(しけんびしゃ)っ……！

初手からたった六手進んだだけなのに心臓が終盤戦のようにドキドキしていた。

「こ、これ………これって………!!」

他の人間が指せばそれは単なる四間飛車に過ぎないだろう。

しかし碓氷尊が指したとき、その戦法は別の名で呼ばれる。

あいはその名を口にした。戦法(セオリー)を超えたその名前を。

「システム」

「そうさ」

かつて竜王だった男はニヤリと笑って頷く。

「この歩を突けば居飛車の運命は決まる。もう後戻りはできんぞ？」

見せつけるかのように碓氷尊は端歩を突いた。

９四歩。

それは、長く鎖されていた封印を開ける、最後の鍵。

「う、碓氷尊が…………システムの封印を解いた⁉」

他の対局を撮影するために大部屋を訪れていた年嵩の記者が思わずカメラを畳に落とし、声を上げる。

衝撃は稲妻のように将棋会館を貫いた。

「本当に碓氷システムなのか⁉」

「何年ぶりだ⁉　本家本元のシステムが見られるのは⁉」

同じ部屋で対局中している棋士たちですら手を止めて、あいと碓氷の将棋ばかりをチラチラと見始めた。

——今までとぜんぜん違う……⁉

目を背けられ続けていたこれまでの対局とはあまりにも違う反応に、あいは戸惑いと高揚を同時に覚える。

あいは今まで、自分の強さを見せつけようとしていた。

相手の得意戦法を封じるために女子小学生という立場を利用して挑発し、自らの終盤力を存分に発揮できる土俵にプロ棋士たちを誘導してきた。

勝つためにはその方法しか無かったから。

どうしても勝ちたかったから。

――でもそれじゃダメなんだ！

厄介な小学生と思われるだけでは、いつまでたってもプロと認めてはもらえない。

『雛鶴あいと盤を挟んでみたい』

そう思われなくてどうしてプロになれる？　プロ棋士同士は敵じゃない。

競い合う仲間なのだから。

――プロだけじゃない！　ファンにだって認めてもらえない！

ただ強いだけならコンピューターの将棋を見ていればいい。

天衣と八一が公開した《淡路》の棋譜。あいもそれを見た。あまりにも最先端すぎてほとんど理解できなかった。

あれが将棋の未来なんだろうか？

ファンはあれを見て喜ぶんだろうか？

秋葉原で高性能のパソコンを買い、慣れないソフト調の序盤を研究しながら、あいはずっと悩み続けていた。

自分が将棋を指す意味を。

人間が将棋を指すことの意味を。

ソフトが人を超えた時代において、強くなるためにはソフトの真似をする必要がある。

それは間違いない。

しかしコンピューターが人間を超えても、プロの将棋界は衰退しなかった。

むしろ今、将棋の人気はかつてないほど沸騰している。

駒組みを進めながらその理由に思いを馳せるあいに、重々しい声が降り注ぐ。

「居飛車はもう、死んでいる」

四二手目まで進んだ時点で碓氷はそう宣告した。

――ハッタリ……じゃ、ない！

あいは知っていた。

二十年以上前、碓氷システムが初めてプロ公式戦に登場した対局では、わずか四七手で居飛車側を持った関西の棋士が投了に追い込まれていることを。

「ここから先は指せば指すほど一方的に形勢を損ねるだけだ。いっそ投了したらどうだ？」

「…………こう…………」

あいは前後に激しく揺れる。

「こう………こう……こう、こう、こう、こう、こうこうこうこうこうこうこうこうこうこうこうこうこうこうこうこうこう――――」

そして投了ではなく、駒を動かすことで答えた。

「こうっ‼」

本来なら防御に使うはずの金を前線へと繰り出す強手！

その手を見て碓氷は忌々しげに舌打ちした。

「大人しくする気は全く無い……か。こういう生意気な駒の使い方は師匠譲りのようだな？」

「こうこうこうこうこうこうこうこうこうこう………！」

あいの耳には碓氷の言葉すら届かない。

それどころか、どう使えばいいか悩んでいた四時間という持ち時間を足りないとすら感じ始めていた。

中継基地である桂の間に戻ると、万智はカメラのSDカードを妹弟子に渡しつつ指示を与える。

「私は棋譜中継にコメントを打ち込みます。綾乃はブログに写真を貼ってください」

「はいです！」

「さて。どなたかプロ棋士のコメントも欲しいところですが――」

普通は、対局開始早々に桂の間を訪れる棋士などいない。電話でコメントを取ろうかとも思ったが……今日に限ってそれは取り越し苦労だった。

桂の間にどんどん人が集まり始めていたからだ。

「十九手目の5五角から3六歩の組み立ては面白い。女子小学生があの碓氷尊を相手にフェイントを繰り出して挑発してやがる」

「これ、二十年前によく研究した形だよ。後手が十分指せるはず…………いや、いま見ると先手を持って指してみたい気もする」

「俺もよく真似したなぁ。システムだけじゃなくて、腕を組んで鳩森神社を眺める碓氷さんのお馴染みのポーズも真似したりして……」

継ぎ盤を取り囲む中堅のプロたちは我先にと思い出話を始める。

まるで同窓会だ。

「コンピューターにかけると、碓氷システムは破綻していると評価するらしいですよ？」

確信犯的にそう振った万智に対して、プロ棋士たちは鼻で笑ってこう言った。

「『コンピューターにゃ、わかるめぇ！』」

盛り上がっているのは棋士だけではない。

ＳＮＳや巨大掲示板にも『システム』の書き込みが溢れた。突如トレンド入りしたシステムという単語を巡り、若い世代はシステム障害が起こったのかと動揺し、さらにそれが将棋の話題だと判明するとネットは恐慌状態だ。

「すげえ一日になったな。大部屋で碓氷尊が小学生を相手にシステムを解禁したと思えば、特対じゃあ篠窪くんと九頭竜くんが超最新型で千日手を連発してると来た。猫の手を借りておいてよかったぜ」

「師匠！」

出前の特上寿司を差し入れに加悦奥七段が桂の間を訪れると、綾乃はようやく自分が朝から何も口にしていないことに気付いた。

「本当にびっくりなのです！　うちは振り飛車党だからシステムのことも知ってたですけど、こんなにも反響があるなんて……」

「碓氷尊はね。ランボーなんだ」

「乱暴？　です？」

「今の小学生にはそっちも伝わらねぇよなぁ」

それは綾乃が生まれる遙か以前の作品だった。システムの全盛期と同じように。

「昔そういう映画があったんだよ。たった一人で軍隊と戦って勝っちまうアクション映画が」

「そんなことできるんです⁉」

「映画だからね」

肩をすくめて笑いつつ《老師》はこう続ける。

「けど碓氷くんは現実にそれをやった。将棋の世界で」

「っ……！」

「次々と押し寄せて来る大群を相手にランボーはタンクトップ一枚で立ち向かっていく。ミサイルや戦闘ヘリを相手に、弓矢やナイフ一本で。碓氷くんもそうだった。たった一人で完璧な戦法を作り上げて、竜王を獲り……でも、最後は力尽きた」

「……どうして……？」

「碓氷システムは完璧すぎた。真似をすることはできても、真の意味で使いこなすことができるのは碓氷尊ただ一人だった……なぜなら碓氷システムとは、常に新しい何かを創造するという決意だったんだからね」

「創造する……決意……」

あまりにも高いその志と、他を寄せ付けない圧倒的な才能。

その二つが碓氷尊を孤独にした。

映画ならハッピーエンドで終わることもできるが、しかし棋士は下り坂でも戦い続けなくてはならない。

「システムを封印し、振り飛車も封印し、居飛車を指すようになった。あいちゃんの師匠と竜王戦を戦ったときは全局相掛かりだ。あの当時の相掛かりは力戦になりやすかったから、碓氷くんとしても自分の創造性を発揮しやすいと考えたんじゃないか？」

「あの当時？」

師の言葉に首を傾げる綾乃。

猛烈な勢いでタイピングしながら、万智はモニターを見詰めたまま呟く。

「……今は相掛かりも定跡化が進んでいますからね。ソフトの力で」

女流名跡リーグ最終戦であいを相手にその定跡化された相掛かりを指した万智の声は、自らの決断を悔いているように聞こえた。

ソフトを使いこなす今の若手プロや、システム対策をし続けた中堅が相手だったら、こんな熱い将棋が見られることはなかったはずだから。

雛鶴あいという、未熟だがそれゆえにシステムをぶつけられる相手だったからこそ、人々の熱狂する将棋が出現したのだから。

そしてもちろん、７六歩を選んだあいの勇気があったから。師匠譲りの勇気が。

――この将棋が変えるやもわからぬな。歴史を。

特別対局室で繰り広げられている超最先端の将棋よりも遙かに反響が大きい碓氷とあいの対局にコメントを打ち込みながら、万智もこの古い将棋に心を惹かれる自分に気付いていた。

「……ごめんな八一くん？　今日だけは浮気しやす」

## ☗ どけ

その日、碓氷尊の指し手は全てが絶品だった。

「さすが……」『これが本筋なのか』

碓氷が一手指すごとにプロ棋士たちから溜息が漏れる。桂の間に集まった棋士や奨励会員の想像を凌駕する構想に、ネット観戦するファンは驚喜していた。天才戦略家が復活したと。今日この瞬間からシステムが……振り飛車が復権するのだと。

四二手目で碓氷尊が予言したように、形勢はどんどん後手に傾いていく。

まるで予めそう定められた運命であるかのように。

「こ、これが……システム……!!」

肩で息をしながら、あいは盤に覆い被さるようにして局面を精査し続けている。持ち時間の差は二時間以上に広がっていた。

こちらが攻めれば何故か敵陣は固くなり。

逆に守れば、ガジガジと駒を剝がされる。

「はぁ……はぁ……はぁ………」

棋帝戦は予選も本戦トーナメントも夕食休憩が無い。昼に休んだきり一度も盤の前から離れず戦い続けてきたあいの体力は限界を超えていた。

「どうだ？　本物の振り飛車の味は」

涼しい顔で碓氷は言う。

「九頭竜の指すような振り飛車は邪道だ。ゴキゲン三間飛車？　あんなもんファミレスでも出さないようなゲテモノ料理だろう。生石くらい捌けるようになってようやく一人前といえる。鰻しか出さない鰻屋の味をとくと味わうがいい！」

全ては研究通り。

全世界を相手にたった一人で戦い続けたその男は、傲慢な口調で言い放つ。

「ファミレスみたいなチープな味で育った子供には味の違いなんてわからんか？　奨励会で揉まれてようやく半人前だ。悪いことは言わん。さっさと投了して奨励会試験を受けろ」

「うぅ…………カッ…………はぁっ……！　はぁ……っ!!」

あいは集中しきれない。

――く、空気が……薄い……。

得意の終盤力を発揮できないほど、将棋会館の大広間が持つ空気は、今までのどんな戦場よりも過酷だった。

夜戦に入った大広間では、プロ棋士たちがまるで獣のようにうめき、のたうつ。

本能を剝き出しにしつつある男たちがなりふり構わず戦う様。

それはあまりにも人間であり過ぎた。

女流棋戦は夜まで続くことはない。星雲戦はスタジオ収録だった。

あいは今、はじめてプロ棋士の本物の戦場に立っていた。

──…………こわい……。

大人の男と対峙するだけでも、小学生の女の子にとっては精神を削られる。ましてや至近距離で殺意を向け合うその様子はまるで暴力だ。プロ棋士の世界で戦うということのリアルをようやく目の当たりにして、あいは萎縮していた。

──こわい……こわいよぉ…………。

形勢が開いていくにつれて集中力が欠けていく。そして周囲の棋士が気になって、さらに自分の将棋に集中できなくなっていく。

対等のように見えて、そもそもが対等の勝負ではなかった……。

「潔く運命を受け容れろ。お前はシステムを破れない。俺には勝てない。そしてプロになることもできない」

憐れむような口調で碓氷は言う。

「…………う、ん……めぃ……………」

そう喘ぐだけで精一杯だった。

──い、息が……っ！

酸欠のせいでいよいよ薄れゆく意識の中で、まるで走馬灯のように研修会試験で銀子と盤を挟んだ時の記憶が甦っていた。

初めての真剣勝負。初めての敗北。

絶望的なまでに力の差がある相手に対して、ミスにミスを重ねて負けた。

けれど同時にその記憶は、小さな希望をあいの心に灯す。

——あの時……わたしが復活できたのは……？

思い出そうとしても、酸欠になった脳は何も見せてはくれなくて。

その時だった。


がらり。


乾いた音を立てて大広間の襖が開く。

盤面に没頭していた棋士たちは最初、誰が入室したのか見ようともしなかった。盤上は終盤戦。持ち時間も少なくなり、一秒すら惜しい。

だが。

「「…………ッ!!」」

ただならぬ気配を感じて何人かが顔を上げると、そこに男が立っていた。

最強の男が。

「ま……お…………う？」

魔王。

そこに現れたのは、特別対局室にいるはずの、竜王――九頭竜八一。

鞄を持って帰り支度を整えているその姿に、棋士たちは対局中であることも忘れ囁き合う。

「……おい、順位戦だったろ……？」

「……しかも千日手が三回も出てたはずなのに……もう終わったってか……？」

「……あの篠窪を相手に？　マジかよ……」

「……強いとか、そういう次元じゃ……」

そんな囁きの内容を補強するかのように。

「…………………」

廊下をフラフラと篠窪が歩いて行く。

もともと白いその顔が、今はもう後ろが透けて見えそうなほどだった。まるで幽霊だ。いったいどんな将棋を指せば人間があんなふうになるのか……プロ棋士たちは震え上がった。

九頭竜八一が大広間へ足を踏み入れる。

「ッ!!」

プロ棋士たちは、その気配に萎縮した。まるで女子小学生のように。

「…………ふん……」

碓氷ですら、八一と正面から目を合わせようとはしない。

巨大な竜に発見されることを怖れるかのように、誰もが縮こまって盤に目を落とす……しかしその目は盤を見下ろしていても、意識は全て竜王に向いているのは明らかだった。

「息苦しいな」

独り言のようにそう呟くと、《西の魔王》は部屋の奥にある障子を開け、そしてさらにその奥の窓も開け放つ。

大広間を風が吹き抜けた。冷たい夜の空気が。

「あ………」

新鮮な空気を吸い込んで、あいは暗くなりかけていた脳内将棋盤が一気にクリアになるのを感じる。

それから八一はゆっくりと、部屋の中の将棋を見て回った。

巨大な竜が蜷局(とぐろ)を巻くかのように、ゆっくりゆっくり一つずつ盤面を吟味していく。

他の対局よりも一秒でも長く竜王が留まると、その将棋を指していた棋士は無関心を装いつつも喜びを隠せない。

力だけが存在証明の世界では、強者に認められることこそ無上の喜びなのだから。

「…………」

九頭竜八一は無言のまま大広間を歩き続ける。

そして最後に残った盤の前で足を止めた。

かつて竜王だった男の座る盤の前に。

「ちっ…………」

碓氷尊は一瞬だけ視線を上げて、八一の顔を見た。

『次はお前だ』

視線と、そして盤上に出現した局面で、碓氷は八一にそう告げていた。

新たに磨き上げたシステムを引っ提げてまず八一の弟子を血祭りに上げる。相掛かりなどに付き合わず自分の将棋を指せばプロになったばかりの子供に負けるはずなかったと証明する。

そして最終的には八一からタイトルを奪い返す。

それが碓氷の描いたプラン。

だが実際こうして八一が自分の前に立つと……そのオーラに圧倒され、息が詰まる。その事実がまた碓氷を苛立たせた。

「「……………」」

あれだけ騒がしかった大広間が今、水を打ったように静まりかえっていた。駒音すら静かになり、誰もが息をすることも恐れているかのように。

しかし。

この部屋で、一人だけ…………その竜の存在によって息を吹き返した者がいた。

それはこの部屋で誰よりも小さな、本当に小さな……女の子。

その少女の真後ろで竜王は足を止め続けている。

声をかけるでも、少女に視線を注ぐでもない。

ただ、少女と同じ側に立って、その将棋を見詰め続けている。

「っ……」

あいは振り返ることができなかった。

振り返ったら……きっと、泣いてしまうから。

だから――振り返らず、むしろそのまま前のめりに。

「……………………………どけ……………………」

少女の口から漏れた小さな声を聞き咎め、碓氷はあいに顔を寄せた。

「あ?」

威圧的なその声にも、あいはもう怯まない。

恐怖は消えていた。

畳に突いていた両手を拳の形に握り替えると、あいはゆっくりと前後に揺れ始める。心の中では対局前に見た言葉が何度もリフレインしていた。

タクシーの窓に銀子が書いた揮毫。

そこにはこう書かれていた。

『運命よ、そこをどけ』

いつものような勢いのある字ではなかった。毛筆でもなかった。

サインペンの細い字で、ところどころ震えてすらいた。飾らない十六歳の少女の不安が透けて見えるような字だった。

だからこそ――その言葉はあいの心に強く響いた。

――空先生がどんなにつらい運命を背負っていたかは、わからない……けど！

棋士として、雛鶴あいがいま立ち向かうべき運命。

それはただ一つだ。

全身全霊で、盤に向かう。

そして――このシステム（運命）を打ち破る！

「こう……こう……こう、こう、こうこうこうこうこうこうこうこうこうこうこうこうこうこうこうこうこうこうこうこう――」

将棋盤の前から逃げ出したいとすら思っていた少女が今、完全復活していた。

姿すら見ていないのに。

足音だけで……気配だけで、強くなっていた。

「こうこうこうこうこうこうこうこうこうこうこうこうこうこうこうこうこうこうこうこうこうこうこうこうこうこうこうこうこうこう――――!!」

――思い出した。あの時、わたしがどうやって立ち直ったのか。

胸に甦る痛み。

それは初めての敗北の痛みでもあり、少女が初めて経験する青春の痛みでもあった。そんな痛みが、あいを覚醒させた。

敗北を目の当たりにしても投げずに戦い続けられた理由。

今もこうしてプロ棋士になるための道を開こうと足掻き続けている理由。

それは――――逆境でこそ輝く《浪速の白雪姫》を見たから！

――約束したんだ！　強くなって空先生と盤を挟むって!!

銀子と交わした最後の会話を胸に刻んで、あいはここまで辿り着いた。

だからあいは叫ぶ。

自分が今まで見た中で最も美しく、気高く、そして折れない心を持ったプロ棋士の姿を思い浮かべながら。

「運命よ！　そこをどけっ‼」

あいは鋭い声でそう己（おのれ）を鼓舞すると、飛車を摑（つか）んでスライドさせる。行く手を阻む壁のような駒を目がけて。

「この飛車が――――通るッ‼」

竜に成った飛車が壁を突き破り、盤上は一気に視界が開けた。

「っ‼　小癪（こしゃく）な……」

あいが防御に回ると考えていた碓氷は、逆に攻めてきた事実にまず動揺する。

そしていざ攻められてみると……意外なほどその駒は厄介だ。

盤上に出現した『竜王』という駒は。

「……どこまでも目障りなガキどもがッ‼」

脇息を振り払うと、碓氷尊は駒台（こまだい）から摑み取った歩を盤上に叩（たた）き付けた。先手陣を崩壊させるための楔（くさび）を。

しかし竜の一撃に比べれば、その手はいかにも遅く感じる。

「こう‼」

続けざまに攻防の角を打ち込むあい。自玉を守ると同時に碓氷が受けに回らなければいきなりに後手玉が詰むという恐ろしい狙いを秘めている。

「逆転した⁉」「どっちが⁉」

そんな声が聞こえるほど、一連の手順で形勢は混沌としていた。

実際の形勢はまだまだ苦しいかもしれない。時間も無い。

だが。

「こうこうこうこうこうこうこうこう――――」

少女は未来を手にしていた。

逆転という可能性を。運命を自ら変える力を。

いつのまにか九頭竜八一の姿は対局室からも、そして雛鶴あいの意識からも消えていた。

盤上に竜王という駒だけを残して。

☖　歴史が言っている

目障りな九頭竜が消えると、俺は自分の集中力が戻っていくのを感じた。全能感と同時に、吐き気がする。

――この碓氷尊が……あんなガキに怯えていたというのか⁉

「……こうこうこうこうこうこうこうこうこう……」

瀕死（ひんし）の状態から息を吹き返したその小娘は、一分将棋の秒読みの中でもゴチャゴチャと玉を動かして逃げ惑う。

反射神経は大したものだ。早指しでプロを立て続けに屠（ほふ）った終盤力とやらは認めてやってもいい。仮にこっちも秒読みならどこかで間違えたかもしれん。全盛期と比べて見るも無惨に衰えた俺の終盤力では……。

だが──今日の俺は全盛期と同じほど強かった。

「小娘！　ここが貴様の墓場だ！」

合計十五回の王手を受けて盤の左端から右端まで追いやられた先手玉。小娘はなおも延命を計ろうと幾度も攻防手を打ち込んで来るが、そんなものは全てお見通しだ。

桂の犠打で詰めろを凌（しの）ぐと、俺は堂々と竜を前進させて最後の仕上げにかかる。

「見せてやる。プロの決め方を」

「くっ……！」

咄嗟（とっさ）に自陣に金を埋める小娘。

その2六金を見て、俺も駒台から桂馬を摑んでノータイムで打ち込む。

グリグリと捻（ひね）るように。

3五桂を！

「……凄い手が出た！」

「これだよ！　これが碓氷尊なんだよ！」

気がつけば手数は一五五手に到達していた。大広間で行われていた対局は、順位戦も含めて全て終わっている。

最後に残ったこの将棋を、対局を終えた棋士たちがかぶりつきで観戦していた。

「見たかッ‼」

俺は思わず吠えていた。

碓氷尊が復活したと、システムが復活したと、中腰になって宣言していた。

「投了しろ小娘！　同金と取れば終わりだということくらいお前にもわかるだろ⁉　どこに逃げようとも、どんな手を指そうとも、ここからじゃもう勝ち目なんて無い‼　お前はもう死んでいるんだよッ‼」

「…………………」

それまでチョコマカと動き続けていた小娘が、ピタリと止まる。

寄せを読み切るよりも『寄らないこと』を読み切るほうが遙かに難しい。

なぜなら勝ち方は一つでも読めれば勝ちだが、寄らないと証明するためには、複数ある寄せ方の全てを読み切らねばならないからだ。

文字通り、全て読み切らねばならないのだ。盤上の全てを！

「その全てをたった一分で読み切ることは不可能！　この形になった時点で……お前に勝ち目はないんだよ‼」

「…………」

「この俺が寄ると言ってるんだ！　寄りまでデザインできたからこそシステムを採用した！　お前みたいな小娘がいくら寄らないと泣き喚こうが絶対に寄る！　諦めて投了しろ‼」

負けました。

その言葉が出るとばかり思っていた。

しかし――

「……寄らない……」

「強情なガキだな！　いくら『寄らない』と言おうが、結果は変わらない――」

「…………わたしじゃ……ない、です」

「お前じゃない？」

何を口走っている？

「じゃあ誰が言ってるんだ？　お前の師匠か？　それともパソコンか？」

「……歴史が――」

「ん？」

小娘の口から飛び出したその言葉は、秒読みの中であまりにも場違いなものだった。

「歴史が寄らないと言っています!!」

歴史……だと？

「小学生の小娘が……プロ棋士を相手に歴史を語るのか⁉　この碓氷尊を相手に!!」

平成という時代に人類が将棋界に何を残したかと問われれば誰もが『システム』と答えるだろう。

歴史に名を刻まれることが確実な存在を前にして、無名の小娘が歴史を語る滑稽さ。

しかし目の前の小学生は言う。大真面目な顔で。

「たくさん詰将棋を解きました……江戸時代のものから現代のものまで。完璧じゃないかもしれないけど……わたしは、あなたの言葉よりも、機械の評価値よりも――」

記録係が最後の十秒を読み始める。

五八秒まで読まれて小さな手が駒台に伸びる。

「詰将棋を創ってきた、人間の歴史を信じますっ!!」

そう言って最後の一秒で小娘が指したのは、３九桂。………桂だと⁉

――まさか⁉

心の中に一瞬だけ浮かんだ悪夢を振り払うかのように俺は盤上の竜王を摑む。

「そんな手が受けになっているものかよ‼」

ズバリと踏み込む３七竜！　角を持ち駒にすると共に、いよいよ先手玉を詰ましにかかる。

「こうっ‼」

小娘はノータイムで竜を取り、そして俺は取った角をすぐに盤上に打ち込む。王手だ！

「こうっ‼」

その角から身をかわすように、小娘は指一本で玉を上へ。

「寄ると言っているだろう‼」

駒台に最後に残った銀を摑むと、上へ上へと逃げてくる先手玉を墓穴に閉じ込めようと俺はそれを盤に打ち付ける。

「寄れ！　寄れ！　寄れ寄れ寄れ寄れ寄れぇぇぇぇぇぇぇぇぇぇぇッッッ‼」

「こうっ‼」

猫のような素早さでその銀を自分の駒台に置き、小娘はなおも玉を前進させる。全てノータイムで。そこまで指されてようやく俺の心に疑念が湧いた。

──ま、まさか……本当に寄らなかったのか……⁉

そのまさかだった。

駒台に載っていた駒を全て使い尽くした瞬間、俺は愕然と先手玉を凝視する。

もはや王手が掛からない場所へと逃げ切ったその玉を……。

「すっぽ抜けた⁉　……しかしこっちはまだ玉の周りに金銀三枚ある！　時間もまだ四分ある！　ここからもう一勝負──」

「こうこうこうこうこうこうこうこうこうこうこうこうこうこうこうこうこう──────────こうッッ!!」

チャンスなど残っていなかった。

こちらが一手緩んだ隙に8三桂と王手を掛けると、小娘は瞬く間に俺の玉を盤の端まで追い詰めて、どんどん駒を埋め込んで来る。死体に土を被せるかのように。

「っ⁉　き、金銀が逆に邪魔になって……⁉」

気付けば俺の玉こそが墓穴に閉じ込められていた。

そして小娘はその穴をこじ開けるように竜を切り飛ばし、飛車を打ち付けて王手を掛けてくる。その手つきに迷いは無い。即詰みがあるのだ。

──読み切り……か。

わずか一分で自玉が寄らないことを読み切り、それどころか俺の玉を受け無しに追い込んで逆に詰ます、女子小学生。

「歴史…………」

一九〇手にも及ぼうとする、長い長い戦いが終わろうとしていた。

最後に残った持ち時間を何に使おうか考えて…………口を開く。

「…………………おい」

「なんでしょう？」

「本当に……なれると思ってるのか？　しかも奨励会に入らず、編入試験を受けるなんて方法で。将棋界の全てを敵に回して」

「それは…………………わからないです。でも――」

でも？

「生石先生からうかがいました。全世界を相手に戦いを挑んだ棋士のことを」

「っ……!!」

「その棋士に勝てたら、もしかしたら…………そんな気持ちで戦いました」

「…………」

目を閉じて天を仰ぐ。そうか……。

気持ちを整えて再び盤に向き合うと、俺は再び尋ねた。

「………どこだ？」

「ふぇ？」

「俺の敗着はどこだったかと聞いている」

そんな言葉で投了の意思を伝えると、小娘は数秒間ポカンとしてから、

「あ、ありがとうございましたっ！」

と慌てて頭を下げる。

そして腹立たしいことに、質問の答えは一秒もかからず返ってきた。

「あの……ここで竜をふたつ横に動かすんじゃなくて、ひとつだったら……」

「ふん。ひとつが正解だったのか」

そのミスさえなければ後手の完封勝ちだった。俺は負けたが、システムが破られたわけじゃない。

観戦していた連中も口々に喋り始める。

「みんな心の中で『ひとつ。ひとつだ』って唱えてました！」

「ふたつだったんでズッコケましたよ！」

そこからはまるで人の負け将棋を肴にするかのようにめいめい勝手に意見を交わし始めた。記録係の奨励会員や、観戦記者や、中継スタッフ。果ては連盟道場のバイトまで大広間に上がり込んでワイワイと騒がしい。

いつ以来だ？

こんなにも俺の感想戦が盛り上がるのは……。

「碓氷システム完全復活ですね！　俺も明日から指すぞ！」

「いやまだ復活かはわからんだろ……まあ俺も指すけど！」

「今日は道場のお客さんもみんなシステム指してました！」

墓場だと思っていた。大広間で将棋を指すのも。予選で小学生と将棋を指すのも。

だが……違うのかもしれない。

むしろここを墓場だと思ってしまった、そんな自分の心こそが墓場だったのかもしれない。

予選をシードされなくなった？

A級じゃなければ名人に挑戦できない？

強さも証明せずに駄々をこねることの醜さに、改めて思い至る。そんな自分がプロ編入試験について非難する資格など無いと思った。

落ちたのならまた上がればいい。上へと続く階段は常に目の前にある。単にそれが見えていなかっただけだ。

「少なくとも、どこにも道が無い状態で戦い続ける女子小学生よりは恵まれてる……か」

「？」

検討を続ける周囲の声がデカすぎたのか、真正面にいる小学生には俺の恥ずかしい台詞は届かなかったようだ。

いつ終わるとも知れないエンドレス感想戦はもはや対局者を完全に放置して盛り上がっている。さすがに付き合いきれん。

俺は上着を羽織りながら立ち上がった。

「……すっかり遅くなったな。さすがにもう九頭竜は帰ったと思うが——」

「いえ。いいんです」

首を横に振ると、小娘……いや雛鶴あい女流名跡は、はっきりと言う。

「あの人と次に会う時は、うしろに立ってもらうんじゃなくて……正面からと決めています。将棋盤の前に座った状態で、正面から向き合うと」

「ふん……竜王に挑戦するつもりか？　本当に傲慢な小学生だな！」

それがどれだけ大変なことか本当に理解しているのだろうか？

プロ棋士ですら大半はタイトル保持者と公式戦で盤を挟むことなど叶わず、何十年という棋士人生を終えていく。口では『タイトル獲得が目標です』と言う新四段の一体どれだけが本気でそう思っているのか。

しかし、この子の目は——

「行くぞ」

「え？」

「家まで送ってやると言ってるんだ」

「えええええ⁉」

この碓氷尊に誘われたことがよほど嬉しかったんだろう。俺も昔は先輩棋士によく対局後にタクシーに乗せてもらったものだが、実力を認められたようで嬉しかったからな。

「あの、でも………あのぅ……ひ、一人でも帰れますから……」

「遠慮するな」

「あぅ……」

光栄すぎて恐れ多いのか、あいは何度も俺の申し出を断ろうとする。

師匠と同じように図々しいガキかと思いきや意外と奥ゆかしいところがあるじゃないか。好感が持てる。今度ゆっくり将棋を教えてやろう。

タクシーはすぐに来た。

「どうした？　帰らないのか？」

「あっ……すみません。あの、あとちょっとだけ………」

荷物をまとめて立ち上がりかけたあいは、再び座布団の側に膝を突く。

そして愛おしそうに、畳に触れた。

そこは彼女の師匠が立っていた場所だった。

「…………………」

とっくに消えてしまった温もりを確かめようとしているのだろうか？

飛び立つ前の雛鳥が、巣の温もりを確かめるように……。

「下にいる。早く来いよ」

温もりは消えた。

けれど消えないものがある。俺は記録係から受け取った今日の棋譜を折り畳むと、胸のポケットにそれを仕舞い込んだ。そこだけが熱を持ったかのように……熱い。

心に点った火はずっと、消えない。

## ☗　名を連ねる

「お帰りなさい！　あいお嬢さん！」

碓氷先生に送っていただいて『ひな鶴』に帰ったわたしを玄関で出迎えたのは、師匠のお兄さんだった。

何だかすごく興奮してる。

「お客様がお待ちです！　さあ早く早く！」

「こんな時間に？」

もう終電も詰んでる。

宿泊客の誰かだろうか？

――あっ！　もしかしたら……!?

お兄さんの顔を見て、わたしの心臓は大きく跳ねた。

顔を見ることはできなかったけど、あの人は今日、わたしと同じ空間にいた。だから、もしかしたら……!!

けれど案内された部屋の前に立つと、その期待は急速に萎んでいった。

「こちらに。皆さんずっとお待ちですよ！」

「ここは……」

女流名跡の就位式。

その後に、親しい人たちと会話をした部屋だった。わたしの控室。今度は別の意味で胸が苦しくなる。

「お嬢さんが戻られました！」

心が整う前にお兄さんがそう言ってドアを開け放つ。

そうして目の前に広がった光景に――

「えっ」

わたしは息が止まるほど驚いた。

みんながいたから。

あの日、わたしの前からいなくなったはずの、みんなが……。

「お疲れ様。ええ将棋やったで！」

真正面で出迎えてくれたのは、おじいちゃん先生。

あの日……。

わたしのことを応援できないと言って、この部屋から出て行ってしまったおじいちゃん先生とは、全然違う雰囲気だった。

ていうか真っ黒になってるよ⁉　どうしたの⁉

驚きのあまり固まるわたしに、おじいちゃん先生は昔を懐かしむように言う。

「あいちゃんが碓氷君のシステムを破ったのは感慨深いわ……何を隠そう碓氷システムの第一号局で負けた棋士は、このわしやからな！」

「伝説ですよね」

隣にいた山刀伐(なたぎり)先生がクスクスと笑いながら、

「四七手で清滝(きよたき)先生が投了なさったからこそ碓氷システムはここまで注目されましたから」

「そう。わしは常に伝説の出発点になるんや。今回もな」

今回も？

それってどういう意味なんだろう？　ドキドキする心臓を必死に落ち着かせようとしながら、わたしは尋ねる。

早とちりしないように。

「あ、あの………みなさん、どうしてここに？」

「余(よ)が説得した。電話でな」

一人だけ椅子に座っていた釈迦堂先生が教えてくれた。

「なに。其方をダシに、久しぶりに鋼介さんと長電話をしたかっただけさ。胸がときめいたよ
……ついつい楽しい顔をしてしまったから、歩夢は今もヘソを曲げているのだがね？」

「お父さん、真っ黒でしょ？　ずっと外にいたから」

テーブルの近くに立っていた桂香さんが言った。

手元にはお盆があって、そこに載っているのは関西風の『肉吸い』。

……わたしの大好きな料理で、よくお夜食に作ってもらった……。

初めて東京の将棋会館で公式戦を指して、負けて帰って寝込んだ時も……。

「お父さんは引退した関西所属のプロ棋士たちの家を回ってたの。ずっと家を空けて」

「引退……棋士を……？」

ああ、だめだ……。

目の奥が熱い。

期待しちゃダメなのに……みんなを巻き込むわけにはいかないのに、なんでそんなことをしたのか、期待してしまう自分がいて……。

――棋士総会では引退棋士も一票を投じることができる。

おじいちゃん先生は真っ黒に日焼けした肌を撫でながら、

「現役棋士の反発は避けられん。しかし引退した人間は説得次第でどうとでも転ぶからな。一

緒に酒を飲んで頭を下げれば協力してくれる。『かわいい孫娘のためや。頼む！』と言うたらイチコロや」

黒くなった肌に真っ白な歯がおかしくて、わたしは思わず吹き出してしまう。

ポロポロと涙も一緒にこぼれ落ちた。

そんなわたしに誰かが優しくハンカチを差し出してくれる。

几帳面にアイロンのかかった、とても綺麗なハンカチを。

「私もお手伝いさせてもらったよ。といっても、棋士名簿の一番上から順に電話を掛けていっただけだがね？『教え子をよろしく』と」

持ち主はすぐにわかった。

研修生の頃、何度もこのハンカチを見たことがあるから……。

「久留野先生……」

「ん。私は研修会試験で将棋を指した時から、あいくんの才能は研修会や女流棋士の枠に収まるものではないと思っていたからね」

先生はずっと見守ってくれていた。どの研修生も公平に。

何の相談もせず関東へ行ったわたしのことすらも……！

「それに女流棋士からプロになる道が閉ざされている現状は研修会幹事として問題だと思う。これは私がやるべき仕事だったんだ」

「けど……わたし、プロの先生方にとっても失礼なことをして……就位式をめちゃめちゃにして、関西のみんなにも、すごく迷惑を――」

「『将棋を学んで人生の名人になる』」

「っ……！」

「教え子たち全員に、研修会を卒業してからも立派な人間として生きていけるよう教えたつもりだよ？　短い期間だったが、将棋を通して大切なものを伝えたはずだ」

久留野義経七段はわたしの背中にそっと手を添えて。

そして研修会で負けたときいつもそうしてくれたように、優しく励ましてくれた。

「幹事として私はあいくんを誇りに思う。さあ、前を向きなさい」

「女流棋士もあいちゃんのこと誇りだって思ってるし！」

恋地綸女流四段は一冊のファイルを持っていた。

「みんな最初からそう思ってたし。けど女流棋士って棋士総会で投票権が無い人がほとんどだし、師匠がプロ棋士って人が大半だから、自分たちが声を上げると『かえってあいちゃんが不利になるかも……』って不安に思ったんだし」

わたしも、それは当然のことだと思う。

だからリンリン先生が続けて口にした言葉が信じられなかった。

「そんな投票権の無い女流棋士たちが集まって、四段以上の女流棋士に『雛鶴さんを応援してほしい』って署名を持って来てくれたし」

「え……」

「誰が一番動いたかは……ま、説明する必要ない感じだし？」

リンリン先生が一歩横にズレる。

その後ろには……わたしが想像していたとおりの人がいた。

「たま……よん……先生……」

鹿路庭（ろくろば）珠代（たまよ）女流二段は、この部屋に集まってくれた人たちの中でただ一人だけ不機嫌さを隠さずに佇（たたず）んでいた。

その背中をわたしの方へ向かって強めに押しながら、リンリン先生は言う。

「棋士総会で投票権のある女流棋士は四段以上。けど、たまよんは違うし。それがキツかったんだし？　自分があいちゃんのために何もしてあげらんないことが」

「関西まで来てくれたのよ。鹿路庭さんは」

桂香さんが言った。

「最初は『仕事のついで』とか照れ隠ししてたけど、私とお父さんに教えてくれたの。あいちゃんが東京でどれだけ苦労したのかを。そして関西のみんなに言ってくれたの。『反対でもいい。けどせめて、あいつがどれだけ強くなったか見てやってください』って」

——だから生石先生が来てくれたんだ！

ようやくわたしは自分の過ちに気付く。

取り返しが付かないほどの過ちに。

――たまよん先生を守ってるつもりだった……。

だって先生にはもう、一生かかってもお返しできないほどたくさんのものを与えていただいて。そんな先生にこれ以上甘えることはできないと思って。

けど、もし自分がたまよん先生の立場だったら――

「………私はさぁ！」

たまよん先生はわたしの胸ぐらを掴んで引き寄せると、

「私はあんたの味方でいたかったんだよ！　世界中が敵に回っても私はあんたを絶対に守るって決めてたんだよ！　誰に強制されたわけでもなく私がそれをしたいと思ったからッ‼」

その熱い気持ちを、わたしは拒否してしまった。

そんなことされたって悲しいだけに決まってるのに。

一番近くにいてくれた人の気持ちすら理解できず自分勝手に駆け出したわたしを、思いっきり叩いてやりたい。

「ずっと同じ部屋で、同じ天井を見上げてたのに………あんたはもっと高い高い場所を見てた。それが……それが………！」

手の力を緩めると、たまよん先生はわたしの目を見ながら、

「全部終わってからでいい。でも話してよ。あんたが抱えてるもの全部」

「…………はい……」

どこまでも優しいこの先輩に、何て言って感謝したらいいかわからず、わたしはただ頷いて涙を流し続けていた……。

「ごめんなさい…………ありがとう……ございます……！」

「盛り上がっているところに水を差すようで悪いんだけどね」

山刀伐先生がわたしに向かってスマホを差し出しながら、

「ボクはまだ、あいくんの考えに賛同したわけじゃない。ただ……実はずっと待ってくれている人がいるんだ。あいくんに一言、伝えたいって！」

「……？」

おそるおそる受け取ったスマホに耳を近づける。

「もしもし？」

『はじめまして』

声を聞いた瞬間、全身に震えが走った。

息すらできないわたしに、電話の向こう側で、その人は穏やかに話し続ける。

『碓氷さんとの将棋、とても興奮しました。そのことをどうしてもお伝えしたかった。私は、雛鶴さんが奨励会を経ずにプロになるチャンスを得たいと考えることは自然だと思いますし、そのことを表明した勇気を支持します』

今日の将棋を？　この人が、わたしの将棋を見てくれてたの？

感謝の言葉を伝えることすらできない。

きっと……盤の前に座ったら、震えて一手も指せないに違いないと思った。

こんな人を相手に師匠はどうやって勝ったんだろう？

『運命は勇者に微笑む。信じる道を進んでください。あなたが心から笑える日が来ることを願っています』

通話はそこで終わった。

まるで夢の中の出来事だった……三十秒にも満たないその会話を、わたしはずっと忘れないだろう。

震えっぱなしのわたしの手からスマホを受け取った山刀伐先生が、

「ちなみにボクからお願いしたわけじゃないよ？　あの方は本当に将棋界のことをよくご覧になってるし、あいくんのことも以前から注目しておられたから」

「しかし正直なところ、これだけでは弱かろうな」

少しだけ暗い声で釈迦堂先生は言う。

「スポンサーとの調整が間に合わず、タイトル保持者は推薦人に名を連ねることができなかった。名人は其方を応援すると内々に語ってくれたが、表だって動くわけにはいかぬ。そしてそれは其方の師匠や妹弟子にも当てはまる」

師匠……二冠王の九頭竜八一と、女流二冠の夜叉神天衣。

わたしに最も近いはずのこの二人がどう思っているかは、世間の人たちの関心を集めるかもしれない。

「それに現役奨励会員や、奨励会を抜けたばかりの若手プロの意見を集約できなかったのも痛いね。一番煽りを受けるのは彼らだろうから」

山刀伐先生のその言葉に、釈迦堂先生は頷いて、

「最も読めぬのは世論だ」

世論……将棋界の外の人々の声。

「世間の意見はコロコロと変わる。強い風が吹けば簡単になびくが、その風を吹かせられるかは難しいところだ。たとえ其方がこの先もプロ相手に連勝を続けようと椚創多の前には霞む。タイミングが悪いといえような」

「……」

「もっと足下を固めてから意思表明するという道もある。それは恥ずかしいことではない。其方の選択次第だ、雛鶴あい」

「戦います。今」

わたしは即答した。

対局直後の興奮もあったけど、みんなの熱い思いに触れたからというのもあったけど、それだけじゃない。

——残された時間は、たぶん……そんなに多くないから。

目元をそっと手で押さえる。

碓氷先生に「行くぞ」と言われたときは咄嗟に畳に触れて誤魔化したけど……それはわたしを確実に蝕んでいた。

部屋の外で控えていた師匠のお兄さんが硯や紙を抱えて現れる。

「ではさっそく連盟宛の嘆願書を書きましょう！　こういうのはパソコンのメールとかじゃ味気ないですからね！」

みんなに見守られながら、わたしはそれを一気に書き上げた。

『わたしはプロ棋士になりたいと考えています。プロ編入試験を実施していただくよう、日本将棋連盟にお願いします』

試験の内容は理事会及び棋士総会に一任するという一文を付け加えて、雛鶴あい女流名跡は己の意思を表明した。

そしてその後に、清滝鋼介九段を筆頭とした棋士たちが推薦人として名を連ねた。

## ☖ この世界の中心で

その少年はこの日、世界の中心にいた。

「そうちゃーん！」

「がんばってぇぇぇぇ!!」

まるで大阪中から人が集まってきたかのようだった。環状線の福島駅から関西将棋会館までの道は、椚創多をひとめ見ようという人々で埋め尽くされ、歩行者天国のような有様になっている。

「……鏡洲さんにも見せてあげたかったな」

創多は連盟の事務局に備え付けられたテレビでその様子を眺めながら、たぶん宮崎でもこの光景は見られるんじゃないかと思った。

この日、遂に地上波の全チャンネルを椚創多がジャックしたからだ。

デビュー以来負けなしで二八連勝という最多連勝タイ記録に到達した天才少年は、これから二九連勝という史上初の記録を目指す。

そしてその相手はA級棋士であり、今まで創多が倒してきたプロ棋士やアマ強豪や女流棋士とは格の違う存在だった。

名人とまではいわないが、その次の次の次くらいには人気と知名度のある棋士を相手に迎え、将棋ブーム……というか『そうちゃんブーム』は頂点を迎える。

「椚先生。そろそろ対局場へお願いします」

「あ、はい」

連盟職員に促された創多は荷物を持ってまず隣の棋士室へと向かう。

この日、関西将棋会館は公式戦を一局しか入れなかった。道場も売店もレストランも休業になった。築四十年になる古いビルに大量のマスコミ関係者と中継用の機材が入れば、冗談抜きで床が抜ける可能性があったからだ。大盤解説会も開かれないし、それどころかプロ棋士や女流棋士の研究会も今日は自粛して欲しいと通達されていた。

しかし棋士室には一人だけ、大学生くらいの女性が落ち着かない様子で対局室を映すモニターの前に座っていた。

「おはようございます」

棋士室に足を踏み入れた創多が挨拶すると、その女性は文字通り椅子から飛び上がった。

「くっ、椚四段⁉　お、おおおおお、おは―――」

創多は「おはおは」と口をパクパクさせる女性……生石飛鳥(あすか)を放置して、スマホをロッカーに預ける。

電源を切る前に新しいメッセージが入っていないかを確認したが、期待した人物からは何の連絡も来ていなかった。

「……『がんばれ』とか『落ち着いて指せ』とか、何か一言くらいあってもいいと思うんですけど？」

口を尖らせて不満を口にした創多だったが、すぐにそれも仕方がないかもしれないと、自分を納得させる。

今日の相手は、鏡洲が特に尊敬していた棋士だから。

もちろん創多のことを応援して然るべきだが、板挟みになって複雑な心境なのかもしれない……。

関係者用の階段を使って五階に上がると、事前に対局室へと通されていた報道陣が、創多に向かってとんでもない量のフラッシュを浴びせかける。

「対局前のフラッシュは禁止です！　対局者に配慮してください‼」

連盟職員が何度注意しても、一般のマスコミたちはフラッシュを焚き続ける。有名になることの代償を賢い少年はとっくに理解していたから、ただ俯いて、終わるのを待った。

やがてフラッシュが収まると――一人の男の姿が浮かび上がってくる。

その男は御上段の間の上座に座り、一心不乱に盤を磨いていた。

――そういえば八一さんもたまに磨いてたな。

気になって理由を尋ねたことがあった。

『振り飛車を指すときに磨くことが多いかな』

『？　どうしてです？』

『飛車を横に滑らせるだろ？　だから滑りやすくするために磨くんだ』

――聞いた当時は、からかわれたと思ったけど。

しかし目の前の男が額に汗が浮かび上がるほど必死になって盤を磨いている姿を見て、創多は八一の答えが案外本当だったんじゃないかと思うようになっていた。

生石充（みつる）が盤を磨き終わるのを待って、創多は腰を下ろす。

顔が映るほどピカピカに磨かれた盤を前にして、自分でも驚くほど高揚しながら、創多は大きな声でこう言った。

「よろしくお願いします！　《捌きの巨匠（マエストロ）》とまで呼ばれる生石九段に振り飛車の極意を教わることができるなんて、とっても嬉しいです！」

「そうかい」

「ええ。とてもいい記念になります」

生石にだけ聞こえる声量で、椚創多は言った。

「今日で振り飛車は終わりますから」

対局が始まった。

創多は飛車先の歩を突き、生石は角道を開ける。他の将棋と変わらないその指し手を、まるで大ニュースであるかのように報道陣は撮影した。

互いに初手を指して御上段の間を埋め尽くしていた報道陣が消えると、上座の生石は盤の前で片膝を立て、アウトローなその雰囲気を隠すことを止める。

一方の創多は詰め襟のホックを留めたまま、端正な顔を少し俯き加減にしていた。

関西将棋会館でごくたまに顔を合わせることはあったが、雲の上の存在である《捌きの巨匠》とは一度も言葉を交わしたことがない。

——さすがにオーラがあるよね。

八一と仲がいいと聞いたことはあるが、たとえば鏡洲のような年かさの奨励会員は緊張のあまり《捌きの巨匠》が連盟に来ていると聞いただけで背筋が伸びていた。

もともと振り飛車党だった鏡洲にとっては神様のような存在で、創多は何度も何度も生石の話を聞かされたものだ。

『生石先生の軽い捌きは誰も真似できない。名人にも。もちろんソフトなんかにも』

『一度でいいからあんな将棋を指してみたいよな。捌いて勝つ、振り飛車の理想を』

そんな鏡洲を、創多は醒めた目で見ていた。

──評価値的には大したことないんだよな。この人の将棋って。

さすがに相手の棋譜を並べるくらいの対策はした。

強い人だとは思う。

特に中終盤で見せる読みの深さや勘の冴えは、自分以上のものを持っている可能性もあると創多は冷静に彼我の力を量っていた。

けれどそれは、振り飛車という『最初からハンデを背負って戦ってきた』から付いた、特殊な力に過ぎない。

──要するに、それが出ない局面に誘導してあげればいいんだよね。

そしてその方法はソフトが教えてくれていた。だから創多はこの大一番を迎えても、緊張も萎縮も全くしていない。

一方、落ち着かない様子の生石は、ポケットからクシャクシャの白い何かを取り出している。

タバコの箱だった。

「悪いが」

さすがにびっくりした表情を浮かべる創多に向かって、申し訳なさそうな顔をしながら生石はタバコを一本取り出す。

「指に挟んだままで指させてもらうぜ？　癖になっててな……火は点けない」

「かわいいですね。お守りですか？」

「笑うかい？」

「いいえ」

創多は首を横に振ると、盤側に置いたネクタイを軽く握る。

「お守りならぼくも持ってますから。プロになってから、ずっと」

その答えに生石は微笑んだ。コンピューターの化身かと思った小さな男の子のことが急に愛おしく思えてくる。

――飛鳥よりも若い相手と真剣勝負するのは初めてだな？

目の前に座る少年は自分の娘よりも六歳も幼いということに今さら気付いて《捌きの巨匠》は驚いた。

八一は飛鳥と同じ歳だし、銀子とは研究会だけで公式戦は指していない。まだ。

「……」

端歩を小指で一マス分だけ押し、生石はお茶を飲んだ。

創多は機敏に玉を動かす。

それは《淡路》の棋譜を見て、ソフトに精通した若い奨励会員たちのあいだで急速に研究が進んでいる手だった。相手がどんな戦法で来ようと損にならない手。

そんな流行から背を向けるように、生石は独自の道を切り開く。

さらに端歩を突いたのだ。

「この段階で端の位を取った？　まさか……居飛車で来るつもり？」

創多は生石の表情をチラリと盗み見た。

《捌きの巨匠》は生粋の振り飛車党ではあるが、それでも最近は居飛車を指すこともある。玉将位を失ったタイトル戦では相居飛車で於鬼頭から初勝利を捥ぎ取った。

——いつ振るんだろう？　それとも本当にこのまま振らないつもりかも……。

生石は一度『振り飛車を捨てた』と公言したことがある。

そこから再び振り飛車に戻ってはいるが……八一の解説した《淡路》の棋譜には、一局も振り飛車が含まれていない。

その事実がダメ押しとなって、プロの世界からは急速に振り飛車党が消えつつあった。

「……最近、娘と将棋を指すんだ」

創多が着手するのを待っていたかのように生石はそう呟く。

その右手は、盤の上でゆらゆらと揺れていた。

まるで何かに迷っているかのように……。

「親の反対を押し切って研修会に入って、このあいだ遂に言われたよ。『女流棋士になりたいです』ってさ」

「へぇ。娘さん、おいくつでしたっけ？」

「十八」

「その年齢から女流棋士を目指すのは、ちょっと大変かもしれませんけど。才能があるといいですね」

「才能か…………才能は、与えてやれなかったな」

自嘲する父親の手が盤の上を彷徨う。

「だから将棋から遠ざけた。俺には娘に残してやれるものなんて一つしか無いからな………たった一つのそれだって、今や風前の灯火になっちまってるが」

謎かけのような生石の言葉を、創多はほとんど聞き流している。

「何だかわかるかい？」

「さあ？」

問われて初めて創多は肩をすくめる。正直どうでもいいと思ったし、目の前の将棋に集中したいと思った。今や日本中から追いかけ回される天才少年にとって、公式戦だけが誰にも邪魔されず将棋を楽しめる時間だから。

「財産とかですか？　それとも人脈？」

「ふっ」

その答えを生石充は鼻で笑った。

「この俺が……《捌きの巨匠》が将棋指しを目指す娘に残してやれるものは、ただ一つ」

生石の右手が動きを止める。

娘に残すべき何かを掴むために。

それは――

「振り飛車に決まってる。だろう？」

盤を彷徨っていた生石の右手が、遂にその駒を掴んだ。

飛車を。


「俺の振り飛車は――――未来だッ!!」


四間飛車。

それが、生石の選んだ戦型だった。

「ノーマル四間ですか。確かに角道を開けたら振り飛車は終わってますからね」

創多の頭に浮かんだのは、一つの戦法だった。

『碓氷システム』。

天才戦略家である碓氷尊が独力で生み出し、体系化した、将棋一四〇〇年の歴史の中で最も美しい戦法。

祭神雷（さいのかみいか）が空銀子を屠った『トマホーク』も、碓氷システムの発想を三間飛車に応用した戦法だ。その意味ではシステムの亜流に過ぎない。

最近は本家の碓氷尊九段も久しぶりに公式戦で採用したと、創多は噂で聞いていた。棋譜を並べるようなことはしなかったが。《淡路》の棋譜を調べることで忙しかったので。

——居玉（いぎょく）で端を突き超した四間飛車とくればまずシステムを警戒するよね？

ちょっとだけドキドキしながら創多は次の手を待つ。それは警戒というよりも、博物館で恐竜の化石を見るような感覚だった。

しかし次の生石の手を見て、その期待は急速に萎む。

「居玉（いぎょく）を避けた？　なーんだ、システムじゃないのか……」

生石はタバコを挟んだままの右手で玉をヒョイと右斜め上に動かしたのだ。

つまり今、生石充はシステムでも何でもない、本当にシンプルな四間飛車を指そうとしていることになる。

それ自体には何の驚きも無い。

遙か昔から人類が指し続け、そしてソフトの登場によって完全に時代遅れとなった戦法だった。

しかし創多の目にはその時、その瞬間……時代遅れになったはずのその四間飛車が、なぜか新鮮に映っていた。

その理由は――

「7二に玉を置いたまま……囲った？　この囲いは……？」

「名前はまだ無い」

生石はぶっきらぼうに言った。

それは、誰も実戦で用いようとは思わないほど、粗雑な囲いだった。

攻めに使うはずの銀の上に玉を鎮座させ、防御に使うべしとされていた桂馬を早々に跳ねる。

あまりにも中途半端（ちゅうとはんぱ）だ。

――ソフトもこんな囲いはしてこないけど？

チラッと視線を上げて生石を見ると、その男は笑っているようだった。

「人間でこの囲いを見たのは、お前さんが二人目だ」

「一人目は誰です？」

「ふっ」

生石は笑うだけでその名を口にしようとはしなかった。

「ま、いいです。どうせこんな囲いでぼくに勝てるわけないし」

コンピューターならば絶対にこんな形は選択しない。評価値はガクンと下がっているはずだ。

――さてと。どう崩してやろうかな？

中途半端な場所にいる生石の玉を狙う手順を創多は考え始める。

ただ、中途半端な場所にいるからこそ、後手玉は意外と遠い。

そして――

「ん?」

創多は目を擦る。

「いま、光って……?」

太陽光が反射したかのように、生石の玉が光ったように見えた。

千駄ヶ谷の将棋会館と違って窓の無い関西将棋会館では珍しい現象だ。というか、急に駒が光るなどここでは有り得ない。

――でも、確かに……耀いて見えた……。

少しだけ不安を感じる創多の心を見透かすように、生石は軽口を叩く。

「美濃より手前の三河囲い……とでも名付けるかな?」

「オヤジギャグかよ!」

創多は吐き捨てるようにそう言った。

「だったらぼくが美濃に組みます。これで固さではこっちが上ですよ?」

攻める手が見つからなければ守ればいい。

だが、端の位を取られた状態で穴熊に組むのは愚策。

左美濃に組んだ先手陣は、後手と比べて圧倒的に窮屈ではある。しかし相手の『薄さ』を見極めた上で『固さ』を選択するのは理にかなった選択だと創多は判断した。

そして実際に、局面を有利に進めていく。

「やるじゃないか坊や？　この俺よりも美濃を使いこなすとは」

「ソフトは左美濃が好きですからね。ぼくが強いわけじゃありません」

謙遜しているつもりは無い。

――気の毒だな。

創多は本気でそう思った。この大人たちは将棋の真理から遠く離れた場所に産み落とされ、振り飛車というハンデにしかならないような武器を与えられたうえに間違った方向へと定跡を掘り進めた。そしてコンピューターの発達によって、掘り進めたその先が行き止まりだと証明されてしまったのだ。

碓氷尊が小学生の女流棋士にすら敗れたことで、振り飛車がオワコンだということが白日の下に晒された。

さらに今日、振り飛車党唯一のA級棋士が十三歳の少年に敗れれば、オワコン化に拍車がかかる。振り飛車党は今日を境に全く勝てなくなるだろう。家族を養えなくなる人も出るかもしれない。それを思うと憂鬱だった。

――それでも………ぼく、勝ってもいいんですよね？　鏡洲さん……。

『ずっと将棋を好きでいたい』

ネクタイと共にその想(おも)いを受け継いだはずの少年は、揺れていた。

プロになり。勝ち続け。

空前の将棋ブームを巻き起こすという目標を達成したはずなのに、なぜか奨励会時代よりも将棋を指すのが楽しくない。

だが憂鬱になればなるほど、創多の指し手は精緻を極めた。

「やるな中坊?」

「どうも」

大先輩の賞賛も、創多の気持ちを盛り上げるには至らない。

「はぁ……どうしてこんな無駄なことを。八一さんはどんどん先に進んでるのに……」

「無駄だと思うかい?　振り飛車を相手にすることは」

「はい。無駄ですね」

現代将棋の申し子は即答した。

「神様は二つの間違いを犯しました。アダムとイブの近くに知恵の実を置いておいたことと、初期配置で飛車を横に動けるようにしておいたことです。角みたいに動けなくしておけば振り飛車なんて生まれなかったはずなんですけどね?」

「…………」

「振り飛車が死ぬのは運命です。それは将棋というゲームに予め定められていた結論であり、そして人間は運命には逆らえません」

「運命……か」

スーパーコンピューターと最新のディープラーニング系ソフトが生み出した棋譜の中には、振り飛車の将棋は一局も存在しなかった。少なくとも九頭竜八一が選んだ百局の中には。

それは百年後、振り飛車は消えているということを意味する。

多くの若手棋士はそう受け取った。

碓氷尊はシステムを採用したが、それでも雛鶴あいに敗れた。天才戦略家が女子小学生に敗北したことで、若手のプロは振り飛車が完全に終わったと判断した。

もし。

本当にそれが運命なのだとしたら――

「ならば運命よ！　そこをどけ！」

生石充は奇しくも雛鶴あいと同じ言葉を放つと、交換したばかりの角を創多の玉の小鬢(こびん)に打ち付けた。

直前の桂跳ねを真っ向から否定する、９七角！

「読んでますよ。この程度の手はね」

創多は《捌きの巨匠》の猛攻を冷静に、そして完璧に受けて見せた。

先手玉は９九まで追い込まれたが、後手の攻めを逆用することで、プレーリードッグの巣穴のようだった穴熊がみるみるうちに堅牢な要塞へと変貌していく。

しかし生石も冷静だった。

「ふっ」

絶妙なタイミングでするりと自陣に手を戻し、急所を覆い隠す。

そして現れた複雑怪奇な盤面。

ソフトで研究していては絶対に目にすることのないその局面を前にして、天才少年の手が初めて止まる。

「っ…………!?」

――なんだ!? さっきから……どうして後手の飛車が光るんだ!?

ゴシゴシと目を擦る創多。

生石の飛車は、四間飛車に振ってから一度も動いていない。

それなのに創多は今、自らに迫り来るその最強の駒のプレッシャーを感じていた。

「龍が…………耀く龍が、ぼくに迫ってくる……!!」

「いい名前だ」

生石は嬉しそうに頷く。

「今日からこの戦法はそう呼ぶことにしよう。耀く龍の四間飛車、と」

その瞬間、この地上に新たな戦法が生まれた。

　耀龍四間飛車。

《捌きの巨匠》が生み出した、将棋ソフトの力を借りない、人間の直感と知恵と勇気の結晶。

それは振り飛車という戦法そのものだった。

「くっ！　美濃囲いからたった一路ズレただけなのに！　どうしてこんなに固いんだよ⁉」

「中学生」

指に挟んだタバコの先でポンと盤を叩くと、生石はたしなめるように言った。

「背中が曲がってるぜ」

「ッ……⁉」

ビクッ！　と創多は背筋を伸ばす。

そして額に浮かんだ汗をハンカチで拭った。

「……失礼します」

少年は制服を脱ぐと、丁寧に畳んでそれを畳の上に置く。そしてその行為の理由を呟いた。

「熱い」

長考に入った。

残り少ない持ち時間が溶けていくのも構わずに、創多は考え続ける。まるで将棋というゲームそのものの結論を下そうとするかのように。

——焦るな！　振り飛車がよくなるわけがない。必ず居飛車がいいはず……。

創多はボヤく。どこか楽しそうに。

「……ウザいんだよなぁこの４筋の飛車がさぁ！　相居飛車の研究で忙しいんだから振り飛車なんて空気読んでさっさと絶滅して欲しいんだけど？　しかも振り飛車党のくせにぜんぜん飛車を捌かないし……！」

そして少年は放った。

決断の一手を。

「なら————こっちから飛車を捌く!!」

椚創多は二筋の飛車を奔ると、さらにその飛車を敵陣の最奥まで突撃させ、最強の駒を盤上に召喚する。

竜王を。

「普通の美濃囲いより竜に近いんだ！　攻略する方法は必ずある！」

一段目に竜を設置したことで後手の囲いの弱点を炙り出そうとする一手。

しかし生石充は待っていたとばかりにノータイムで自陣の飛車の底に香車を打ち込み、その竜を受け止めた。

「中坊」

そして盤の向こうに座る少年へ静かに語りかける。

「竜が泣いてるぜ」

「はぁ？　木の欠片が泣くわけないじゃないですか。常識で物を言ってくださいよ、常識で」

「ふっ」

盤上の常識を破壊し尽くしたその男は薄く笑うと、天才が捻り出す複雑怪奇な罠を指先一つで掻い潜る。

もはや新戦法など生まれないと言われるようになった将棋界で新たに生まれた奇跡よりも尊いその戦法を、《捌きの巨匠》は既に使いこなしていた。まるで生まれる前からこの戦法を指すことが決まっていたかのように。

創多の猛攻を軽く捌きながら、生石は思う。

――この俺が振り飛車と出会い、そして数々の強敵と戦い続けてきた経験。

「それが運命でないとしたら、何を運命と呼ぶ？」

ひらり、ひらりと。

まるで散りゆく桜の花びらでもあるかのように、生石の玉は華麗な軌跡を盤上に描きながら天才少年の猛攻を捌き続ける。

ソフトの弾き出す評価値すらも飄々と超越する捌きを。

しかし相手も神に選ばれた存在だった。

「そこだッ‼」

手の中でクルクルと持ち駒を回しながら、創多は後手玉に五連続の王手を掛けて生石の陣形を乱すと、自玉に迫っていた馬の前に銀を打ち付ける。

受けに回ったように見えるが……実はそこが隠された後手の秘孔。

「気付いたか……だが！」

馬を逃がしつつ、生石は戦いの終わりが近づいていることを知る。

「逃がすか！」

後手玉のある7筋にアヤを付けてから創多は竜を引いて馬に当てる。

史上最多連勝の原動力となった曲線的な指し回し。狙いがわかりづらいその連続攻撃は、一手でも受け間違えれば頓死する危険なダンスだ。

しかし生石はその先の先まで読んでいた。

タバコを挟んだ右手で駒台から歩を摘まむと――

「言ったろう？　竜が泣いていると」

創多の竜の前にポンと置いた、歩。

その歩を取らなければ創多は頼みの綱である竜を取られてしまう。

だが、仮にその歩を取れば……竜の利きが変わり、創多の玉が詰んでしまう‼

「っ……‼」

――泣いている⁉　ぼくの竜が……泣いている‼

たった一枚の歩によって己が必敗の局面にまで追い詰められたと知った天才少年は、そこでようやく、自分がプロになって初めて経験する事態が現実的なレベルにまで迫っていることを理解した。

このままでは負ける、ということを。

「中坊。憶えておけ」

動揺する創多に、生石は再び言葉を掛ける。

「どれだけ深く読んでいても、どれだけ細部まで研究していても、どれほど…………強くても、負けることがあることを」

《捌きの巨匠》はそう囁くと、その駒をゆっくりと持ち上げた。

百手以上前に4二(四間飛車)の位置に振ったまままずっとその場に鎮座し続けた、その駒を。

「それが将棋だ」

飛車。

横一線に動いた飛車が、最後の最後に質駒となっていた創多の馬を取る！

「ッ……‼」

まるで一刀の下に首を斬(き)られたかのように、創多は自らの評価値が地に落ちたことを悟った。

時間に追われてその飛車を取るが――

それは反撃ではなく、身支度する時間を確保するためだった。

「あーあ。これで振り飛車も研究しなくちゃいけなくなるじゃん……百年後は絶対に消えてる戦法の対策なんて無駄でしかないのに……おっさん厄介なことしてくれるなぁ」

中学の制服である詰め襟に袖を通し、椚創多はそうボヤく。それからグラスに残った最後の水を飲んで、その言葉を口にした。

プロになって初めて口にする言葉を。

「ふぅー………負けました！」

凄まじい数の報道陣が御上段の間に向かって駆け出す。

その足音で関西将棋会館が揺れたほどだった。そして建物の外からも、大歓声と大きな溜息が同時に聞こえてきた。

「椚四段が負けた！」

「振り飛車の復権だ！」

「二九連勝を《捌きの巨匠》が新戦法で止めたぞ！」

「いったいあの囲いは何だったんだ⁉」

カメラやマイクを構えた無数の記者たちが対局室に雪崩れ込む。その後ろには、おっかなびっくり付いてくる研修生の姿もあった。

「お疲れ様でした。まず、勝たれた生石九段に――」

関西将棋記者クラブの幹事社が行った代表質問に生石は言葉少なく答える。勝ちはしたが、今日の将棋の主役は自分ではないと知っていたから。

「これで挑戦者決定三番勝負に進出となりました。この喜びを誰に伝えたいですか?」

「そうだな……」

離れた場所に正座している飛鳥に優しい視線を向けてから、少しだけ満足そうに、振り飛車の未来を守った男は答える。

「『早く寝ろ』って言いつけを破って夜更かししてる不良娘に、かね……」

「ッ……!!」

堪(こら)えきれずに飛鳥の目からボロボロと涙が溢れ、畳にこぼれ落ちた。湯気が出るほど熱い涙が……。

「ありがとうございます。では、椚四段」

「はい」

「残念ながら二九連勝という新記録は達成できなかったわけですが……その点について、今のお気持ちを」

「期待勝率どおりの結果が出て満足してます」

「「は？」」

「要するにぼくはそろそろ負けなきゃおかしいし、今日の相手はこれまでの相手とは違うって意味です」

集まった記者たちは、負けたことを満足だと表現する十三歳の少年をどう理解していいのか途方に暮れている。

「誰だっていつかは負けます。連勝は、ただ運が良かったからでしかありません」

創多は自分の言葉を自分で翻訳した。

「そして挑戦権を逃したのは、ぼくが弱かったからです。もっともっと強くなって次はタイトルを狙いたいです」

そう言うと、創多はカメラに向かって頭を下げた。

バシャバシャとシャッターを切るゲリラ豪雨のような音が対局室を満たす。

その音に掻き消されて誰にも聞こえなかったが……頭を下げたまま、椚創多は最後にこう呟いていた。

「…………だからもうちょっと待っててくださいね？　八一さん……」

☖　踏み出す勇気

連盟の建物を出たぼくを迎えたのは、もの凄い数のおばさんたちだった。

「そうちゃーん！」

「泣かないでぇぇぇぇ！」

「よく頑張ったわよー！」

びっくりした。

もう夜の十二時を回ってる。

終電はとっくに詰んでるのに、勝負はもう終わったのに、たくさんの人たちが……道路に立ったまま、ぼくを待ってくれていた。おばさんだけじゃない。おじさんもいる。子供も……。

――なんで？

最初は理解できなかった。ぼくが落ち込んでる写真を撮りたいのかなって思った。

けど、待っててくれてた人たちの顔を見れば、そうじゃないことはすぐわかった。

本気でぼくを心配して、励まそうとしてくれていることが。

「ありがとうございました。また頑張ります」

頭を下げると拍手が起こった。どういうわけか、負けても全く心が動かなかったのに、今はとても悔しいと思うようになっていた。目頭が熱かった。

ああ……そうか。

今までぼくは、自分が勝つことで、誰かが悲しんだりすることばかりを考えていた。

けどそれはちょっとだけ勘違いだったんだ。

ぼくが勝って喜んでくれる人もいるし、負ければぼくより悔しがってくれる人もいる。ぼくに人生を託してくれている人がいる。

――プロになるってそういうことなんだ。

同時に、気付く。

気持ちを伝えることの大切さを。

ぼくは頭がいいから、誰でもぼくと同じように、言わなくても大抵のことが理解できると思ってしまう。

けど頭のいいぼくですら、こうして気持ちを伝えてもらって、初めて気付くこともいっぱいあって。

だったらぼくも言うべきなんだ。

ぼくが何度邪険な態度を取っても厚かましく「将棋指そうぜ！」って誘ってくれた、あの人みたいに。

だから今度はぼくが言う番なんだ。

待ってるだけじゃなくて……自分のしたいことを、自分から伝えるべきなんだ。

「椚四段！　椚四段いいですか⁉」

その時。

人垣に割り込むように記者が近づいてきてマイクを突きつける。

連盟の中に入る許可をもらえなかったゴシップ誌の記者か、それかユーチューバーみたいな人だろう。

「椚四段の史上最多連勝が話題になっていましたが、連勝というと、プロ棋士を相手に女流棋士として初めて十連勝を記録している雛鶴あい女流名跡も注目されていると思うのですが！」

「雛鶴？　ああ……八一さんの弟子の」

一度だけ棋士室で将棋を指したことがあった。いや、あれはもう一人のほうだっけ？　どっちにしろどんな将棋を指したかは忘れた。

清滝先生の家でやってた研究会でも顔を見たと思うんだけど……うーん……ぼくって女の人の顔を憶えるの苦手だからなぁ。

記憶を呼び起こすために足を止めたぼくを見て、記者はさらに質問を続ける。

「その雛鶴さんは、プロを倒し続けることで編入試験の実施を連盟に対して迫っています！　つまり三段リーグを飛ばしてプロになりたいと言っているわけですが、その点についてどう思われますか⁉」

「編入試験？」

三段リーグに編入するんじゃなくて、いきなりプロになるための？

ふーん……。

「それ、誰でも受けられるんですか？」

「具体的なことは決まっていませんが……過去に一度だけ例があって、それを受けたのは真剣師だったそうです。賭け将棋を行っていたような輩なわけで、それだけでも現代では絶対に許可されないことだと思うのですが――」

「いいですね。それ」

「「へ？」」

ぼくが怒るとでも思ってたのか、聞いてた記者たちはポカンとした。

奨励会を抜けて正規のルートでプロ棋士になったぼくが反対すれば、編入試験を潰す口実になると思ったのかもしれない。

「プロ編入試験、いいと思います！　将棋って実力の世界ですから。性別や年齢で可能性が閉ざされる世界じゃないからこそ、ぼくみたいな若造がみなさんに認めていただけるわけで。賭け将棋って犯罪なんでしょうけど、ちゃんと反省したなら罪を犯した人にもチャンスを与えてあげるべきなんじゃないでしょうか？　何度でもやり直せるのも将棋のいいところですし」

「い、いやでも、椚四段はちゃんと三段リーグを抜けて……」

「三段リーグを抜けられなくても強い人はいます」

そう。いるんだ。

今は実家で農業だか何だかをやって時間を潰してる人が。

「将棋ソフトが強くなったことでプロの指す将棋も古くなりましたからね。人間と指さずにプロより強くなる人が現れたら、奨励会とか三段リーグに入るのって時間の無駄だと思います」

「し……しかし、それでは本当に強いかどうかわからない――」

「わかりますよ。ぼくと戦えば」

絶句する記者たちが聞き間違えないよう声を張って、言う。

「もしそんな試験が本当に実現するなら、ぼくは喜んで試験官をやりますよ！」

翌朝の新聞には、ぼくの連勝ストップと同じくらいの大きさで、編入試験に関する記事が載った。

『椚四段、プロ編入試験容認！』

『試験官やります宣言！』

『「椚に勝てるならプロにしないとおかしい」の声、続々！』

テレビもネットも、火が付いたように編入試験の話題を報じ始めた。

連勝よりも議論のしがいがあるみたいで、ありとあらゆる人たちが激論を交わしている。

「よしよし！」

ちゃんと話題になってくれていることを確認すると、ぼくはメールアプリを立ち上げて、殺到する仕事の依頼を捌き始める。急に空いたぼくのスケジュールを押さえようとみんな必死だね！

けど、返事は全部『ごめんなさい』。

返信をし終わると、今度は自分で新しいメールを書き始める。

八一さんとの竜王戦七番勝負に向けて空けていたスケジュールをどんな仕事で埋めるかは、もう決まっていた。

自分で勝手に決めたんだけど！

「さて……と。あ、日焼け止めも買わないと！」

メールを送信し終わったぼくは、久しぶりに買い物に行くことにした。色々と揃えなきゃいけないものがある。次の仕事は人生で初めて行く場所だから。

九州はきっと、日差しも強いから。

☗　アンインストール

「九頭竜先生の乗った新幹線が品川駅を出たとのことです。一五〇分後に新神戸に到着いたしますが、お出迎えはいかがしましょう？」

「いらないわ。監視してるのがバレると面倒だし」

「かしこまりました」

《淡路》の筐体に触れながら、私は自分の行っている実験が今度こそ成功することを祈る。

生まれたばかりの私の妹はとても優秀だけど、まだ幼い。

莫大な計算資源で棋譜を生み出し続けるこの子を、私は扱いかねていた。ただ自己対局をさせるだけでは、人間にとって意味の無い棋譜しか作れない。イザナギと結婚したばかりのイザナミが、蛭のような子供を産み続けたように……将棋の真理に迫ることと、その棋譜を見て私が強くなることは、イコールではない。決して。

そして――

「晶」

「は」

「あいに対して、あの人は何をしたの？」

「窓を開けたそうです」

「窓？」

「はい。対局室の空気を入れ替えたと」

「……それだけ？」

「それだけです。対局中ですので、助言と受け取られかねない言動は控えられたのでは」

チクリと心が痛む。

雛鶴あいはそれだけで崩れかけの将棋を立て直したし、九頭竜八一はそれだけで弟子が立ち上がることを信じていた。

二人の間にある絆（きずな）は、私が予想していたよりも強い。

ただ……雛鶴あいはもう、私が意識するほどの存在じゃない。あれがプロ棋士になろうがなるまいが関係ない。

「いずれ消えて無くなるのにね。現行のプロ制度なんて」

ある意味で、あいと私は同じことをしているといえた。

九頭竜八一がプロ棋界を、そして私が女流棋界を統一する。私たち二人だけが、他を寄せ付けないほどの力を手に入れる。

そうなった時、私たちは地球最後のタイトル戦を行う。

その勝負の後では、もはやどんな対局も興行として成立しなくなるだろう。音楽の世界でクラシックの名曲が未（いま）だに演奏され続けるように、完璧な作品の後では他の全てが色褪（いろあ）せて見えるから。その呪縛（じゅばく）は数百年という単位で続くことが証明されているのだから。

「《淡路》を使ってプロを倒すことは簡単よ」

吐き出される子供（ログ）を見ながら私は言った。

「スペックを落としてやればいい。相手の使ってるマシンより少しだけ上の性能を発揮できるようにして、事前研究で少しだけ上回る。これを続けてやればいい」

ソフトに触れた人間なら、ソフトの手に対してソフトの手を返すのは難しいことじゃない。

プロに近い棋力があれば割と簡単にできる。

だからソフトでの研究が行き届いたプロ棋士であればあるほど、この方法は効果を発揮する。

「けど……人間の手に対してソフトの手を返すのは難しい」

これができるのは限られた才能を持つ者のみ。

人間の将棋観をアンインストールした存在だけが成し得る領域ね。こういう連中を攻略するのは《淡路》というアドバンテージがあっても困難かもしれない。

「椚創多はかなり近いけど、それでもたまに間違える」

特に対振り飛車に関しては判断が怪しくて、飛車が横に行く展開全般で間違えが多い。この弱点は生石充との竜王戦でも晒された。

「祭神雷はほぼソフトといっていいほど人間を捨てているけれど、ソフトに近づき過ぎたせいで、ソフトと同じ過ちをする」

「では、九頭竜先生は？」

「あの人はソフトを超えた手を返す。限定的な局面ではね」

ソフトを相手に千日手や持将棋(じしょうぎ)を奪うことは予想していた。

序盤の数十手は定跡化できるし、角を持ち合った状態で千日手に持ち込むことも手筋として確立しうるから。そこまでは私でも到達できる。

でも、誰が予想し得ただろう？

未知の局面を前にして、人間がソフトを上回る手を指すなどということを！

「《淡路》のログを見たわ。信じられないことに、連続対局の最後の将棋では……中盤で形勢を押し戻していた」

巨大なサーバールームの冷気だけではない寒気を感じて、私は震えた。

たった一手。

勝率に換算すれば、0．001パーセント。

後手番で、九頭竜八一は《淡路》の上を行った。ほんの一瞬だけ。

それでも想像を超えていた。世界最速のスーパーコンピューターを相手に、人類がそんな手を発見できるだなんて！

背後に控える晶を振り返って、私は言った。

「空銀子の幻影と対局をさせるアイデア。よかったわよ」

「ありがとうございます」

それはもともと晶から出たアイデアだった。そして私が許可を出した。

事前の準備が無ければあんなに早く用意できるはずがない。空銀子の居場所を突き止めたのも、八一を連れて行くほんの数日前。

大きな賭けだったけど……その直後に八一が指した将棋を見て、私は自分が賭けに勝ったことを悟った。

「裏社会では昔からよく使われる手法です。大きな仕事をさせる前には、大切な存在に会わせる。母親や、子供や——」

「恋人に？」

「……はい」

頷いてから、晶は両手で首を絞める動作をしながら、こう言った。

「そして自らの意思で、その存在を絶つのです」

「そうやってアンインストールするのね。人間性というものを」

私は全てを理解した。

九頭竜八一が機械を超えるために必要とした最後のピースが何だったのかを。

「愛や優しさや希望を捨てて、心を持たない機械にするのね」

八一はきっと、将棋の未来に絶望している。

あの人が選んだ百局を見ればそれは明らかだった。将棋というゲームが破綻しているという事実を隠そうと必死になっていることは。

「篠窪太志との順位戦もそうね。人類のために未来を隠そうとしているのに、他人はそれを、八一だけが《淡路》の恩恵を独占しようとしていると誤解する」

最初、八一はそれでも未来を隠そうとした。

けれどしつこく何度でも千日手にしてくる篠窪の……いいえ、棋士という生き物のエゴイズムに絶望して、遂に殻を破った。

尻尾にくっついていた最後の殻を。人間の殻を。

「そして人間相手に機械の手を指して、虐殺した……」

三度の千日手を経て、九頭竜八一は完全に人間をアンインストールした。

最後のブレーキになっていた人の心を捨てて、将棋盤の前で機械になった。自分が《淡路》にされたのと同じように全ての手に対してノータイムで応じて、最後はついていけなくなった篠窪が頓死。棋譜を見た人間は恐れ戦くに違いない。

九頭竜八一は将棋を極めすぎている……と。

「けれど……私が予測する将棋の結論は、あの人が見たものとは違う」

きっと八一は将棋の結論が千日手や持将棋だとでも勘違いしているんだろう。《淡路》が見せた偽りの未来を素直に信じて。

私があの人に対して全てを見せているのだと信じて。

「さあ《淡路》。今度こそ見せて頂戴？」

低い唸りを上げて計算を続けるスーパーコンピューターに私は囁いた。本当の未来を見せてくれと……。

## ☖　人外対人外

そのタイトル戦は例外尽（づ）くしの中で行われることとなった。

会場は、人里離れた山奥の建物。

とある企業の保養所であると説明されているが、もともとは特殊な病院というのが専らの噂だった。ネットで調べたら『怪談スポット』と出た。マジかよ。

現地までの移動は、公共交通機関を一切（いっさい）使わず、関係者が運転する車で。

前夜祭も関係者のみの食事会。

もちろん対局当日も解説会などのファンイベントは行わない。ネット環境からも隔絶されており、棋譜中継すらも後日配信とされていた。

タイトル戦の名称は——『女流帝位戦（じょりゅうていいせん）』。

立会人には、女流帝位の希望により、於鬼頭曜玉将（ようぎょくしょう）が選ばれていた。

『そうじゃなきゃこっち死ぬからさぁ』

祭神雷女流帝位はカミソリを持って連盟の事務局を訪れると、その刃（やいば）を自分の頸動脈（けいどうみゃく）に押し当てて希望を口にしたのだという。

それって脅迫なんだよなぁ……。

現役のタイトル保持者が立会人を務めるのは異例中の異例だったが、公式には事情は説明されなかった。

もう一つ。

女流帝位たっての願いにより、一人のプロ棋士が現地へと招聘（しょうへい）されていた。

九頭竜八一帝位。つまり俺だ。

帝位戦と女流帝位戦は同じ新聞五社連合が主催している。

表向きは『帝位戦と女流帝位戦のコラボレーション！』で、新聞観戦記用の解説を引き受けるためと説明されたが……将棋関係者から見ればその異様さは明らかだし、誰がどんな狙いを持って俺をタイトル戦の場に呼び出したかも想像が付く。

断ることもできた。俺自身の帝位（タイトル）防衛戦も近い。

しかし雷だけではなく挑戦者もそれを望んだため、俺は会いたくもない人間の待つ対局場へと向かうことになったのだった。

「あは♡　来てくれたんだぁ♡♡♡」

開幕局前日に開かれた非公開の食事会で、俺は満面の笑みを浮かべる祭神雷と約二年ぶりの再会を果たす。

姉弟子を手斧で引き裂いたこの女を前にして自分が冷静でいられることに俺は驚いていた。

その理由はおそらく同席者の存在だろう。

四人用のテーブル席には異色の面々が顔を揃え、何ともいえない空気の中で食事をしている。

雷の隣には、立会人である於鬼頭先生が。

そして俺の隣には女流帝位戦の挑戦者が座っていた。

こういう食事会は本来ならテーブルが二つ用意され、対局者同士が会話をせずに済むよう配慮されるものなんだが……。

「雷、お前……マジで何がしたいんだよ？　挑戦者とタイトル保持者が同テーブルってだけでも異常なのに、俺や於鬼頭先生まで巻き込んで――」

「だってこっち、八一のことパパに紹介したかったもん♡」

「……パパぁ？」

素っ頓狂な声を上げたのは俺だけだった。

残りの三人は当たり前のような顔をしてテーブルに着いている。そしてこの場に俺以外の男性は一人しかいない。

いや……でも、まさか………？

混乱する俺に、隣に座っていた黒衣の挑戦者が、明日の天気でも告げるかのような口調でこう言った。

「そこにいる於鬼頭曜玉将。それが祭神雷の実の父親よ」

挑戦者――――夜叉神天衣女流二冠は、レアに焼かれた神戸牛をナイフで切り分けながら、衝撃の事実を口にする。

「戸籍上は親子ではないし、一緒に暮らした期間もない。けど遺伝的には完全に親子関係があるわ」

「どうして……？」

そんなことを天衣が知ってる？　そう聞こうとしても、混乱しすぎて語尾が擦(す)れてしまっていた。

於鬼頭先生はかつて俺に語ったことがある。

自分には俺と同じ年頃の子供がいて、それは棋士だと。そしてその存在を知ったのは二年ほど前だと。

だから俺はてっきり……於鬼頭先生の研究パートナーである二ツ塚未来(ふたつづかみらい)四段がそうだと思っていた。

けれど於鬼頭先生はプロ棋士とは言わなかったし、雷は俺と同じ学年だ。

辻褄(つじつま)は合う。合う……が！

「あ、天衣！　おま……それ知ってて於鬼頭先生が立会人になることに同意したのか⁉」

「ええ。したわ」

立会人は当然ながら公平であることが求められる。

そのため師弟関係や兄弟弟子であったり、同門でなくとも親兄弟や配偶者は立会人や記録係にはなれない。

「だって認知してない子供に『同門縛り』が適用されるか確認するのも野暮だし。むしろ私としては逆にやりづらいんじゃないかって心配しちゃうわ。授業参観で落ち着かないガキっているでしょ？　祭神雷ってそれにしか見えないもの」

実父の隣でニタニタしている雷は、天衣の皮肉にも気づいていないようだ。

於鬼頭先生が斜向かいに座る天衣へ静かに問いかける。

「なぜ、きみがそれを？」

「きっかけは女流玉座戦の本戦でそいつと対局したときよ」

天衣は雷をフォークの先で示しながら、

「勝ったのは私だった。そいつは指し手が空中分解してたから。けど当時は気づけなかったけど、後から気づいたの。《淡路》を使ってディープラーニング系の棋譜を私も使うようになってから、ね」

雷が姉弟子と戦う直前のことだ。

奇行が増え、明らかに体調もおかしく、勝率も極端に低下していた。

今から思えばそれは……俺が《淡路》と連続対局を始めた頃と似ている。

「祭神雷はディープラーニング系の棋譜を大量に摂取して、脱皮する途中だった。純粋振り飛車党だけに拒絶反応は私よりも強かったんじゃない？　ま、それは本題じゃないわね……ここで重要なのは一介の女流棋士が精度の高いディープラーニング系の棋譜をどこで入手したか？よ」

プロ棋士は将棋ソフトを使うことに抵抗がなくなっている。

しかしソフトを開発するとなると話は別だ。

早くからディープラーニング系の技術に注目し、そのレーティングが将棋の神様と同じほどの強さに達すると予言していたプロ棋士を、俺は知っている。

於鬼頭曜。

「当たりを付ければ調べるのは難しくないわ。ＤＮＡ検査なんてするまでもなく、画像診断で体格や容貌から遺伝的形質を比較したら親子関係を特定できた。《淡路》なら一秒もかからず特定できたわよ？」

「理解した。画像処理はディープラーニングの最も得意とする分野だからな」

「そのうち市販するつもり」

「それはいいことだ」

於鬼頭先生はむしろその部分に強い興味を示したようだった。俺には世界規模で家庭が崩壊する未来しか見えないが……。

「ところで、美味しかったかしら？」

「んぁ？」

話題が科学技術的な分野に飛んだことで興味を失っていた雷は赤ん坊のようにフォークだけを使って料理を犬食いしていたが、天衣に話しかけられて顔を上げると、

「この肉かぁ？　ひひっ！　確かにウマい――」

「違うわ。私のあげた棋譜よ」

「ッ……!!」

「《淡路》が生み出した莫大な量の棋譜から一〇〇局を選び出し、その中でも特に重要な棋譜には解説を付けた……けど、あなた解説は読んでないわよね。漢字とか苦手そうだし」

選んだのも解説書いたのも俺だけどな。

雷は「イヒッ！」と大きく痙攣する。

肉汁でベトベトになった口周りを長い舌で舐め回すと、大きなゲップをしてから、満足そうにこう言った。

「ぎひひ……ああ美味かったよぉ！　パパがくれる棋譜なんかより、よっぽど味に深みがあったさぁ」

「よかったわ。じゃ、明日は思いっきり踊りましょ？」

夜叉神天衣女流二冠はそう言って立ち上がると、まるでダンスの申し出をするかのように、祭神雷女流帝位へと右手を伸ばす。

「あなたが学習した深層なんて浅瀬にしか過ぎない。この私が本物の深みを教えてあげるわ。もっともっと深い……闇を」

女流六大タイトルのうち半数を手中に収めんとするその少女は、長い黒髪を翼のように翻す。

そして俺は唐突に理解した。

なぜ、雷の顔を見ても何も感じなかったのかを。

将棋の深淵を覗き見ることで人間性をアンインストールした九頭竜八一と夜叉神天衣もまた、祭神雷と同じように人外の存在になったからなのだと――

「見せてあげる。二度と戻れないほど深い絶望を」

# あとがき

「将棋の結論は先手必勝か？　それとも後手必勝か？」

これはおそらく将棋というゲームが誕生した瞬間から議論され続けてきたと思います。一四〇〇年間続いてきた難問ですね。

『りゅうおうのおしごと！』は第一部のラストに当たる5巻でも、この問題をテーマに掲げましたが……あれは羽生語録の中の一つに着想を得たもので、それ以上の根拠があるわけではありませんでした。

現在、この難問に最も近づいているのが人間ではなくコンピューターであることは異論の無いところでしょう。

そこで世界トップクラスの将棋ソフト開発者の方々に、この疑問をぶつけてみました。

『将棋の結論はどうなると思いますか？』と。

回答は様々でした。

しかし一つだけ共通していたのは――

「あと数年のうちに限定的な結論は得られると思います」

この『数年』にはそこそこの開きがありました。

また『結論』の内容も様々ではありました。

将棋ソフト開発の世界はオープンソースをベースにしつつ、個々の開発者が独自性を発揮しながら牽引してきた歴史があります。

それだけに開発者の方々は皆さん個性的で、必然的に答えも違ったものになるのでしょう。

お話は将棋以外の技術についても及びました。

新しい技術の話題はそれだけでワクワクしますし創作意欲を刺激されます。

新型コロナウイルスの影響で対面での取材は難しくなりましたが、技術の力を使えば簡単に距離を埋めることができました。

コンピューター将棋の大会である『電竜戦』は全てオンライン上で（しかもほぼ自動で）対局が行われますし、また近年盛んになりつつあるメタバースの世界では、ヘッドセットやグローブを使って仮想空間上の駒を『摘まむ』こともできます。

取材のメインはもちろん、将棋のこと。

しかし副産物として、ＶＲ（仮想現実）の世界が今どんな状況になっているのか、ディープラーニングとスーパーコンピューターで何ができるのかも知ることができました。

将棋という、極めてアナログな世界の話をしているのに、いつの間にか最新の技術の話になっている。

そんな、世界が広がっていくような不思議な感覚も小説として表現できたらと、この17巻には将棋を通じて未来の姿を描かせていただきました。

最後に宣伝を。

この17巻と同時発売で、電子版のみの16・5巻が発売となります。

副題は『あねでしのおしごと！』。

皆様お待ちかね、銀子が主役の物語です。

舞台は八一が挑戦者として竜王に挑む、第29期竜王戦。その決着局となる第七局を、前夜祭から対局翌日までの四日間、たっぷりと描きます。

たっぷり書きすぎて文庫換算で二二〇ページもの長編になってしまいました……。

この作品はもともとアニメDVD・BDの特典小説が元になっているのですが、そちらが入手困難となっているため、以前から何らかの方法で読んでいただけるようにしたい……と考えていました。

「とはいえ文庫に収録しちゃうと、特典目当てにDVDやBDを買っていただいた方に申し訳ないし……何かいい方法ないかなぁ？」

そこで、15・5巻で大きな成功を収めた電子版のみの出版という方法を取らせていただきました。これなら「本編なら読みたいけど外伝は読みたくない！」という人にもご納得いただけると思います。

もちろん当時の作品をそのまま電子化したわけではありません。

そもそも分量が倍以上に加筆してありますし、古い作品なので文章も書き直しています。ただ、中学生時代の姉弟子の生き生きとした姿はなるべく当時のまま残したりと、かなり手の込んだ作りとなっています。大変だった……。

この17巻でも登場した前竜王・碓氷尊九段も視点人物として登場しますし、まだ将棋を知る前のあいちゃんもたくさん出てきます。

「この二人がいずれ戦うことになるのか……！」

そう思いながら読んでいただけると嬉しいです。

とてもよいタイミングでリリースすることができました。

ぜひお読みいただければ幸いです！

次巻はいよいよ、あの二人が戦います。

あいと天衣。

二人が正面から戦うのは2巻以来のこと。

成長した弟子たちの勝負を見て、八一は何を思うのか？　そして銀子は――

ご期待ください。

感想戦

「飛馬ちゃーん！　そろそろお昼にしよー？」

幼馴染みの声に、鏡洲飛馬は屈めていた腰を起こす。

見渡す限りの畑の真ん中。

今年はサツマイモが大豊作だった。

サツマイモといえば鹿児島が有名だが、実は芋などを原料とした焼酎の生産量は、鹿児島を抜いて宮崎がトップなのだ。

芋焼酎の原料になるサツマイモはいくらあっても足りないほど。

幼馴染みの父親に任された広大な畑を管理しながら、鏡洲は満足していた。

自分の作った芋が焼酎になって、多くの人を喜ばせている。将棋という、何かを生み出すわけではない行為からは得られない充実感だ。

昼食の入ったバスケットを持って鏡洲の隣に寄り添うように座りながら、幼馴染みは言う。

「あのね？　お父さんが、今日も飛馬ちゃんに将棋を教えてほしいって」

「わかった」

「で、今日もうちに泊まっていきなさいって」

甘えるようにそう言う幼馴染みに無言で頷き返しながら、鏡洲は未来に思いを馳せる。

――このまま農家になって、この子と一生を添い遂げるのも悪くないかな？

ヒリヒリした勝負の世界は、好きだ。

その世界で生きている自分のことも好きだった。

けれどそれ以上に、三段リーグの緊張感から解放された今の自分が、鏡洲は好きだった。

今ではもともと勝負事に向いてなかったとすら思う。

そんな鏡洲の横顔を見ながら、幼馴染みが静かに呟く。

「……飛馬ちゃん、変わったね」

「変わった？　俺が？」

「うん。帰って来たばっかのころは、怖い顔をしてたから」

「そうか……」

「けど、今の飛馬ちゃんは…………えっと、そのぉ……」

あざといほど真っ赤になって幼馴染みは言った。

「…………わたしが……好きだった頃の飛馬ちゃんに戻ったみたいで……♡」

見え見えの勝負手だった。しかし鏡洲はその手を避けようとは思わない。

手を伸ばすだけで、熟れたマンゴーのように、幸せが鏡洲のもとに転がり落ちてくる。

将棋を指してた頃はあれだけ努力しても摑むことのできなかった幸せが、今はこんなに簡単に自分の物になる……。

そんな幸せを唐突に現れた制服姿の美少年がブチ壊した。

「いたいた。おーい。鏡洲さーん」

「…………そうた？」

ポカンと呟く鏡洲。幻覚かと思った。だってこんなところにいるはずがない。

「くっ、椚創多四段⁉　ほんものの⁉」

幼馴染みも、まるでサツマイモ畑に天使が降臨したかのような驚きようだ。

「い、いま日本中で話題になってる神童が……どうして、こんなところに……？」

「仕事に決まってるでしょ」

南国の日差しの下にいても何故か一人だけ全く汗もかかず涼やかな表情のまま、創多は革靴で畑の中にざくざく入ってくる。

「都城は女流玉将戦の開幕局が毎年行われるでしょ？　ぼく、大盤解説で呼ばれたんです。こんな田舎ならマスコミも付いてこないだろうと思ったら、地元の聞いたことないくらい小さなテレビ局とか新聞社とかが押し寄せて大変でした。ほら、将棋記者クラブに入ってる人たちは業界のルールを知ってるけど、田舎の人たちはそういうのご存知ないから」

鏡洲の前まで来ても創多の喋りは止まらない。

「それにしても酷い目にあいました！　女流玉将のナントカ坂さんと挑戦者のナントカさんって知名度低すぎて取材はみーんなぼくに来ちゃうし、それにスポンサーの焼酎メーカーの人たちがＣＭに出てくれってしつこくて……あそこの会長の挨拶、長すぎますよ。巻物なんてぼく初めて見ました！」

確かに女流玉将戦のスポンサーをしている酒造会社の会長が前夜祭で行う挨拶は、長大な巻物を読み上げることで有名だった。

そして鏡洲も奨励会時代、記録係として何度もその挨拶を聞いてきた……心の隙間に風が吹き込んだかのように当時の熱と興奮が甦ってくる。

「ところで鏡洲さん」

「ん？　な、何だ創多？」

「そちらの女性は？」

「あ、ああ………えっと、うん。この人はだな……」

どういうわけだが非常に後ろめたいものを感じてしまった鏡洲は、幼馴染みを創多の視線から隠すような立ち位置を取る。すぐに創多が回り込もうとして、また隠す……。

小考の末にこう答えた。

「幼馴染みだ。今はこの子の親父さんに雇ってもらってる」

「ふーん？　鏡洲さんの幼馴染み、ねぇ……」

上から下まで一通り眺め回す。まるで値踏みするかのように。

そして「フッ……」と勝ち誇るように薄い笑みを浮かべると、創多はこう言い放った。

「ぶーす」

「っ⁉」

テレビでは絶対に見せない天才少年の素顔を見て絶句する幼馴染み。鏡洲は慌てた。次に創多が何を言うかだいたい予想が付く――

「顔も、将来性も、相性も、ぼくのほうが遙かに上じゃないですか！　鏡洲さんも趣味が悪くなりましたねぇ。芋ばっかり見てるから芋みたいな顔でも気にならなくなったんですか？」

そして椚創多は、鏡洲の予想を上回る行動に出た。

「さ。大阪に帰りますよ」

「「…………はぁ⁉」」

鏡洲と幼馴染みが同時に叫ぶ。

「ちょ、ちょっと待ってくれ！　……いいか創多？　俺は将棋から離れて、ようやく本物の幸せを見つけられた気がしたんだ。俺の夢はお前が引き継いでくれるんだろ？　だったらもう俺がいなくても――」

「あの時は確かにそう言いましたし、こうやって日本中で将棋ブームを起こしてるでしょ？　ぼくは約束を果たしました。だから今度は鏡洲さんの番です」

「俺の？」

「またぼくと将棋を指してくれるって約束したじゃないですか！　プロ編入制度もできたし、

さっさと資格を満たしてプロになってください」

「いや待て編入制度はまだできてない――」

「どうせできますよ。このぼくが試験官に立候補したんですから」

この世界に自分の思い通りにならないことなど存在しないと完全に信じ切っているかのような純粋さで創多は断言した。

「か、勝手に決めないでよ！　天才少年だか知らないけど、飛馬ちゃんはここでわたしと幸せになるんだからっ！」

「ハッ！　鏡洲さんが将棋から離れて幸せになれるわけがないでしょ。そんなこともわからないんですか？　冗談は顔だけにしてくださいよ」

絶句して立ち尽くす相手に対してトドメの一撃を叩き込むと、

「ほら鏡洲さんの実家に行きますよ。案内してください」

「じ、実家？　何をしに……？」

「ご両親に挨拶するんです。『息子さんはぼくがお預かりします。責任を持ってプロにしますから』って。当然の礼儀でしょ？　あ、荷物は後から大阪に送ってもらえばいいです」

土だらけの鏡洲の手を躊躇なく摑むと、天才少年は来たときと同じように、ずんずんと畑から出て行った。

「じゃ！　そういうことですから」

**ファンレター、作品の**
**ご感想をお待ちしています**

〈あて先〉

〒106－0032
東京都港区六本木2－4－5
SBクリエイティブ（株）
GA文庫編集部 気付

「白鳥士郎先生」係
「しらび先生」係

**本書に関するご意見・ご感想は**
**右のQRコードよりお寄せください。**

※アクセスの際に発生する通信費等はご負担ください。

https://ga.sbcr.jp/

# りゅうおうのおしごと！ 17

発　行　　2022年12月31日 初版第一刷発行
著　者　　白鳥士郎
発行人　　小川　淳

発行所　　SBクリエイティブ株式会社
〒106−0032
東京都港区六本木2−4−5
電話　03−5549−1201
03−5549−1167(編集)

装　丁　　木村デザイン・ラボ

印刷・製本　中央精版印刷株式会社

乱丁本、落丁本はお取り替えいたします。
本書の内容を無断で複製・複写・放送・データ配信などをすることは、かたくお断りいたします。
定価はカバーに表示してあります。
©Shirow Shiratori
ISBN978-4-8156-1790-5
Printed in Japan　　GA 文庫

# 第16回 GA文庫大賞

GA文庫では10代～20代のライトノベル読者に向けた
魅力あふれるエンターテインメント作品を募集します!

**大賞賞金300万円+コミカライズ確約!**

◆募集内容◆

広義のエンターテインメント小説(ファンタジー、ラブコメ、学園など)で、日本語で書かれた未発表のオリジナル作品を募集します。希望者全員に評価シートを送付します。

※入賞作は当社にて刊行いたします。詳しくは募集要項をご確認下さい。

応募の詳細はGA文庫公式ホームページにて

**https://ga.sbcr.jp/**